Frances Holloway

Das Flüstern
im Gras

Frances Holloway

Das Flüstern im Gras

Thriller

Bibliografische Information der Deutschen Nationalbibliothek: Die Deutsche Nationalbibliothek verzeichnet diese Publikation in der Deutschen Nationalbibliografie; detaillierte bibliografische Daten sind im Internet über http://dnb.dnb.de abrufbar.

Verlag: BoD · Books on Demand GmbH, Überseering 33, 22297 Hamburg, bod@bod.de
Druck: Libri Plureos GmbH, Friedensallee 273, 22763 Hamburg

ISBN: 978-3-8192-2558-1

Disclaimer

Handlung, Orte und Personen in diesem Roman sind frei erfunden. Etwaige Ähnlichkeiten mit tatsächlichen Begebenheiten, Namen und lebenden oder verstorbenen Personen sind rein zufällig.

Prolog

»Desmond, mir ist kalt. Wo bleibt die Verstärkung?« Agent Miller zog den Reißverschluss seiner Jacke hoch und schob sein Basecap tiefer ins Gesicht.

»Ich habe ein ungutes Gefühl bei der Sache.« Desmond warf einen Blick auf seine Uhr. Es war vier Uhr morgens.

Die Spannung in der Luft war greifbar. Im Lagerhaus tat sich etwas. Gedämpfte Stimmen von streitenden Männern drangen zu ihnen nach draußen. Plötzlich fiel ein Schuss.

»Wir können nicht länger warten, Desmond!« Millers Nervosität war unübersehbar.

Bevor sie eine Entscheidung treffen konnten, erschütterte eine gewaltige Explosion das Lagerhaus. Glas splitterte in alle Richtungen, und eine dichte Rauchwolke quoll aus der zerstörten Eingangstür. Die Druckwelle warf Miller rücklings zu Boden. Desmond packte ihn und zog seinen stöhnenden Partner auf die Beine. »Alles okay?«

»Diese Schweine!«, zischte Miller scharf und spuckte seinen Zahnstocher auf den Boden. Miller zog seine Waffe und stürmte entschlossen hinein, bevor Desmond ihn zurückhalten konnte. Widerstrebend folgte er seinem Partner ins Chaos. Das Innere des Lagerhauses glich einem Trümmerfeld: Zerstörte Laborgeräte, zerbrochene Möbel und verstreute Ausrüstung lagen überall herum. Der Rauch war so dicht, dass die Sicht beinahe null war. An einigen Stellen loderten noch immer Flammen, die das Chaos in ein gespenstisches Zwielicht tauchten. Desmond spürte das Adrenalin durch seine Adern pumpen, während er sich durch die Trümmer kämpfte. Der Gestank von verkohltem Isoliermaterial brannte ihm in der Nase. Ein penetranter Geruch von unbekannten Chemikalien raubte ihm den Atem.

»Miller, sei vorsichtig!«

Doch Millers Stimme kam wie aus weiter Ferne.

»Wir müssen sie finden, bevor es zu spät ist!« Das Geräusch der Zerstörung und das Knistern der Flammen waren die einzigen Antworten, die Desmond danach hörte. Das verborgene Labor lag unter einem Trümmerhaufen begraben. Das Dach der Lagerhalle machte verdächtige Geräusche. Es klang, als würde es jeden Moment einstürzen.

Miller war noch keine sieben Meter in das Lagerhaus vorgedrungen, als erneut Schüsse fielen. Jemand feuerte mit einer automatischen Waffe. Desmond schoss in Richtung des Mündungsfeuers.

Sein Herz hämmerte in der Brust. Ein Schrei durchbrach das Chaos, gefolgt von einem dumpfen Aufprall. Plötzlich sackte Miller zu Boden. Wo blieb die Verstärkung? Das Adrenalin schoss durch jede Zelle seines Körpers. Der dichte Rauch verzog sich nur sehr langsam. Aber Desmond konnte Millers schlaffes Rumpeln zwischen den Trümmerteilen ausmachen. Er konnte nicht länger warten und kroch zu seinem am Boden liegenden Partner.

»Miller, wir müssen hier sofort raus«, flüsterte Desmond und packte seinen Kollegen bei den Schultern. Blut sprudelte aus Millers Mund, und er hustete verzweifelt, unfähig zu sprechen. Er versuchte etwas zu sagen, seine Lippen bewegten sich schwach, bevor sein Körper erschlaffte. Miller starb in Desmonds Armen. Verdammt! Miller war sein Partner. Er bereute es, auf ihn gehört zu haben. Schritte näherten sich. Glasscherben knirschten. Eine tiefe, gedämpfte Stimme fluchte. Desmond zog sich hastig hinter ein zerbeultes Autowrack zurück. Sein Herz raste.

»Wo ist der andere Agent? Wir müssen ihn finden. Er darf uns nicht entkommen.« Ein großer Kerl mit einer Maschinenpistole stieß mit dem Fuß gegen Millers leblosen Körper.

»Der hier ist hinüber, Boss.«

»Aber wo ist sein Partner?«, fragte die andere Stimme mit einer Mischung aus Frustration und Gereiztheit. »Suche ihn oder willst du dem da Gesellschaft leisten?« Der mit der tiefen Stimme hustete. Dann schlug er wütend mit einem Metallrohr auf das Autowrack ein. Desmond wusste, dass er sich nicht mehr lange hinter dem Autowrack verstecken konnte. Die Angreifer kamen näher. Die Lage drohte zu kippen. Er konnte ihre Silhouetten durch den sich langsam verziehenden Rauch erkennen und wusste, dass er handeln musste. Die Zeit drängte. Wo blieb die Verstärkung? Desmond, der seine Waffe fest umklammert hielt, konnte in dem giftigen Rauch kaum atmen. Er musste sich entscheiden, ob er sich verteidigen oder dieser tödlichen Falle entkommen wollte. Sein Überlebensinstinkt setzte ein. Er bereitete sich auf das Unvermeidliche vor.

Verdammt, nein! Warum meldete sich sein Smartphone gerade in diesem Moment? Aber es war zu spät. Er wurde entdeckt. Das Klicken einer Waffe hinter ihm, ein Revolver. Der Schuss traf ihn direkt in die Schulter. Sofort setzte ein heftiger brennender Schmerz ein. Konnte dieser Idiot nicht zielen? Er fühlte, wie etwas Warmes seinen Oberkörper hinunterlief. Sie wollten ihn jagen. Die anderen mussten nur seiner Blutspur zu folgen. *Wie durchtrieben*, dachte er.

Erst in diesem Moment wurde Desmond bewusst, dass keine Verstärkung mehr kommen würde. Es war ein Hinterhalt. Vielleicht steckte Miller mit denen unter einer Decke? Wollten sie ihn nur herlocken? Eine zweite Chance würde er nicht bekommen. Entschlossen wählte er den Notruf.

Dann schob er sein Smartphone ein gutes Stück unter einen schweren Werkzeugschrank, der hinter ihm stand. Mit letzter Kraft versuchte er noch, die zerstörte Eingangstür zu erreichen. Er hatte es fast geschafft. Einen Meter vor dem Ausgang bekam er mehrere Kugeln in den Rücken, die seine verborgene schusssichere Weste abfing. Aber dann, die letzte Kugel traf sein rechtes Bein und er ging zu Boden. Er würde schnell verbluten. Einer der Angreifer trat ihm hart in die Seite.

»Wir haben ihn, Boss.«

Desmond verlor das Bewusstsein. Aus der Ferne waren Polizeisirenen zu hören, die Desmond aber nicht mehr wahrnahm.

Kapitel 1

Wie Wächter aus alter Zeit ragten die Green Mountains am Horizont empor, ihre Gipfel in einen zarten Nebelschleier gehüllt, der im Licht der untergehenden Sonne wie ein verborgenes Geheimnis schimmerte. Da gab es diesen alten Wanderweg, ein verwunschener Pfad, gesäumt von hohen, uralten Kiefern, deren Nadeln leise im Wind flüsterten, als erzählten sie Geschichten aus längst vergangenen Zeiten. Der Duft von frischem Harz und feuchter Erde erfüllte die Luft, ein wohltuender Geruch, der Erinnerungen an fast vergessene Zeiten und Abenteuer weckte.

Die Flüsse, die sich durch die grünen Täler schlängelten, glitzerten wie flüssiges Gold im schwindenden Licht, und ihr leises Plätschern spielte eine fast hypnotische Melodie. Das Wasser bahnte sich seinen Weg über moosbewachsene Steine und fächerte sich zu winzigen Tropfen auf, die wie verborgene Edelsteine in der Luft schwebten und funkelten.

Hier und da tauchte ein verlassener Hof auf, dessen verfallene Gebäude von besseren Zeiten erzählten. Etwas Unheimliches lag über diesen Orten, etwas, das man nicht sofort erfassen konnte. Früher stieg der Rauch aus den Schornsteinen auf, vermischte sich mit der klaren Luft, und manchmal glaubte man, im aufsteigenden Nebel gespenstische Gestalten zu erkennen. Kinder spielten damals in den Gärten, aber ihr Lachen hatte einen seltsamen Nachhall, der an längst vergangene Zeiten erinnerte.

Der Anblick der Green Mountains war wie ein geheimnisvoller Willkommensgruß. »Komm näher, entdecke unsere Geheimnisse«, flüsterte jede Wegbiegung, jedes schimmernde Blatt und jede sanfte Flusswelle dem Wanderer zu. Inmitten der friedlichen Umarmung der Landschaft fiel die Last der Welt von den Schultern eines jeden Wanderers. Hier, wo die rauschenden Flüsse durch die Täler strömten, verbargen sich Geschichten, die nur darauf warteten, erzählt zu werden.

Farmer Norman Buster, ein schweigsamer alter Eigenbrötler, genoss die warmen Sommerabende immer auf seiner hölzernen Veranda, die sich leicht rissig anfühlte, gezeichnet von den Spuren, die Wetter und Zeit hinterlassen hatten. Er konnte die Wärme spüren, die das Holz tagsüber auf-genommen hatte, wenn er mit den Händen darüberstrich. An manchen Stellen war das Holz vom ständigen Gebrauch glattpoliert, an anderen Stellen rau und abgenutzt. Die alte Veranda verlieh ihm ein Gefühl der Beständigkeit, da sie die Erinnerungen an all die Sommerabende in sich trug, die Norman dort verbracht hatte. Der süße, leicht herbe Duft von reifem Getreide erfüllte die Luft und vermischte sich mit dem Aroma des frisch geschnittenen Grases der Wiese, die hinter seiner Scheune begann und sich bis zu einem kleinen Teich in der Nähe erstreckte.

Am Abend stieg ein Hauch von Feuchtigkeit vom Teich auf und brachte eine moosige Note mit sich. Manchmal trug eine Brise den zarten Duft der Wildblumen und Kräuter, die im Vorgarten seines Hauses wuchsen, bis auf die Veranda. Das allgegenwärtige Zirpen der Grillen durchbrach die Stille mit einem unnachgiebigen, beständigen Rhythmus. Hin und wieder mischte sich das tiefe Quaken eines Frosches aus dem Teich darunter, der im Mondlicht wie ein dunkler Spiegel glitzerte. Das Rascheln der Blätter in den Laubbäumen vor seinem Wohnhaus verbreitete ein beruhigendes Flüstern, als wollte es den Zuhörer sanft in Sicherheit wiegen. Norman liebte es, die kleinen Fledermäuse zu beobachten, die mit ihren hohen Klicklauten bis zur Veranda flogen und geschickt Insekten fingen. Der Ruf einer Eule hallte in der Ferne durch die Nacht, melancholisch und selbstbewusst zugleich. Manchmal unterbrach das

Knacken dünner Äste die friedliche Szenerie, die von einer Symphonie der Naturgeräusche erfüllt war.

Am nördlichen Ufer des Teiches endete sein Grundstück mit einem weißen Holzzaun, wie er in der Gegend üblich war. Dahinter begann der Privatwald der Familie Chase mit seinen großen Zuckerahorn-Bäumen. Seit über drei Generationen stellte die Familie Ahornsirup her, der weit über Willows Creek hinaus reißenden Absatz fand. Abigail Chase, eine kleine dralle Mittfünfzigerin mit wilden rotbraunen Haaren, fand immer die richtigen Worte, um Norman ein breites Lächeln zu entlocken.

Ismene, sein rothaariger Tiger, war genauso wählerisch wie Norman selbst, wenn es um Menschen ging. Die Maine-Coon Katze ließ sich gerne von Abigail streicheln, während andere ihre scharfen Krallen zu spüren bekamen. Jedes Mal, wenn Norman die Flasche mit dem köstlichen Ahornsirup in Abigails Korb erblickte, weiteten sich seine Augen vor Freude. Er bot Abigail sogar einen Platz auf seiner Veranda an, holte Limonade aus dem Haus und setzte sich zu ihr. Vor der Erntesaison gab es immer wichtige Neuigkeiten.

»Das Kleid mit den Mohnblumen steht dir besonders gut«, sagte er, und Abigail kicherte geschmeichelt. Er fragte sich, ob Abigail wusste, dass seine verstorbene Frau Mohnblumen über alles geliebt hatte. Norman lächelte, als er die große Flasche Ahornsirup in der Hand hielt.

»Danke, Abigail. Ihr macht den besten Ahornsirup in der Gegend.«

Norman glaubte daran, dass es auf der Erde mehr als nur Wissenschaft gab. Er ertappte sich bei dem Gedanken, dass Abigail und Ismene vielleicht Seelenverwandte sein könnten, als er sah, wie Ismene es sich neben Abigail bequem machte. Abigail erzählte ihm, dass ihr Mann Arthur vor ein paar Tagen seltsame Spuren am kleinen Waldbach entdeckt hatte. Arthur, ein erfahrener Jäger, konnte sie jedoch nicht zuordnen, was ihn sehr ärgerte. Norman, der an den köstlichen Ahornsirup dachte, nickte nur mit dem Kopf.

»Ich werde morgen mal zum Teich gehen und nach dem Rechten sehen«, antwortete er.

»Danke, Norman. Ich sage es meinem Mann Arthur. Vielleicht kann ihn das ja beruhigen.«

Abigail stand auf und verabschiedete sich von Norman, der sich aus Höflichkeit ebenfalls erhob. Als Abigail hüftschwingend durch das Eingangstor im Vorgarten verschwand, rief er ihr nach: »Das Heu bringe ich nächste Woche vorbei.« Abigail drehte sich kurz um.

»Ist schon okay, Norman. Bis dann.«

Im Stillen genoss Norman die kleine Ablenkung. Auf dem Hof wartete der alte Traktor auf ihn, ein museumsreifes Stück, dessen Motor mal wieder den Geist aufgegeben hatte. Vielleicht würde er es schaffen, den Traktor allein zu reparieren. Er liebte seinen Traktor, der ihm seit vielen Jahren gute Dienste geleistet hatte. Seufzend trug der Farmer sein kostbares Geschenk ins Haus.

In diesem Jahr stand das Getreide hoch, mit vollen Ähren am Halm, und Farmer Norman bereitete sich auf die Erntesaison vor. Sein Instinkt hatte ihn noch nie getäuscht. Alle würden gut verdienen. Die Sonne war an diesem Tag schon lange untergegangen, aber man spürte immer noch die Hitze des Tages. Mit einer Farmerzeitschrift unter dem Arm und einem kühlen Bier in der Hand machte er es sich in seinem Schaukelstuhl auf der knarrenden Veranda bequem.

»Ismene! Wo zum Teufel hast du dich wieder versteckt?«, rief er.

Ach, sie lag unter dem kleinen Tisch neben ihm. Norman kramte in seiner Farmer-Latzhose nach Pfeife und Feuerzeug. Dann öffnete er die Bierdose, an deren Außenwand kleine Wassertropfen herabperlten. An der Decke hing die alte Petroleumlampe, so alt wie die hölzerne Veranda, um deren Licht sich die Motten zu ihrem Totentanz versammelten. Sein Blick fiel kurz auf das Geländer, an dem die Farbe bereits in großen Flecken abblätterte. Vom Erlös der Ernte würde er in Willows Creek neue Farbe kaufen. Mit jedem Schluck Bier wurden seine Augenlider schwerer.

Das Gewehr über die Beine gelegt, den Kopf auf die Brust gesenkt, nickte er ein, während das Mondlicht sanft über die Landschaft strich.

Aber plötzlich schreckte Norman hoch, als er markerschütternde Schreie hörte. Mit dem Gewehr in der Hand sprang er aus dem Schaukelstuhl und wäre dabei fast über seine Füße gestolpert.

»So ein Mist!« Sein Herz schlug bis zum Hals. Wo war Ismene? »Ismene, meine Liebe, wo bist du?«, rief er völlig außer sich. Auf der Veranda konnte er sie nirgends entdecken. Was hatte sie bewogen, die sichere Terrasse zu verlassen? Norman entsicherte sein Gewehr. Verdammt! Es befand sich nur noch eine Patrone darin. Die Schreie kamen aus Richtung der alten Scheune.

Mit entschlossenen Schritten und klopfendem Herzen, das Gewehr im Anschlag, ging Norman vorsichtig auf die Scheune zu. Die Todesschreie waren verstummt. Das Mondlicht warf einen langen Schatten auf das Opfer, das einen schrecklichen Anblick bot, den er nie vergessen würde. Ismene lag in einer großen Blutlache im Gras. Sein Atem ging stoßweise. Ein Rascheln durchbrach die Stille. Norman drehte sich um. Zitternd zog er sein Smartphone aus der Hosentasche und drückte die Notruftaste. Ein paar Meter entfernt blitzten feurige Augen auf. Dann bewegte sich etwas auf den Teich zu, der in dieser

Nacht eine unheimliche Atmosphäre ausstrahlte. Erschrocken und überzeugt, den Teufel persönlich gesehen zu haben, hob Norman sein Gewehr und feuerte auf das fliehende Ungeheuer. Die Nacht, die so friedlich begonnen hatte, endete in Trauer und unerträglichem Schmerz.

Kapitel 2

Im Sheriff Department von Willows Creek beugte sich Sheriff James Duncan über eine Autozeitschrift, in der die neuen Polizeifahrzeuge abgebildet waren. Sein in die Jahre gekommener dunkler Polizei-SUV war ihm ans Herz gewachsen. Doch irgendwann nahmen die Reparaturen überhand. Das neue Modell verwendete BLIS-Sensoren für eine verbesserte Überwachung außerhalb des Fahrzeugs. Wenn das System eine Gefahrensituation erkannte, ertönte ein akustisches Signal. Die Fenster schlossen sich und die Türen wurden verriegelt. Im nächsten Jahr könnte er bei der County Commission einen Antrag stellen, sofern er wiedergewählt würde. Nach über 24 Jahren im Polizeidienst war nicht nur sein Vollbart ergraut, er spürte auch eine gewisse Müdigkeit in seinen Knochen. Doc Howard meinte, er habe ein paar Pfund zu viel auf den Rippen. Sein Blutdruck könnte auch besser sein. Daumen und Zeigefinger seiner rechten Hand blätterten gerade auf die nächste Seite, als sein Diensttelefon klingelte.

Verdammt! Die große Wanduhr gegenüber seinem Schreibtisch zeigte 2:46 Uhr, und seine Schicht endete erst um sechs. Ein ungutes Gefühl beschlich ihn, als er den Hörer abnahm.

»Büro des Sheriffs, wie kann ich Ihnen helfen?« Einen Atemzug später hörte er die Stimme von Dispatcher Taylor vom Public Safety Answering Point, kurz PSAP.

»Bei uns ist ein Notruf eingegangen. Die Telefonverbindung konnte einem Farmer namens Norman Buster zugeordnet werden. Die Adresse lautet Wiesengrund, sieben Kilometer von Willows Creek entfernt. Die zittrige Stimme klang wie die eines älteren Mannes, der vermutlich unter Schock steht. Das Wort ‚Teufel' fiel. Danach folgten unverständliche Flüche … ein Schrei … und ein Schuss. Die Verbindung brach ab.«

Sheriff Duncan kannte den alten Farmer Norman Buster gut. Er würde nicht den Notruf wählen, wenn ...

»Danke, Dispatcher Taylor. Ich werde sofort unseren Arzt informieren. Wir machen uns unverzüglich auf den Weg.«

Sheriff Duncan klappte die Autozeitschrift zu. Dann lehnte er sich kurz in seinem gepolsterten Amtssessel zurück und rieb sich die Augen, bevor er Doc Howards Telefonnummer wählte. Nach mehrmaligen Klingeln hörte er ein Gähnen und die belegte Stimme von Doc Howard.

»Hallo? Sie sprechen mit Doc Howard.«

»Sheriff Duncan hier. Entschuldige, Howard. Ich würde dich nicht stören, aber es gab einen Notruf von Farmer Norman Buster. Ich hole dich gleich ab.«

»Oh, mein Gott. Ich ziehe mich schnell an, Sheriff.«

Bewaffnet stieg Sheriff Duncan in seinen Polizei-SUV und fuhr auf der Hauptstraße nach Norden zum Zentrum von Willows Creek.

Die Sekunden vergingen quälend langsam, während er nervös in seinem Polizei-SUV vor dem Haus von Doc Howard wartete. Endlich trat der Doc im Schein der Hausbeleuchtung aus der Tür. Hastig stieg er zu Sheriff Duncan in den Polizei-SUV und legte seine Arzttasche auf den Rücksitz.

»Fahren wir, Sheriff. Je schneller wir Normans Farm erreichen, desto besser«, sagte er mit fester Stimme, obwohl ein Hauch von Sorge in seinen Augen lag.

»Es tut mir leid, dass ich dich aus dem Schlaf gerissen habe«, wiederholte sich Sheriff Duncan.

»Schon gut, Sheriff. Ich konnte bei der Hitze sowieso nicht gut schlafen.«

Die unebenen Landwege zur Farm von Norman Buster wurden in der Dunkelheit nur von den Scheinwerfern des Polizei-SUV erhellt. Sheriff Duncan hatte auf die Sirene verzichtet und nur das Blaulicht eingeschaltet, da sie außerhalb der Ortschaft unterwegs waren. Während links die

Schatten der Bäume am Wegesrand vorbeizogen, nagten die letzten Worte des Dispatchers an Sheriff Duncan. Was hatte der alte Mann gesehen, und war er verletzt? Der Gedanke an ein wildes Tier, vielleicht an einen tollwütigen Hund oder an etwas noch viel Unheimlicheres, ließ ihn immer unruhiger werden. Die Reifen des alten Polizei-SUV quietschten leise, als Sheriff Duncan das Gaspedal durchtrat und der Wagen nun über die unebenen Feldwege fegte. Die Dunkelheit umhüllte sie wie ein schwerer Vorhang. Nur hier und da durchbrachen die Reflexe der Scheinwerfer die Nacht. Doc Howard blickte in den Rückspiegel, als spüre er eine Präsenz hinter sich.

»Wir sollten bei der alten Scheune abbiegen. Das geht schneller«, sagte er mit einem Hauch Dringlichkeit in der Stimme.

»Gute Idee«, antwortete Sheriff Duncan und bog rechts in Richtung des Ahornwaldes ab.

»Duncan, beeil dich«, drängte der Doc, während die Lichtkegel der Scheinwerfer flackernd über die unebenen Feldwege tanzten. In seinem Kopf entstand ein beängstigendes Szenario. Farmer Norman Buster gehörte nicht zu den Menschen, die sich leicht in Angst und Schrecken versetzen ließen. Etwas Schreckliches musste passiert sein. Mit der Hand suchte er in seiner Jackentasche nach einem alten Kompass, dessen Nadel im Dunkeln schimmerte. Es war ein Talisman, den ihm Mama Nalani vor langer Zeit geschenkt hatte. Norman

Buster war ein wichtiges Mitglied der Gemeinde von Willows Creek.

»Wir sollten nicht lange zögern. Es gibt Dinge, die wir nicht ignorieren können«, murmelte er, während der Duft von feuchtem Laub und verrottendem Holz durch das halb geöffnete Seitenfenster drang und eine beklemmende Atmosphäre um sie herum verbreitete. Plötzlich ertönte ein Krächzen aus den Bäumen, und etwas flog dicht über den Polizei-SUV hinweg. Sheriff Duncan nickte stumm und beschleunigte auf Norman Busters Farm zu. Nur noch wenige hundert Meter. Die unheimlichen Erinnerungen in seinem Kopf vermischten sich mit dem Motorengeräusch und dem Rascheln der Blätter. Der Wind blies gegen die Fenster und verstärkte das Gefühl, nicht allein zu sein.

»Was geht in deinem Kopf vor, Howard? Du wirkst nervös.«

»Hast du in unserer Gemeindezeitung den letzten Artikel über diese merkwürdigen Vorfälle gelesen?«, fragte der Doc schließlich, um die wachsende Anspannung zu mildern. Der Sheriff schüttelte den Kopf.

»Warum fragst du mich das jetzt, Howard?«

»Ich weiß nur, dass wir schnell handeln müssen. Es gibt Dinge in dieser Gegend, denen wir besser aus dem Weg gehen sollten.«

Die Lichter von Willows Creek waren längst hinter ihnen verschwunden, und je näher sie dem

Grundstück von Norman Buster kamen, desto angespannter wurde Sheriff Duncan. Plötzlich durchbrach ein angstverbreitendes Heulen die Stille der Nacht, und die Augen des Sheriffs weiteten sich vor Schreck. Doc Howard hielt sich instinktiv am Sicherheitsgurt des Polizei-SUV fest.

»Was war das?«, fragte der Doc angespannt. Der Sheriff musste scharf bremsen. Ein Kojote war über den unebenen Feldweg gelaufen. Dazu das nervige Zirpen der Grillen klang für den Sheriff wie das untrügliche Vorzeichen eines drohenden Unheils. Zudem hing die drückende Luft wie eine Käseglocke über der Region und der Wetterbericht versprach auch für die nächsten Tage keine Besserung.

Als der Polizei-SUV vor Normans Wohnhaus hielt, stand der Farmer mit einer Petroleumlampe in der Hand auf seiner Veranda. Norman schien völlig aufgelöst und musste sich am Geländer festhalten. Sein Hemd und die Farmerhose wiesen mehrere Blutflecke auf.

»Danke, dass Sie so schnell gekommen sind.« Seine Worte klangen verzweifelt. Er rang nach Luft. Doc Howard fühlte Normans Puls, der raste.

»Wo ist das Opfer, Norman?«, fragte Sheriff Duncan unvermittelt.

Er zog seine Waffe und suchte mit dem Handscheinwerfer die nähere Gegend nach möglichen Gefahren ab. Doc Howard stützte Norman, der mit seiner Hand auf die alte Scheune zeigte.

Sheriff Duncan und Doc Howard gingen zur Scheune, wo sich der Tatort befinden sollte. Farmer Norman folgte ihnen mit seiner Petroleumlampe. Vor der Scheune lagen verstreut Strohballen und eine Blutspur wies ihnen den Weg. Die gespenstische Stille am Tatort wurde nur von den Geräuschen der Nacht unterbrochen. Norman blieb vor dem offenen Scheunentor stehen und hielt sich zitternd die Hand vor das Gesicht.

»Ich ertrage den Anblick nicht. Es ist genau dort, hinter der Ecke der Scheune, wo die Wiese zum Teich führt«, murmelte er etwas verwirrt.

»Bleiben Sie hier, Norman«, sagte der Sheriff leise. »Doc, leuchte den Tatort aus. Ich gebe uns Feuerschutz, wenn es sein muss.«

Sprachlos standen Sheriff Duncan und Doc Howard vor dem Opfer, das aufgeschlitzt und ausgeweidet im Gras lag. Einerseits war der Sheriff erleichtert, dass Norman noch lebte, andererseits konnte er seinen Blick nicht vom Opfer, einer roten Tabby Maine-Coon Katze, abwenden.

»Das hat kein gewöhnliches Tier getan ... Das war etwas anderes«, flüsterte Doc Howard.

Duncans Herz setzte einen Schlag aus, als er die Spannung in Doc Howards Stimme wahrnahm. Es erinnerte ihn an eine Jagd, die ihn vor einigen Jahren fast das Leben gekostet hatte. Sheriff Duncan stellte den tragbaren Scheinwerfer auf und sperrte den Tatort ab, um sicherzustellen, dass keine Beweise zerstört wurden. Doc Howard untersuchte das Opfer, das in einer großen Blutlache lag, um erste Hinweise auf die Todesursache zu erhalten. Er dokumentierte den Zustand des Opfers und nahm DNA-Proben, die vielleicht vom Täter stammen könnten. Sheriff Duncan fotografierte den Tatort und das Opfer aus verschiedenen Blickwinkeln, um eine lückenlose Dokumentation zu gewährleisten. *Das Opfer musste sich heftig gewehrt haben,* dachte er. Aber es hatte keine Chance gegen den Angreifer. Das Gras war in Richtung des Teiches niedergewalzt worden. Fußspuren waren nicht zu erkennen, nur merkwürdige Schleifspuren, ähnlich denen einer großen Echse ... oder ... Der Sheriff fand keine verdächtigen Gegenstände in der Nähe des Tatorts. Zusammen mit dem Doc verstaute er die Beweismittel in der Beweismittelbox. Vom Täter fehlte jede Spur. Sheriff Duncan holte sein Diktiergerät aus der Tasche, um die Tatortdaten aufzunehmen.

Zurück auf der Veranda setzte sich der Sheriff zu Norman an den Tisch.

»Was genau haben Sie gesehen?«, fragte er mit einfühlsamem Nachdruck, denn er wusste, dass klare Antworten entscheidend sein würden. Leider konnte Norman nicht viel beitragen, genauer gesagt nichts, was zur Identifizierung des Täters geführt hätte.

»Ich konnte einfach nicht glauben, was ich sah«, schluchzte Norman. »Da war plötzlich so ein

Zischen und diese rotglühenden Augen, die mich anstarrten. Ich glaubte, ich hätte den Teufel gesehen, wirklich. Ich hatte Angst und schoss …« Norman brach erneut in Tränen aus. *Die glühenden Augen könnten auf ein wildes Tier hindeuten, dessen Augen das Restlicht reflektierten*, dachte Sheriff Duncan.

»Es muss eine Erklärung für das Unerklärliche geben«, murmelte er mehr zu sich selbst. »Haben Sie getrunken, Norman?«

»Ein Bier, Sheriff. Das schwöre ich.«

In dieser Nacht würden sie keine Antworten mehr finden. Sie mussten die Ergebnisse der forensischen Auswertung abwarten. Norman stand unter Schock, und seine Augen starrten ins Leere. Der Sheriff räusperte sich.

»Norman, wir werden den Täter finden«, beruhigte er den alten Farmer. Der Farmer sah den Sheriff betrübt an und nickte erwartungsvoll.

»Könnten Sie Mama Nalani bitten, zu mir zu kommen?«, fragte Norman hilfesuchend.

»Sicher«, antwortete Sheriff Duncan und klopfte Norman auf die Schulter. Doc Howard warf dem Sheriff einen kurzen Blick zu.

»Ich bleibe hier. Komm, Norman, ich mache dir in der Küche einen Tee. Der wird dir guttun.«

»Danke, Doc. Ich fühle mich sehr elend.«

»Du kannst beruhigt fahren«, rief Doc Howard dem Sheriff zu.

»In Ordnung, Howard! Deputy Watson holt dich morgen früh wieder ab«, erwiderte der Sheriff.

Auf dem Rückweg nach Willows Creek ging ihm der Tatort nicht mehr aus dem Kopf. Ismene war mehr als ein Haustier für Farmer Norman, sie war ein Familienmitglied, das ihm Trost spendete, wenn er an seine verstorbene Frau dachte. Der morgendliche Dunst begann sich langsam über den Wiesen zu verziehen, die zum Fluss führten, und enthüllte die Konturen der Laubbäume. Die Vögel eröffneten ihr morgentliches Konzert, in das sich die Laute der anderen Tiere einfügten. Rechts von ihm kam ein Waldstück in Sicht, hinter dem sich ein großer Weiher verbarg. Ein paar hundert Meter weiter fuhr er mit dem Polizei-SUV an der alten Fischfarm vorbei, deren neuer Besitzer dort ein Forschungslabor betrieb. Nun war es nicht mehr weit bis zur Kreuzung, wo die Hauptstraße nach rechts über den Musky River in die Stadt führte. Er bog jedoch an der Kreuzung nach links in Richtung Süden ab. Fünf Minuten später parkte er seinen Polizei-SUV vor dem Sheriff Department, als sich die ersten Sonnenstrahlen über die fernen Hügelketten im Osten wagten. Noch gut eine Stunde, dann würde Deputy Watson seinen Dienst antreten. Er sehnte sich nach seinem gepolsterten Amtssessel im Büro. Vielleicht konnte er dort ein bisschen Ruhe finden und in seiner Autozeitschrift blättern. Die Tür zum Empfangsbereich stand weit offen, während er im Sheriffbüro seinen Einsatzbericht ausfüllte. Als er den Kopf hob, fiel sein Blick auf den leeren Platz von Mary Bennet, der

Verwaltungsangestellten. Sie brauchten dringend eine Aushilfe im Sheriff Department. Dann klebte er ein Memo an seinen Computer: Mama Nalani anrufen und mit Mrs Gelderman sprechen.

Die Schwüle dieser Nacht ließ die Bewohner von Willows Creek unruhig schlafen. Mama Nalani, die Besitzerin eines kleinen Esoterikladens in Willows Creek, wurde plötzlich durch ein Geräusch aus dem Schlaf gerissen. Ihr Herz schlug schneller, als sie sich im Bett aufsetzte und mit den Füßen nach ihren Hausschuhen suchte. Auf dem Weg zur Schlafzimmertür stolperte sie über einen Hocker, der ein dumpfes Poltern verursachte.

»Aua!« Sie hatte sich den Fuß gestoßen.

Vorsichtig stieg sie die schmale Treppe ins Erdgeschoss hinunter. Plötzlich hörte sie ein leises Rascheln und Klopfen, das aus der Küche zu kommen schien. Mit zitternden Händen öffnete sie vorsichtig die Tür einen Spalt und sah … nichts. Nur das Licht einer Straßenlampe vom Marktplatz drang in den Raum. Morus, ihr Rabe, tappte auf dem Küchentisch umher und machte sich über den Rest ihres Sandwiches her, den sie vergessen hatte wegzuräumen. Morus nahm keine Notiz von ihr, bis sie die Deckenlampe einschaltete.

»Morus«, sagte sie leise zu dem zahmen Vogel. »Wie schaffst du es nur immer wieder, die Käfigtür zu öffnen?« Der Vogel schaute kurz zu ihr herüber, gab ein verärgertes Krächzen von sich und widmete sich wieder dem Rest seiner Mahlzeit. Mama Nalani gähnte und setzte Morus in den Käfig zurück. Irgendetwas sagte ihr, dass sie gebraucht wurde. Sie lebte schon lange in der kleinen Gemeinde. Ihre kreolischen Vorfahren kamen vor vielen Jahren hierher und blieben. In ihrem kleinen Esoterikladen verkaufte sie Talismane, Räucherstäbchen und spezielle Kräutertees. Viele der Touristen, die jedes Jahr nach Willows Creek pilgerten, glaubten daran, dass ein Talisman ihr Anglerglück begünstigen würde.

Als Mama Nalani den Dreck von Morus weggeräumt hatte, schaute sie aus dem Fenster in der Küche. Sie konnte nicht viel erkennen, aber auf der gegenüberliegenden Seite des Marktplatzes … Nachbar Hensen ging mit seinem kleinen Terrier Gassi. Neugierig blieb sie einen Moment stehen. Die Sonne würde bald aufgehen. Ihre Sinne hatten sie wohl getäuscht und alles war in Ordnung.

Kapitel 3

In Willows Creek, einem malerischen Ort im Norden der USA, umgeben von bewaldeten Hügeln und versteckten Weihern, schien die Welt noch in bester Ordnung zu sein – bis zu jenem schicksalhaften Morgen. Die Gerüchte erreichten Bürgermeister Plummer, einen korpulenten Mann mittleren Alters, noch vor dem Haupteingang der Gemeindeverwaltung im Zentrum von Willows Creek. Mr Hensen kam ihm mit seinem bissigen Terrier entgegen. Bürgermeister Plummer konnte jedoch nicht mehr rechtzeitig ausweichen. Mr Hensen musste seinen Terrier an die kurze Leine nehmen. Der Terrier riss an der Leine und kläffte Bürgermeister Plummer wütend an.

»Guten Morgen, Bürgermeister. Haben Sie es schon gehört?«, fragte er lauernd.

»Was soll ich gehört haben, Mr Hensen?«

»Nun, von dem grausamen Mord auf Normans Farm. Im Diner bekommen sie keinen Platz mehr. Ich muss mich beeilen, sonst verpasse ich noch etwas. Einen schönen Tag noch, Bürgermeister.«

Verblüfft stand der Bürgermeister plötzlich allein vor dem großen roten Backsteingebäude aus der Kolonialzeit, das mit seinen weißen Säulen vor dem Haupteingang den Marktplatz dominierte. Nachdenklich stieg er die Stufen zur zweiflügeligen Eingangstür hinauf und betrat das Gebäude.

Im Foyer stand seine Sekretärin, Mrs Beauty, die sich aufgeregt mit der Putzfrau, Mrs Whitman, unterhielt. Beide Frauen starrten ihn fragend an, als sie ihn erblickten.

»Guten Morgen, Bürgermeister. Sie sehen so blass aus. Der Sheriff erwartet Ihren Anruf. Ach ja. In Ihrem Vorzimmer sitzt diese aufdringliche Pressefrau«, bemerkte Mrs Beauty neugierig.

»Kommen Sie, Mrs Beauty.« Beide stiegen, ohne ein Wort zu wechseln, die große Eingangstreppe zum ersten Obergeschoss hinauf, wo sich die Büroräume des Bürgermeisters befanden. Kaum dort angekommen, versperrte ihm die Pressefrau mit dem Mikrofon in der Hand den Weg zu seinem Büro. Sedge Plummer hob abwehrend die Hand.

»Guten Morgen, Bürgermeister …«

»Stopp, Mrs … Äh …«

»Gloria Hunter, Sir. Hier ist meine Karte.«

»Was wollen Sie?«

»Informationen über den Mord natürlich! Mr Plummer, was soll ich meinen Lesern berichten?«

»Das kann ich Ihnen nicht sagen. Versuchen Sie es mal im Diner«, antwortete er gereizt.

»Bürgermeister, Telefon! Es ist sehr wichtig!«

Mrs Beauty drängte sich mutig zwischen ihren Boss und die Pressefrau.

»Ich komme sofort. Sehen Sie, Mrs Hunter, ich bin sehr beschäftigt. Vereinbaren Sie nächstes Mal besser einen Termin.« Zu Mrs Beauty: »Begleiten Sie Mrs Hunter bitte hinaus.« Die Pressefrau konnte es kaum glauben. War sie gerade abgeblitzt?

»Ihre Einstellung wird meinen Lesern nicht gefallen, Mr Plummer«, erwiderte sie gereizt und verließ mit empörter Miene das Vorzimmer.

Im Büro angekommen, nahm der Bürgermeister seine Brille ab und putzte sie sorgfältig, um seine Gedanken zu ordnen. *Was dachte diese Pressefrau, wer sie war?* Seine Sekretärin brachte ihm den duftenden Morgenkaffee, aber auch dieser Muntermacher konnte seine Stimmung nicht heben.

»Danke, Mrs Beauty. Diese ... Pressefrau ist aufdringlich und lästig wie eine Schmeißfliege.«

»Sie sagen es, Sir«, antwortete Mrs Beauty.

Er trat an das rechte Fenster, von dem aus er den ganzen Marktplatz mit seinen Häusern im Blick hatte. Das Wohl von Willows Creek lag in seinen Händen. Mit der rechten Hand schob er den Vorhang leicht zur Seite, um besser sehen zu können. Überall wühlten diese Aasgeier im Dreck. Ah, sie redete mit Mr Ortiz vom Holiday Inn. Wie gern würde er Mäuschen spielen. Bestimmt hatte diese Tarantel ihr Hauptquartier im Holiday Inn aufgeschlagen. Seine Redegewandtheit hatte die

Bürger und den Sheriff davon überzeugt, dass er der Mann der Stunde war. Nun schien der Tag gekommen, dies unter Beweis zu stellen. Bürgermeister Plummer und Sheriff Duncan kannten sich schon lange, waren nicht immer einer Meinung, aber am Ende entschieden die Bürger, wen sie wählten. Vom Tourismus allein konnte Willows Creek nicht leben. Der Ort brauchte Investoren und Verbindungen zum Kapitalmarkt.

Auf seinem Schreibtisch lag der brandneue Werbeprospekt, der erst vor wenigen Tagen aus der Druckerei gekommen war. Unter Anglern galt Willows Creek als echter Geheimtipp. Der nahegelegene Musky River war bekannt für seinen Fischreichtum und bot somit ein perfektes Urlaubserlebnis für ambitionierte Angler. Die Profis unter ihnen versuchten, den großen Musky zu fangen, ein unbändiges Kraftpaket. Ein ausgewachsener Musky duldete keine anderen Fische in seiner Nähe, genauso wie Mr Plummer lästige Konkurrenten aus dem Weg räumte. Manchmal hatte ein Angler Glück und konnte einen Tigermusky, eine Kreuzung aus Musky und Hecht, an Land ziehen. Dies wurde dann im Netz ausführlich dokumentiert.

Der große Weiher neben der ehemaligen Fischfarm zählte zu den beliebtesten Plätzen bei den Touristen, die Ruhe suchten. Jedes Jahr prämierte die Gemeindeverwaltung den größten Hecht. Doch hinter der friedlichen Fassade von

Willows Creek, wo fast jeder jeden kannte, verbarg sich ein Geheimnis, ein schreckliches Ereignis, das zwar schon viele Jahre zurücklag, aber in den Erinnerungen der älteren Einwohner noch sehr präsent war. Die alte Fischfarm am Ortsrand, mit Zugang zum Musky River, die ehemals das Herz der Gemeinde darstellte, lag jahrelang brach. Der neue Investor eröffnete eine Perspektive, die sich auszahlen würde. Während der Bürgermeister noch seinen Gedanken nachjagte, spitzte sich die Stimmung im Diner von Willows Creek zu.

Im Sheriff Department telefonierte Sheriff Duncan gerade mit dem Forensiklabor in der Stadt, als die Wanduhr gegenüber seinem Schreibtisch zehn Minuten vor sechs anzeigte und Deputy Brodie Watson mit einer Thermoskanne frisch gebrühten Kaffees hereinkam. Sein Anblick erinnerte den Sheriff jedes Mal an eine rothaarige Urgewalt mit Militärhaarschnitt und Vollbart. Der Sheriff war stolz auf seinen 1,90 Meter großen Deputy, der eine echte Bereicherung für das Sheriff Department darstellte. Schließlich sollte er mal sein Nachfolger werden. Deputy Watson konnte seine Herkunft nicht verleugnen. Mit Stolz trug der Schotte im Verein seinen Kilt. Im vergangenen Jahr hatte er zum zweiten Mal den Meistertitel im Baumstammwerfen gewonnen. Mit der Dienst-uniform gab es manchmal Probleme, weil seine muskulösen Oberarme nicht durch die zu engen Hemdsärmel passten. Aber wozu gab es diese Sondergrößen?

»Guten Morgen, Sheriff. Sie sehen etwas mitgenommen aus. Wollen sie Kaffee?«

»Ja bitte, Watson.«

»Hey, Boss«, tönte Deputy Watsons tiefe Stimme hinter ihm. Sheriff Duncan sah kurz auf. »Ein aufgeregter Hornissenschwarm ist nichts gegen die Leute, die sich vor dem Diner versammeln. Gibt es heute was umsonst?«

»Nein«, antwortete Sheriff Duncan müde und nahm einen Schluck Kaffee, dessen Aroma seine Sinne wiederbelebte. »Du kannst gut Kaffee kochen, fast so gut wie Mary.« Beide starrten auf den leeren Platz, wo Mary, die Verwaltungs-angestellte, sonst saß. Deputy Watson sah den Sheriff fragend an.

»Haben Sie eine Idee, Sheriff? Das Sheriffbüro ist unterbesetzt. Die Berichte stapeln sich.«

»Ich weiß, Watson. Aber bevor ich unseren geschätzten Bürgermeister besuche, schaue ich noch im Diner vorbei. Verdammt noch mal! Wir brauchen dringend eine qualifizierte Aushilfe.« Sheriff Duncan erhob sich und ging mit seinem Deputy zu dessen Arbeitsplatz. Deputy Watson setzte sich an sein Terminal, um die letzten Einträge anzuzeigen.

»Mann, Sheriff, Sie hatten einen 911 letzte Nacht. Was habe ich verpasst?« Deputy Watson schaute genauer hin. »Wer ist Ismene von Maine Castle?«, fragte er unwissend.

»Eine Katze«, antwortete der Sheriff trocken. Deputy Watson wollte gerade loslachen, als er das ernste Gesicht des Sheriffs bemerkte.

»Oh, sorry. Ich hatte keine Ahnung.«

»Es ist Norman Busters prämierte Tabby Maine-Coon Katze, ein Champion und sehr teuer.«

»Ah, heute Morgen ist noch ein Unfall von der Spencer Lodge reingekommen. Die bieten diese Wander- und Survivaltouren an. Hier steht, einer der Teilnehmer wollte eine Schildkröte aus einem Teich retten. Die Schnappschildkröte wollte aber nicht gerettet werden und biss zu.«

»Watson!«, ermahnte der Sheriff seinen Deputy.

»Ja, Sheriff! Tut mir leid.«

»Wenn Sie zur Spencer Lodge fahren, machen Sie einen kleinen Umweg und holen Doc Howard von Norman Busters Farm ab. Er musste Norman letzte Nacht ein Beruhigungsmittel verabreichen.«

»Okay, Sheriff!«

»Ach! Informieren Sie Mechaniker Tooli von der Freiwilligen Feuerwehr, dass ich bei Bürgermeister Plummer bin. Nur für den Notfall. Ich bin spätestens 17:30 Uhr zurück.«

Kapitel 4

War es der Wetterbericht, der ein Unwetter ankündigte, oder waren es die dunklen Regenwolken, die sich am Himmel zusammenballten, um sich in einem heftigen Gewitter zu entladen? Manch einer blickte ängstlich nach oben, als die ersten dicken Regentropfen die Erde berührten und kurz darauf ein prasselnder Sommerregen einsetzte. Die Leute strömten in das historische Diner, das den Charme der 50er Jahre versprühte und direkt neben Bennys Supermarkt lag. Die liebevoll restaurierte Jukebox spielte für die Gäste noch immer die Lieder aus dieser Zeit. Melody, die junge Bedienung, kam an diesem Tag kaum hinterher, den Leuten heißen Kaffee einzuschenken. Die Kaffeemaschinen liefen heiß und die Frühstücksbestellungen gingen im Minutentakt über die Theke.

»So ein Sauwetter«, sagte jemand, der völlig durchnässt das Diner betrat. Mr Hensen hielt seinen kleinen, giftigen Terrier auf dem Arm, damit er niemanden beißen konnte. Martha, die

Haushaltshilfe von Mrs Gelderman, zwängte sich zur Theke durch. Im Gedränge stieß sie mit Mrs Turner zusammen, einer ehemaligen Lehrerin.

»Es tut mir leid.«

»Ist schon gut, Martha. Heute scheint hier der Teufel los zu sein.«

»Ja, Sie sagen es.«

Das leise Tuscheln schwoll zu einem Murmeln an, bis jemand erzählte, dass er den Sheriff in der letzten Nacht mit Blaulicht wegfahren gesehen hatte. Aus der hinteren Ecke meldete sich ein Nachbar von Norman, der einen Schuss gehört hatte. Mr Hensen, der noch immer seinen kleinen Terrier an sich presste, rief in die Menge: »Es muss so gegen halb drei gewesen sein, als ich mit meinem Hund Gassi war.«

»Vor ein paar Tagen habe ich nachts ein UFO über dem Fluss gesehen, genau dort, wo sich die alte Fischfarm befindet«, rief Homer Nelson dazwischen. Einige lachten, andere glaubten, dass es dort nicht mit rechten Dingen zuging. Angler Mason meldete sich zu Wort.

»Du hast recht, Homer. Ich will keine genetisch veränderten Fische essen.« Andere aus der Menge stimmten ihm zu. Alle redeten durcheinander, bis jemand laut »Ruhe« rief. In der Tür stand Sheriff Duncan, finster dreinblickend, die Hand an der Waffe. Plötzlich verstummten die aufgeregten Stimmen wie auf Kommando, um ihn gleich darauf mit Fragen zu bombardieren. Mrs Turner klopfte auf ihren Tisch. Die Spannung war hautnah spürbar. Sogar Melody hielt mit ihrer Arbeit inne. Sheriff Duncan räusperte sich.

»Ich bitte sie um Ruhe. Ruhe, verdammt nochmal!«

Niemand wollte auch nur ein Wort von dem verpassen, was der Sheriff zu sagen hatte. Wie Kinder, die gierig auf die Gutenachtgeschichte warteten, starrten sie den Sheriff erwartungsvoll an.

»Es sieht so aus, als hätte ein wildes Tier Normans Katze getötet. Er hat geschossen, konnte aber in der Dunkelheit den Täter nicht zur Strecke bringen.«

»Das ist ja furchtbar«, bemerkte Mrs Turner mitfühlend.

»Wir haben fast alle Haustiere«, meinte ein anderer. Sheriff Duncan hob die Hand.

»Wir werden die Sache aufklären. Bleiben sie wachsam. Bewahren sie Ruhe. Alle, die Haustiere besitzen, sollte diese nachts einsperren. Für sachdienliche Hinweise sind wir dankbar. Deputy Watson wird Streife fahren und die Touristen-Lodges informieren. Ich werde den Bürgermeister über den Vorfall in Kenntnis setzen.«

Das Diner machte an diesem Tag so viel Umsatz wie sonst in einem Monat. Die grausame Tat führte dazu, dass das Büro des Sheriffs mit einer Flut von vermeintlichen Hinweisen überschwemmt wurde. In Bennys Supermarkt richtete der Besitzer eine Spendenbox für Norman ein, die sich schnell füllte, da fast jeder im Ort ein Haustier besaß, das er liebte. Es lag auch ein kleines Kondolenzbuch für alle aus, die Farmer Norman, einen ihrer geschätzten Ratsmitglieder, ihre persönliche Anteilnahme ausdrücken wollten. Am Esoterikladen von Mama Nalani hing an diesem Tag ein Schild: ‚Heute Geschlossen'. Eine Traube von Leuten hatte sich vor dem Laden versammelt.

»So ein Mist«, sagte einer betrübt.

»Dann bis morgen, Aaron.«

»Ausgerechnet heute.«

»Bleib locker. Ist nicht zu ändern.«

Als Sheriff James Duncan das zweigeschossige Gemeindegebäude betrat, stand sein Entschluss fest. Der Bürgermeister kannte Chief Barns vom Golfen. Vielleicht könnte er helfen. Die Lage in Willows Creek machte es erforderlich, wenigstens für seine Verwaltungsangestellte Mary Bennet eine Aushilfe zu bekommen.

»Hallo Sheriff! Sie wollen zu mir?«

»Ja, Bürgermeister Plummer. Sie müssen mich bei meinem Ersuchen unterstützen.«

»Worum geht es, Sheriff?«

»Bürgermeister Plummer! Sie haben bestimmt mitbekommen, dass in Willows Creek seit heute Morgen der Teufel los ist.«

»Meine Sekretärin, Mrs Beauty, erzählte mir von der Sache, die sich im Diner anbahnte. Diese

Pressefrau hat mir vor meinem Büro aufgelauert. Sie postierte sich vor meiner Bürotür und hielt mir ihr Mikrofon ins Gesicht. Das geht zu weit.« Sedge Plummer ahnte, was Sheriff Duncan von ihm wollte. Er nahm seine Brille ab, um sie mit einem Brillentuch zu putzen. »Ich weiß, was Sie meinen, James.« Er benutze seinen Vornamen. Das tat er nur, wenn die Kacke am Dampfen war und seine geheimen Quellen ihm etwas zugeflüstert hatten.

»James, glaubst du an Auferstehung?«

»Mr Plummer, was sagen Sie da?« Sheriff Duncan blickte den Bürgermeister verunsichert an. »Nein, natürlich nicht! Ich glaube nur an Beweise und an das, was ich sehe«, antwortete er trocken.

Dann legte er ein Foto von Ismene, dem schlimm zugerichteten Opfer, auf den Schreibtisch des Bürgermeisters. Der drehte sich entsetzt zur Seite. So etwas hatte er nicht erwartet.

»Oh mein Gott! Wie schrecklich.« In ein paar Wochen würde es in Willows Creek von Touristen nur so wimmeln, die unvernünftigen Kindern glichen, wenn es um Abenteuer ging.

»Sie haben es erfasst, Bürgermeister Plummer.«

»Willows Creek benötigt Gelder für den Ausbau des Entwässerungssystems. Die Zahl unserer Einwohner steigt. Wir müssen den Bausektor fördern.« Der Bürgermeister lehnte sich schwer atmend in seinen Amtssessel zurück. »Setzen Sie sich, James. Sie machen mich nervös.« Dann nahm er ein Taschentuch aus der Box und tupfte sich die

Schweißperlen von der roten Stirn. »James! Mein Blutdruck bringt mich um. Unser Budget … Buchhalter Phillips, dieser alte Zahlenfuchs mahnt zum Sparen. Ich denke, seine Haare auf dem Kopf sind nicht ohne Grund ausgefallen.« Der Sheriff trieb den Bürgermeister in die Enge.

»Vielleicht sollte ich mit Mrs Gelderman reden.« Bürgermeister Plummer verstand die versteckte Anspielung. Wie immer ging es ums Geld, wovon Mrs Gelderman mehr als genug hatte.

»Wir benötigen eine Unterkunft, eine bezahlbare Unterkunft, besser noch eine, die Willows Creek nichts kostet.«

»Verstehe«, antwortete der Sheriff mit lauernder Miene. Der Bürgermeister nahm einen Schluck Kaffee. Sein Gesichtsausdruck verriet, dass der Kaffee bereits kalt war. Dann fuhr er mit seiner Hand übers Gesicht, als wollte er seine Sorgen einfach abwischen.

»Ich bin froh, dass Heather die Fischfarm an den Pharmakonzern verkauft hat. Wir dürfen uns das mit denen nicht verderben. Der Leiter, ein Professor Grayson, scheint recht umgänglich zu sein. Sein Einfluss reicht bis in Regierungskreise, wie mir ein Vöglein gezwitschert hat …« Eine kurze Pause entstand. Dann hob der Bürgermeister nachdenklich seinen Kopf. »James! Das Letzte, was wir jetzt brauchen können, sind Gerüchte, die den Frieden in Willows Creek stören. Ich werde Chief Barns einen Besuch abstatten, wenn ich in die Stadt fahre. Oder ich rufe ihn an. Vielleicht hat er eine Idee. Manchmal gibt es immer noch Wunder.«

»Danke, Bürgermeister. Gerüchte verbreiten sich oft schneller, als Tauben fliegen können.« Nachdenklich griff Sheriff Duncan zu seinem Smartphone, um Deputy Watson eine kurze Nachricht zu schicken. Der Bürgermeister hätte zu gern gewusst, was der Sheriff da schrieb.

»Du hast recht, James. Wir dürfen nicht zulassen, dass die Leute in Panik verfallen.« Sheriff James Duncan nickte zuversichtlich.

»Ich versuche inzwischen zu verhindern, dass einige ihre Waffen polieren und unkontrolliert zur Jagd blasen. Es könnte jemand verletzt werden oder noch schlimmer, es könnte Opfer geben.«

Der Bürgermeister fühlte sich herausgefordert. In Gedanken sah er die nächste Wahl auf sich zurollen, die er gewinnen wollte.

Als Heather Barracuda an diesem Morgen ihren Anglerladen inspizierte, bemerkte sie, dass sich in Willows Creek etwas zusammenbraute. Nur was? Orson war in die Stadt gefahren, um die bestellten Sachen vom Großhändler abzuholen. Josh, ihr zweiter Sohn, stand verschlafen im Obergeschoss am Fenster seines Zimmers und blickte neugierig auf den Marktplatz.

»Mom, die Leute strömen alle zum Diner. Vielleicht ist etwas passiert.«

»Zieh dich lieber an und hol mir die bestellten Sachen aus dem Lager, bevor du zum Bus gehst.«

»Darf ich zuhause bleiben, Mom? Bitte, bitte!«

»Nein, Josh«, antwortete Heather knapp. »Der Bus wartet nicht auf dich. Beeile dich! Das Sommerpraktikum ist wichtig für deine Zukunft.«

»Jaaa«, antwortete Josh maulig und zog sich an.

Heather überprüfte, ob alles im Laden sauber war, wischte aber trotzdem noch einmal mit dem Staubwedel über die Regale. Der Anglerladen lief gut, aber dennoch musste sie sparen. Josh sollte nach der High School studieren. Und Orson, ihr großer Sohn, wollte heiraten. Der Umbau des Hauses kostete Geld. Vivien, ihre zukünftige Schwiegertochter, liebte teure Dinge. In den letzten zwei Jahren stiegen die Einkaufspreise, die sie nicht so ohne Weiteres an ihre Kunden weitergeben konnte. Das minimierte ihren Gewinn. Irgendwie mussten alle sparen. In den Nachrichten war von Rezession und Umweltbewusstsein die Rede. Touristen mussten mehr Geld für ihren Urlaub berappen. Das kleine Holiday Inn am Marktplatz hatte zwei Mitarbeiter entlassen. Heather erinnerte sich an die Zeit, als ihr Mann noch mit anpackte, bis er plötzlich an Krebs starb. Dann, nach dem tödlichen Unfall ihres Bruders und ihrer Schwägerin stand sie plötzlich als alleinerziehende Mutter mit drei Jungen da. Aber Heather kämpfte. Ihr Bruder besaß die kleine Fischfarm am Fluss. Erst als alles vor dem Aus stand, bat sie den

Bürgermeister um Hilfe. Der Familienbetrieb war für eine moderne Aquakultur zu klein, um profitable Gewinne abzuwerfen. Unverhofft gab es einen Lichtblick, als ein Professor Grayson das Kleinod für sein Labor erwerben wollte. Mit Desmonds Zustimmung konnte sie die Fischfarm zu einem guten Preis verkaufen. Manchmal kamen ihr Gewissensbisse, aber der Bürgermeister machte ihr Mut. Sie durfte nicht emotional handeln, meinte er. Schließlich ging es um die Zukunft ihrer Kinder, zu denen auch ihr Neffe Desmond zählte.

Es wurde Zeit, den Laden zu öffnen. Kaum drehte sie das Schild auf ‚Open', polterte Mason, ein erfahrener Angler und Freund der Familie, in den Laden.

»Ein Sauwetter ist das heute, Heather. Hast du schon gehört, was passiert ist?«

»Was soll ich gehört haben?«

»Na, in der Nacht …«

»Da schlafe ich tief und fest.«

»Der Sheriff … Ein Ungeheuer hat Normans Ismene abgemurkst. Norman ist völlig verstört.«

»Oh! Das ist ja schrecklich.«

»Wirklich wahr. In Bennys Supermarkt steht eine Spendenbox, falls du helfen willst.«

»Sicher, wenn ich einkaufen gehe.«

»Ja, und Mama Nalani hat heute ihren Laden zu. Der Sheriff hat alle gebeten, auf ihre Haustiere aufzupassen. Hoffentlich nicht wie damals …«
Mason wollte nicht weiterreden und blickte auf den

Boden, wo seine nassen Kleider eine kleine Pfütze hinterlassen hatten.

»Schon gut. Was kann ich für dich tun, Mason?«

»Ich will dieses Jahr auf die Jagd nach einen Tigermusky gehen. Egal, was ich mache, Al fängt immer den größeren Fisch. Ich brauche noch einen neuen Musky-Spinner.«

»Sicher, Mason. Orson hat letzte Woche neue besorgt. Schau mal hier.« Mason betrachtete die Auswahl an Musky-Spinner.

»Ich nehme den hier. Hast du noch die Zeitschrift mit dem Artikel über den Tigermusky?«

»Aber sicher, Mason. Für dich behalte ich immer ein Exemplar zurück.«

»Danke, Heather. Du bist die Beste. Morgen gehe ich zu Mama Nalani. Ich brauche noch einen starken Glücksbringer.«

»Dann viel Erfolg, Mason.« Angler Mason wollte gerade den Laden verlassen, als Mrs Turner vom ‚Old Ladies Club‘ aufgeregt hereinstürmte.

»Heather, weißt du es schon?«

»Ja, Mason hat mir alles genau berichtet. Ich werde Orson sagen, dass er auf Josh ein Auge hat. Die Teenager sind immer so sorglos.«

»Ja, da kann ich dir nur beipflichten, Heather.«

»Was kann ich für dich tun?«

»Ich wollte nur fragen, ob du zum Bingo-Abend in die Gemeindeverwaltung kommst.«

Heather Barracuda verdrehte die Augen. So langsam wuchs ihr alles über den Kopf.

»Wenn ich es schaffe. Die Handwerker im Haus und Vivien … Ich versuche es.« Die Türglocke ging erneut und Professor Grayson betrat den Laden.

»Hallo, Professor Grayson, Orson holt heute ihre Bestellung aus der Stadt ab.«

»Fein, Mrs Barracuda. Mir ist der Menschen-auflauf im Diner aufgefallen. Die Leute redeten aufgeregt durcheinander.«

»Ach, Professor Grayson, Farmer Normans Katze … Wir wollen spenden. Ben hat im Markt eine Spendenbox aufgestellt.«

»Das ist eine gute Idee. Ich wollte eigentlich bei Sheriff Duncan vorbeischauen und eine Anzeige aufgeben.«

»Eine Anzeige?«, fragte Heather neugierig und kam auf den Professor zu.

»Diese verrückten Umweltaktivisten haben tote Fische an den Zaun gehängt und das Eingangstor mit Blut beschmiert. Ich werde Security einstellen müssen. Diese Leute haben keinen Respekt vor dem Eigentum anderer.«

»Oh, das tut mir leid, Professor Grayson. Wir haben auch einen Katalog mit Sicherheitsanlagen.«

»Vielleicht komme ich auf ihr Angebot zurück.«

»Bis dann, Professor Grayson.«

Ein paar Tage später warteten Sheriff Duncan und Doc Howard im Sheriff Department auf die Laborergebnisse. Endlich! Beide starrten mit

Spannung auf den Bericht des Forensikers. Am Opfer waren keine Verletzungen erkennbar, die durch einen Menschen herbeigeführt sein konnten. Leider ließ die DNA-Auswertung keine konkrete Schlussfolgerung zu, nur dass es sich um ein Tier gehandelt hatte. Was für ein Tier? Diese Frage blieb unbeantwortet, wenn man Normans Aussage unberücksichtigt ließ.

»Wie geht es Norman, Doc?«

»Er wird wieder. Mama Nalani tut ihr Bestes und Norman vertraut ihr.«

»Lassen wir Norman seinen Glauben.«

»Das ist auch das Beste, Sheriff.«

»Du hast Recht, Howard.«

»Meine Frau macht ein schönes Abendessen. Du bist eingeladen, James.«

»Danke, ich komme gern.«

Kapitel 5

FBI-Agent Desmond Barracuda, gefangen in seinen Albträumen, durchlebte immer wieder die letzten Sekunden, bevor er bewusstlos zusammenbricht. Der Schleier des Vergessens blockierte sein Gedächtnis. Je verzweifelter er sich zu erinnern versuchte, desto hartnäckiger blieb alles im Dunkeln. Irgendwo in seinem Kopf schlummerte etwas, das er für einen Moment gesehen hatte, aber was? Auch in dieser Nacht erwachte er schweißgebadet. Sein Atem ging stoßweise. Wo befand er sich? Er sprang aus dem Bett, doch der höllische Schmerz in seinem Bein ließ ihn zu Boden fallen. Er musste sich zusammenreißen, um nicht laut zu schreien. Langsam brachte der Schmerz ihn in die Realität zurück. Er saß mit dem Rücken an das Krankenbett gelehnt und wünschte seinen Körper zum Teufel. Die Ärzte redeten seit Wochen um den heißen Brei herum. Keiner wollte eine konkrete Einschätzung geben. Seine Zukunft war ein undurchsichtiger Dschungel, den er durchqueren musste. Würde er je wieder beim FBI arbeiten können oder ...? Sein Herz schlug schneller. Alles, wofür er so hart gearbeitet hatte, zerstört in einer Sekunde. Der Verlust seines Partners wog schwer auf seiner Seele. War er schuld daran? Manchmal wünschte er sich, an seiner Stelle zu sein. Jemand musste das Team verraten haben, aber wer? Mit letzter Kraftanstrengung und unter höllischen Schmerzen zogen ihn seine muskulösen Arme ins Krankenbett zurück. *Einen Moment nicht bewegen,* dachte er. Auf dem kleinen Tisch neben seinem Bett tastete er nach der Schmerztablette, die er für den Notfall versteckt hatte. Gierig schluckte er das kleine Ding und kam sich wie ein Drogensüchtiger vor, der den nächsten Schuss braucht. »Verdammt, Desmond!« Die Krankenbesuche seiner Kollegen reduzierten sich mit jeder Woche, die verging. Schließlich erinnerte er sie an ihren gefährlichen Job und daran, was passieren konnte. Desmond suchte nach Antworten.

Nur seine Freundin Anna Hecht, die in der Cyber-Crime Abteilung des FBI arbeitete, besuchte ihn regelmäßig. Wenn sie ihn in seinem Rollstuhl durch die Außenanlage schob, sagte sie immer: »Wir sind stark, Desmond. Wir sind Raubfische.« Anna schwenkte ihre langen honigblonden Haare und setzte ein gewichtiges Gesicht auf, wenn sie Desmond Mut machen wollte. »Ich erwarte, dass du dich anstrengst. Zeig, dass in dir ein echter Barracuda steckt.« Dann küsste sie ihn. »Desmond, rasiere endlich diesen Vollbart ab. Es stört, wenn ich dich küsse. Und wozu schleppen wir immer die Gehhilfe mit, wenn du sie nicht gebrauchst?«

Desmond sah auf die Gehhilfe und meinte schließlich: »Vielleicht muss ich dich verteidigen, wenn …« Anna lachte herzlich.

»Du bist mir einer.« Diese kleinen Besuche gaben Desmond Kraft, aber sie schürten auch die Angst, sie zu verlieren. Bei dem Wort ‚verlieren' erinnerte er sich an seinen früheren Partner Miller. Ein Erinnerungsfetzen drängte sich kurz in seine Gedanken. »Sie retten …« *Wen sollte er retten?*

FBI-Agent Desmond Barracuda ahnte nichts von den Geschehnissen wenige Kilometer entfernt und sah einem neuen Klinikalltag entgegen. Die Schwester schob ihn in den Frühstücksraum, wo bereits ein Murmeln anderer Patienten den Raum erfüllte. Desmond saß mit einem älteren Farmer am Tisch, der einen schweren Bandscheibenvorfall erlitten hatte. Früher konnte er sich nicht vorstellen, wie es sich anfühlt, behindert zu sein. Was früher in wenigen Sekunden erledigt war, stellte für ihn nun eine Herausforderung dar. Der Farmer erzählte in einer Tour von seiner großen Maisfarm und seiner Familie. Er zeigte ihm Fotos von seinen Kindern, und Desmond hörte geduldig zu. Nach einiger Zeit sah er den Farmer mit anderen Augen. Er erfuhr, wie man gutes Popcorn macht und wie viel Spaß die Kinder dabei hatten.

An diesem Morgen stand Physiotherapie auf dem Plan. Sein Tischnachbar bekam eine blasse Hautfarbe und sein Puls beschleunigte sich. Dem Farmer standen die Schweißperlen auf der Stirn.

»Das ist die reinste Folter«, flüsterte er und sah sich dabei vorsichtig im Raum um.

»Sie haben völlig Recht, Mr Hatcher«, bestätigte Desmond ernst.

Nachdem die Physiotherapeutin Berta Steelhammer beide genügend gequält hatte, durften sie Pause machen. Desmond brauchte Ruhe. Er fuhr mit seinem Rollstuhl ins Freie. Die Terrasse bot einen umwerfenden Blick auf die bewaldeten Hügel der Umgebung. Vor dem Eingangsbereich pflegten Gärtner die mit Sommerblumen bepflanzten Beete. Die Rehaklinik, ein zweigeschossiger Neubau, fügte sich mit seiner Architektur perfekt in die Landschaft ein. Desmond beobachtete Patienten im Garten, die sich auf den Bänken entspannten. Andere gingen spazieren, joggten ... Jeder dieser Menschen hoffte, wieder gesund zu werden. Wie lautete seine Prognose?

Der Rest des Vormittags verlief so ruhig, dass er fast den Termin bei seinem Psychologen vergessen hätte. Dr. Honeymoon, ein kleiner Mann mit unzähligen Sommersprossen im Gesicht, saß Desmond gegenüber. Nachdenklich sah er seinen Patienten an und legte das Tablet auf seine Beine. Leider konnte Desmond nicht sehen, was Dr.

Honeymoon notiert hatte, aber bestimmt war es für seine gesundheitliche Beurteilung ein wichtiger Bestandteil. Desmond beobachte jede Gesichtsregung des Doktors. Ständig versuchte der Doktor in seinen tiefsten Gehirnwindungen herumzustochern. Er fragte nach persönlichen Dingen, die Desmond nicht beantworten wollte. Dann stellte er die gleiche Frage mehrmals, nur in anderer Form. Ab und zu machte er mit seinem Surface Pen ein kleines Häkchen auf dem Tablet. Egal, er musste sich hier nicht ausweinen. Desmond vermutete, dass Dr. Honeymoon als menschlicher Lügendetektor fungierte. Heute sollte er nur mit Ja oder Nein antworten.

»Sie heißen Desmond Barracuda, sind 27 Jahre alt, 1,86 Meter groß und arbeiten in der FBI-Abteilung der Stadt.«

»Ja.«

»Können Sie sich an den letzten Einsatz erinnern, bei dem sie verletzt wurden?«

»Nein.«

»Okay. Das hatte ich auch nicht anders erwartet. So ein Trauma braucht Zeit, bis es vom Gehirn verarbeitet wird. Sie müssen Geduld haben.« Die folgenden Fragen betrafen die letzten Wochen in der Klinik. Der Doktor wollte sein Gedächtnis prüfen. »Ah, ja. Agent Barracuda, ich denke, Sie sind so weit.«

»Bereit wofür?«, fragte Desmond argwöhnisch. Dann starrte er Dr. Honeymoon skeptisch an.

»Nächste Woche beginnt ein neuer Kurs. Sie werden an dieser Gruppentherapie teilnehmen.«

»Warum?«

»Sie sind der Detektiv. Überraschen Sie mich.«

»Ja, und?«

»Ich bin zuversichtlich, dass wir die Blockade überwinden können.« Desmond nickte, obwohl er von Gruppentherapie nichts hielt. Das erinnerte ihn an Verhöre von Tatverdächtigen.

Zum Mittagessen traf er wieder auf Farmer Hatcher mit dem kaputten Rückgrat. Auf dem Speiseplan stand Gemüseeintopf mit Würstchen und Vanillekompott.

»Desmond, du bist immer so schweigsam«, sagte Farmer Hatcher mit vollem Mund. »Ich habe dich neulich mit der heißen Zuckerschnecke gesehen. Deine Freundin?« Desmond rang sich zu einem »Ja« durch. Farmer Hatcher ließ sich eine zweite Portion geben und langte kräftig zu. »Also, wenn meine Frau so aussehen würde … Haha. Wir sind seit 16 Jahren verheiratet und jedes Jahr nimmt sie zu. Dabei isst sie kaum etwas. Aber am letzten Besuchstag hat sie mir heimlich eine Pastete mit einem kleinen Flachmann darin zugesteckt. Das ist wahre Liebe.« Farmer Hatcher rülpste. »Oh, sorry. Wie lange musst du noch hierbleiben, mein Junge?« Desmond stocherte lustlos mit dem Löffel in seinem Gemüseeintopf herum. Dabei zuckte er mit den Schultern. Er schob den Teller von sich.

»Die Ärzte eiern herum. Keiner legt sich fest.«

»Ja, ja. Das kenne ich. Sie wollen, dass wir glauben, sie seien allmächtig. Haha.«

»Sie sagen es, Mr Hatcher.«

»Ich habe noch einmal Glück gehabt, sagten sie. In zwei Wochen komme ich vielleicht hier raus, in häusliche Obhut. Haha.« Desmond schmunzelte.

Am Nachmittag überredete Dr. Honeymoon Desmond zu einem ‚Kreativ-Workshop‘. Das sollte helfen, zu entspannen und sich mit anderen Menschen auszutauschen. Malen! Desmond würde kein Künstler werden, aber sein Gedächtnis musste trainiert werden. Verloren starrte er auf die weiße Leinwand. Es erinnerte ihn an die Leichentücher in der Pathologie. Neben ihm nahm eine ältere Frau Platz, die vom Alter seine Mutter sein könnte.

»Hey, Angst vor der weißen Fläche?« Desmond sah in ein gutmütiges Gesicht einer dicken Frau, der oben ein Schneidezahn fehlte, wodurch sie lispelte. »Ich habe Rheuma und meine Gelenke schmerzen. Das Malen hilft mir zu entspannen.« Die Therapeutin kam lächelnd näher.

»Na, Mrs Wilson, was wollen Sie heute malen?«

»Meinen Garten und die schönen Blumen darin.«

»Hervorragend«, lobte sie Mrs Wilson.

»Oh, Mr Barracuda, noch keine Idee?« Desmond sah sie hilflos an. »Malen Sie doch einen Fisch, wie er im Wasser zwischen den Wasserpflanzen schwimmt. Stellen Sie sich vor, Sie sind der Fisch.«

»Ja, das ist eine gute Idee. Ich versuche es.«

»Sehen Sie, es war doch nicht so schwer, ein Thema zu finden.« Desmond bemerkte gar nicht, wie die Zeit verging, und der Fisch ihn plötzlich an seine Kindheit erinnerte, die Fischfarm seiner Eltern … und an Willows Creek.

Beim Abendessen starrte Desmond gedankenverloren auf sein Schinken-Sandwich. Er bemerkte seinen Tischnachbarn erst, als der fragte: »Isst du dein Sandwich nicht? Das sieht lecker aus.«

»Es gehört dir, Hatcher.«

»Danke, ich glaube, ich sterbe hier gleich vor Hunger.« Desmond trank seinen Tee und schaute zu, wie sein Tischnachbar genüsslich das Schinken-Sandwich vertilgte.

»Hey, Desmond, ich habe gehört, dass du beim ‚Kreativ-Workshop' warst. Mrs Lewis wird von den Patienten sehr geschätzt.«

Zu Farmer Hatchers Überraschung erzählte Desmond von seinem Bild, das ihn in die Vergangenheit geführt hatte, in eine unbeschwerte Kindheit. Der Farmer lächelte und nickte ihm zu.

»Mann, du machst Fortschritte, Freund. Meine Frau rief mich vorhin an. Sie hat eine Hilfe besorgt. Hoffentlich ist sie hübsch.«

Die Woche verging wie im Flug, während die gnadenlose Julisonne alles zu versengen drohte. Es war Dienstag und Desmond checkte seinen

Wochenplan. Verdammt, heute stand wieder Physiotherapie mit Berta Steelhammer auf den Plan. Die Physiotherapeutin kam ihm wie eine unermüdliche Sprungfeder vor, ausdauernd und nie müde, ihre Patienten zu fordern. Natürlich kam Desmond zu spät, weil der Klinikchef ihn kurz aufgehalten hatte.

»Mr Barracuda! Hier warten noch andere Patienten, die meine Hilfe benötigen.« Plötzlich polterte es im hinteren Teil des Raums. Mr Bedford war die Hantel runtergefallen.

»Sorry, Mrs Steelhammer.«

»Schon in Ordnung. Ich bin gleich bei Ihnen.«

Physiotherapeutin Berta Steelhammer, mit ihrem deutschen Akzent und dem straffen Haarknoten, erinnerte Desmond an eine strenge Gefängnisaufseherin. Sie legte einen militärischen Drill an den Tag, der Desmond zwang, sich zu beeilen und ihren Befehlen zu gehorchen. Stets korrekt gekleidet und mit einer Trillerpfeife bewaffnet, achtete sie auf jede Bewegung ihrer Patienten. Desmonds verletztes Bein schmerzte. Er biss die Zähne zusammen. Berta fuchtelte energisch mit den Armen in der Luft herum.

»Desmond, reißen Sie sich zusammen! Sie stöhnen wie eine alte Dampflok.« Desmond sah Berta mitleidheischend an, doch sie sah nur auf ihren Plan. »Los, noch fünf Schritte«, trieb sie ihr Opfer an. Nach dem Lauftraining prüfte sie seinen Puls. »Noch zu schnell, Mr Barracuda. Sie werden

Ihrem Namen nicht gerecht. Strengen Sie sich endlich mehr an.«

Bertas Smartphone piepte aufdringlich, und der nervige Klingelton wurde mit jeder Wiederholung unerträglicher. Vielleicht nahte Rettung. Berta verzog ungehalten den Mund, bevor sie endlich ranging. »Berta Steelhammer! … Sir?« Ihre Miene verfinsterte sich. »Sir? … die Übung abbrechen?« Auf ihrem Gesicht zeichnete sich Frustration ab. »Ja, Sir, verstanden.« Plötzlich klang Bertas Stimme weich wie Butter. »Professor Sterling, wir sind unterwegs.« In Desmond keimte Hoffnung auf, aber Berta sah ihr Opfer emotionslos an. »Denken Sie nicht mal daran, Desmond. Die fehlenden Schritte holen wir morgen nach.« Sie schob den Rollstuhl zu ihm heran. »Kommen Sie. Ihr großer Boss wartet im Büro unseres Klinikchefs.« Berta brachte Desmonds Sportkleidung in Ordnung. »Aufrecht sitzen!«, habe ich gesagt. Berta schien nervös. Das hatte er noch nie bei ihr bemerkt. »Desmond, machen Sie keine Dummheiten.« Ihr Blick verriet, dass sie alles herausbekam.

»Ja, Ma'am«, antwortete Desmond.

Als Desmond seinem Boss im Büro des Klinikchefs gegenübersaß, schnürte sich ihm vor Angst die Kehle zu. Würde das FBI ihn in den Ruhestand schicken? Hatte der Klinikchef ihn als hoffnungslosen Fall dargestellt? In seinem Kopf wirbelten die Gedanken ziellos durcheinander.

»Professor Sterling, entschuldigen Sie uns einen Augenblick?« Der Professor nickte ernst. »Ich muss kurz allein mit Agent Barracuda sprechen.«

Sein Boss schob ihn persönlich auf die Terrasse. Das hatte nichts Gutes zu bedeuten. Auf der Terrasse blickten beide auf den blühenden Garten der Rehaklinik. Chief Barns musterte kurz den malerischen Ausblick auf die bewaldeten Hügel.

»Desmond, wie geht es Ihnen?«

»Ich … ich mache Fortschritte, Sir.« Die beiden Sicherheitsbeamten in der Nähe waren nicht zu übersehen. Sein Boss wollte kein Risiko eingehen.

»Wir dachten damals, Sie schaffen es nicht. Aber Sie sind ein harter Kerl. Ich will Ihnen ein Angebot machen.« Desmond spürte, wie seine Anspannung wuchs. Sein Gegenüber räusperte sich kurz. »Das ist allein Ihre Entscheidung. Aber Sie müssen mir sofort antworten«, forderte er. Das klang nach einem Ultimatum.

»In Willows Creek braucht Sheriff Duncan Hilfe. Und Sie haben doch diese Profilerausbildung erfolgreich abgeschlossen.«

»Ja, Sir.«

»Sie müssten nur jede Woche einmal bei Doc Howard vorbeischauen. Auf Urlaub, sozusagen. Sie kommen doch aus Willows Creek, und die meisten Leute dort kennen Sie.«

»Meine Physiotherapeutin Berta wird mich vermissen, Sir. Sie hat mich ins Herz geschlossen.«

Chief Barns sah Desmond direkt in die Augen.

»Wollen Sie hier raus, oder?« Desmond zögerte nicht zu antworten.

»Ja, Sir! Ich bin zu allem bereit. Danke, Sir!«

»Sie wohnen bei Mrs Gelderman. Das ist in der Nähe des Sheriff Departments.«

»Ich bin bereit, Sir.«

»Packen Sie ihre Sachen. Sheriff Duncan ist informiert.«

»Sir! Danke für die Chance.«

»Sie können mit Allen vom Bäckereiservice mitfahren. Wir wollen niemanden in Willows Creek aufschrecken. Informieren Sie mich, wenn es Probleme gibt. Hier ist meine persönliche Telefonnummer.«

Chief Barns machte ein zufriedenes Gesicht und verabschiedete sich.

Kapitel 6

Professor Grayson fuhr wie jeden Morgen von der Stadt nach Willows Creek zur alten Fischfarm. In seinem neuen Elektrofahrzeug überquerte er gutgelaunt die Brücke nach Willows Creek, die den berüchtigten Musky River überspannte. Dieser Fluss, bekannt für seine gefährlichen Strudel und Untiefen, schlängelte sich in Windungen durch das Tal Richtung Süden. Wenn man dem Musky River nach Nordosten folgte, erreichte man eine Stelle, wo ein Altarm abzweigte. Dieser Altarm hatte eine kleine Insel mit Buhnen geschaffen, ideale Stellen, die der Musky liebte.

Auf der Hauptstraße angekommen, bog er an der ersten Kreuzung nach Osten zur Fischfarm ab. Nach wenigen Hundert Metern tauchte das Eingangstor zur alten Fischfarm auf, dahinter das neue Forschungslabor für Gentechnik. Die weißen Module wurden erst im Frühjahr fertiggestellt. Von außen war nicht zu erkennen, dass sich im Inneren des Forschungslabors modernste Technik verbarg. Vor dem Hintergrund des weltweiten Rückgangs der Fischbestände wurde es als notwendig erachtet, die kommerzielle Fischzucht zu unterstützen. Die Züchtung transgener Fische versprach schnellere Wachstumsraten und höhere Widerstandsfähigkeit gegen Krankheiten. Das waren gewichtige Argumente. Auf der anderen Seite läuteten bei Forschern die Alarmglocken. Umweltaktivisten forderten Aufklärung über die ökologischen Risiken. Umweltgifte könnten sich mit der Zeit in den genetisch veränderten Fischen anreichern. Welche gesundheitlichen Auswirkungen hätte dies für die Konsumenten?

Auf dem Gelände der alten Fischfarm befanden sich drei Fischbecken, wobei das nördlichste durch einen Metallzaun zusätzlich gesichert war. Dichte Bäume und Sträucher schirmten das Grundstück vor neugierigen Blicken ab. Manchmal ging der Professor zur nördlichen Grundstücksgrenze, wo eine Schilfzone das Grundstück vom Flussufer trennte. Im Schutz der Büsche beobachtete er mit seinem Fernglas die wagemutigen Angler, wie sie versuchten, den berüchtigten Musky zu fangen.

Während er noch über die geplanten Verbesserungen für die drei Versuchsbecken nachdachte, schockierte ihn ein Schild mit einem Totenkopf am Eingangstor der Fischfarm. Die Aufschrift Mörder ließ ihn für einen Augenblick erstarren. Nur ein paar Meter weiter klaffte ein großes Loch in der

Umzäunung des Grundstücks. Mehrere Graffiti verunstalteten die Außenwände des Genlabors. »Vandalismus! Diese ...« Professor Grayson fehlten die Worte. Innerlich kochte er vor Wut.

Seine Mitarbeiter Jorge und Evelyn mussten ihn bemerkt haben. Aufgeregt stürmten sie aus dem vorderen Labormodul. Dr. Evelyn Shawn, seine Genetikerin, rief: »Wie können Menschen so etwas tun? Auf dem Zettel hier steht, wir kommen wieder. Diese Vandalen haben ihre Botschaft an die Eingangstür getackert.« Biologe Jorge Travis sah betreten zu Boden. Der Professor herrschte beide scharf an: »Raus mit der Sprache!«

Jorge Travis antwortete zögerlich. Dann zeigte er auf ein Graffitisymbol: »Die nennen sich Umwelt Watcher und verdammen jegliche Gentechnik. Sie betreiben eine Website, die alle auffordert, ihnen zu folgen. Sie drohen mit einer Apokalypse für die Menschheit.«

Professor Grayson bemühte sich um Haltung. Es war an der Zeit, scharfe Geschütze aufzufahren.

»Lasst uns reingehen. Waren sie im Labor?«

»Nein, Professor! Wir fanden alle Labortüren verschlossen. Nur ...«

»Nur was? Soll ich euch alles aus der Nase ziehen?«

»Nein, ...« Evelyn raffte sich zu einer Antwort auf. »Professor Grayson! Die Tür der Umzäunung des hinteren Beckens steht weit offen.«

»Und? Welche schlechten Nachrichten gibt es sonst noch?«

»Elvis ist weg.« Jetzt war es raus, und Biologe Jorge Travis ließ sich kraftlos auf einen Hocker nieder.

»Wir können ihn nicht finden.« Professor Grayson wurde kreidebleich. Er stand kurz davor zu explodieren, aber das würde auch nichts ändern. Das millionenschwere Experiment war in Gefahr.

»Wenn Vincent Bailey kommt, versucht ihr Elvis einzufangen. Lebend, verstanden!«

»Ja«, kam es kleinlaut von seinen Mitarbeitern.

Professor Grayson sah seine beiden Mitarbeiter missbilligend an, obwohl sie nichts dafürkonnten, und nahm seinen Fotoapparat aus dem Schrank.

»Evelyn, komm mit, wir müssen jetzt alles fotografieren. Ich mache eine Anzeige, die sich gewaschen hat. Ich reiße diesen Umweltaktivisten persönlich das Herz aus der Brust.« *Jahrelange Forschung in einem Augenblick zunichte gemacht*, dachte der Professor. Plötzlich blieb er stehen. »Hast du das Diktiergerät, Evelyn?«

»Ja, Victor.« Evelyn trabte beflissen hinter dem Professor her. Als Professor Grayson vor dem offenen Gehege stand, lief ihm kalter Schweiß von der Stirn. Das Becken war tatsächlich leer.

»Evelyn! Erinnere mich daran, dass ich unseren Auftraggeber anrufe. Wir brauchen Sicherheits-personal«, sprudelten die Worte wütend aus seinem

Mund. Seine gesamte Kiefermuskulatur zuckte so unkontrolliert, dass es Evelyn eine höllische Angst einjagte.

Eine Stunde später fuhr Professor Grayson mit seinen Beweisfotos auf die Hauptstraße Richtung Süden. Kurz hinter Willows Creek hielt er auf dem Parkplatz vor dem Sheriff Department. Als er vor der Eingangstür stand, fiel ihm ein Schild ins Auge: »Bitte melden sie sich in der Gemeindeverwaltung von Willows Creek.« Professor Grayson bewegte seine Lippen, aber kein Ton kam heraus. Sprachlos stand er wohl eine Minute lang vor der geschlossenen Tür, während seine Hände sich zu Fäusten ballten. Verzweifelt versuchte er, seinen unbändigen Zorn zu unterdrücken.

Das laute Geräusch des großen Rolltores der Freiwilligen Feuerwehr nebenan schreckte ihn auf. Ein kräftig gebauter Mann in einem öl-verschmierten blauen Overall trat ins Freie, der seine schmutzigen Hände mit einem Lappen zu reinigen versuchte. Er blinzelte in den Himmel, wo die Sonne die Regenwolken vertrieben hatte und die letzten Pfützen am Boden aufleckte.

Professor Grayson musste einen so hilflosen Eindruck gemacht haben, dass Mechaniker Chester Tooli auf ihn zuging.

»Hey, Mr! Kann ich Ihnen helfen?«

»Das Sheriff Department ist nicht besetzt«, rief Professor Grayson frustriert dem Mechaniker zu.

»Ist es dringend, Sir?« Mechaniker Tooli wischte sich den Schweiß von der Stirn.

»Ich wollte eine Anzeige aufgeben.«

»Es gab einen Notfall an der High School in Bakersville. Kinder wurden verletzt. Sie müssen zur Gemeindeverwaltung fahren. Dort kümmert man sich um Ihr Anliegen.« Das auch noch. Der Professor glaubte innerlich zu explodieren.

»Danke, Mr ...«

»Tooli, Chester Tooli, Sir«, antwortete der Mechaniker gelassen und verschwand wieder in der Feuerwache.

So ein beschissener Tag, dachte Professor Grayson wütend. Er biss sich auf die Zunge und fuhr zurück. Rechts tauchte die Einfahrt von Willows Creek mit Bennys Supermarkt und dem Diner auf. Er stellte sein Elektrofahrzeug auf dem Parkplatz ab und marschierte geradewegs zum Gebäude der Gemeindeverwaltung.

Im Foyer traf er auf Mrs Whitman, die gerade den Marmorfußboden wischte. Beinahe hätte er das gelbe Warnschild übersehen.

»Vorsicht Rutschgefahr!«, rief ihm eine hohe Stimme zu. »Vorsicht, habe ich gesagt! Können Sie nicht lesen?« Professor Grayson konnte sich gerade noch aufrecht halten. Mrs Whitman, eine kleine Lady mit verschmitztem Blick, sah zu ihm auf.

»Was ist mit Ihnen los? Das gelbe Schild ist doch groß genug.«

Der Professor wollte keinen neuen Ärger.

»Alles okay, Ma'am. Ich will zum Bürgermeister.«
Mrs Whitman hielt die Hand an ihr Ohr. Sie war
wohl schwerhörig? Professor Grayson nickte
freundlich und umschiffte geschickt die Gefahren-
zone. Schwer atmend stieg er langsam die große
Eichentreppe zum Obergeschoss hinauf. Oben
dämpfte ein dicker Teppichläufer seine Schritte.
Ein Hinweisschild wies ihm den Weg zum Büro des
Bürgermeisters, den er schon kannte. Keine fünf
Meter weiter kam ihm die Sekretärin entgegen.

»Hallo, Professor Grayson«, trällerte sie fröhlich.
»Schön, dass Sie uns besuchen.« Ihr betörendes
Parfum stieg ihm in die Nase. Mrs Beauty, stets wie
frisch aus dem Modekatalog gestiegen, führte ihn
in das Vorzimmer des Bürgermeisters. »Ich melde
Sie dem Bürgermeister«, sagte sie und lächelte den
Professor neugierig an. »Einen Moment bitte.
Setzen Sie sich doch in einen der schönen Sessel.«

»Danke, Mrs Beautiful.«

»Danke, aber nur Beauty bitte.« Es dauerte nicht
lange, und Mrs Beauty erschien wieder. »Der
Bürgermeister empfängt Sie.«

»Guten Tag, Bürgermeister Plummer.«

»Hallo, Professor. Wo drückt Ihnen der Schuh?
Nehmen Sie bitte Platz. Wollen Sie eine Zigarre
oder soll meine Sekretärin Ihnen einen Kaffee
machen?«

»Nein, danke. Ist nicht nötig. Ich wollte im
Sheriff Department eine Anzeige machen. Aber
dort hängt nur ein Schild mit der Aufschrift, dass

man sich in der Gemeindeverwaltung melden soll.«
Der Bürgermeister machte einen Zug an seiner
Zigarre, und nach einer kurzen Pause ...

»Ja, das ist sehr ärgerlich. Wir haben zurzeit ein
kleines Personalproblem. Aber ich freue mich, dass
Sie zu mir kommen. Sie haben meine volle
Aufmerksamkeit.«

Professor Grayson kramte in seiner alten
Aktentasche und holte die Fotos heraus, die er am
Morgen aufgenommen hatte.

»Bei uns in der Fischfarm wurde erneut
eingebrochen. Dieses Mal haben sie ein großes
Loch in den Zaun geschnitten. Dann beschmierten
sie die Wände des Forschungslabors. Sie nennen
sich Umwelt Watcher oder so. Am Eingangstor
hing ein Plakat mit einem großen Totenkopf drauf.
Hier ist der Zettel von der Eingangstür zum Labor.
Sie wollen wiederkommen. Ich habe mit meinem
Arbeitgeber telefoniert. Wir bekommen heute noch
zwei Sicherheitskräfte zugeteilt. Die Reparatur-
arbeiten werden länger dauern.«

Seine Stimme bebte vor Frustration und Wut.
Der Bürgermeister öffnete eine Schublade seines
Schreibtisches, der noch aus dem 19. Jahrhundert
stammte. Seine rechte Hand suchte nach dem
Diktiergerät.

»Mrs Beauty. Schreiben an den Sheriff ...«
Nachdem er geendet hatte, sah er zum Professor.
»Diese Umweltaktivisten werden langsam zum
Ärgernis. Wir müssen dem Einhalt gebieten.«

»Für mich sind das Kriminelle, die nicht wissen, was sie tun«, antwortete der Professor.

»Würden Sie mir die Fotos überlassen?«

»Ja sicher.«

»Wir sollten das Problem in der nächsten Gemeinderatssitzung ansprechen. Würden Sie für die Mitglieder des Gemeinderates eine kurze Zusammenfassung bereitstellen.«

»Aber natürlich. Das ist kein Problem.«

»Wenn der Sheriff zurück ist, werde ich mit ihm persönlich darüber sprechen, wie wir das Problem gemeinsam in den Griff bekommen.«

»Danke, Bürgermeister Plummer.«

Sheriff Duncan saß hinter seinem Schreibtisch und kaute an einem Sandwich, während er seine Verwaltungsaufgaben erledigte. Der Bericht wollte nicht fertig werden. Der Bürgermeister hatte ihn am Vortag über die Unterredung mit Professor Grayson informiert. Daraufhin fuhr Deputy Watson in aller Frühe zum Tatort, um die Beweise zu sichern, was Professor Grayson milder stimmte. Es wurde vereinbart, öfter bei der Fischfarm Streife zu fahren, um nach dem Rechten zu sehen. Als Deputy Watson ins Sheriffbüro zurückkehrte, sah ihn Sheriff Duncan fragend an.

»Wow, Sheriff. Diese Umweltaktivisten machen keine halben Sachen. Und das Schild mit dem Totenkopf … Das war echt zum Gruseln.«

Deputy Watson kochte in der Küche Kaffee, als am frühen Nachmittag das Telefon im Büro des Sheriffs klingelte. Nach einem tiefen Atemzug nahm Sheriff Duncan den Hörer ab.

»Sheriff Department, was kann ich für Sie tun?« Am anderen Ende hörte er eine ihm bekannte Männerstimme lachen.

»Sheriff Duncan, ich habe gehört, dass Sie meine Hilfe benötigen.«

»Chief Barns! Sir! Danke für Ihren Anruf. Wir sind unterbesetzt und benötigen dringend Hilfe.«

»Bürgermeister Plummer hat mich angerufen und neben mir sitzt eine entzückende Lady.« Sheriff Duncan fiel die Kinnlade runter. Mrs Gelderman, die Vorsitzende vom ‚Old Ladies Club‘, trank mit dem Chief Tee.

»Sie kennen das begrenzte Budget des FBI und die Urlaubzeit verschärft das Personalproblem. Aber Mrs Gelderman ist eine beeindruckende Persönlichkeit mit weitreichenden Verbindungen. Wir haben eine Idee, was Ihre Aushilfe betrifft.«

»Sir! Chief, wir stehen in Ihrer Schuld.«

»Sie kennen den jungen Mann. Er ist in Willows Creek aufgewachsen.«

»Danke, Chief. Wann wird er eintreffen?«

»Ich denke, spätestens nächste Woche. So jetzt muss ich mich wieder meinem Besuch widmen. Halten Sie die Ohren steif, James.«

Sheriff Duncan dachte an die Worte von Doc Howard. Vielleicht gab es doch noch etwas im

Universum, das man nicht sehen konnte. Das Zauberwort hieß Beziehungen und ihre Arme reichten weit. Er konnte es noch nicht fassen. Entspannt lehnte er sich in seinem Amtssessel zurück. Ein FBI-Agent, genauer ein Special Agent. Was Besseres konnte ihm nicht passieren. Nur, wo war der Haken an der Sache?

Kapitel 7

FBI-Agent Desmond Barracuda zog sein Basecap tiefer ins Gesicht, um sich vor der sengenden Sonne zu schützen. Sein Schatten war das Einzige, was ihn auf dieser endlosen, staubigen Landstraße begleitete. Die goldgelben Felder zu beiden Seiten trugen reife Ähren, die sich träge im heißen Wind wiegten. Die Hitze ließ die Luft wie ein lebendiges Wesen vibrieren, das in unzähligen Wellen über den Sandboden strömte. Mit jedem Schritt, mit dem er sich seinem Ziel näherte, verstärkte sich die flirrende Illusion. Die flimmernden Wellen verzerrten die Sicht, ließen in der Ferne Willows Creek fast surreal erscheinen, als ob die Landschaft in einem Traum gefangen wäre. Der Staub, der bei jedem Schritt aufwirbelte, hinterließ auf seiner Zunge einen trockenen, fast metallischen Geschmack. Desmond Barracuda wollte dem tristen Alltag in der Rehaklinik um jeden Preis entkommen. Sein Spezialauftrag erschien ihm einfach. Schließlich kannte er sich in Willows Creek aus. Doch während er dem vertrauten Weg folgte, fühlte er eine Mischung aus Nervosität und Entschlossenheit. Erinnerungen an frühere Erlebnisse an diesem Ort kamen ihm in den Sinn, und ein leichtes Unbehagen mischte sich in seine Gedanken. Er ahnte auch, dass ihn diese Aufgabe nicht nur körperlich, sondern auch emotional fordern würde.

Waren es die seltsamen Geräusche, die an ein Flüstern erinnerten, das der Wind von der entfernt liegenden Wiese im Norden herübertrug? War es das endlose Zirpen der Grillen oder das Summen der Insekten am Feldrand, das in der Hitze an sein Ohr drang? Oder war es eine Vorahnung, so ein unbestimmtes Gefühl im Bauch, das jeder kennt. Mama Nalani nannte so etwas ein Omen.

Bei jedem Schritt hörte Desmond das Knirschen des trockenen Sandes unter seinen Schuhen, ein rhythmisches Geräusch, das sich mit dem pochenden Schmerz in seinem rechten Bein vermischte. Ab und zu raschelte ein Windhauch durch die trockenen Halme der Felder, brachte jedoch keine Erleichterung vor der drückenden Hitze. Die Geräusche um ihn herum vermischten sich zu einem Konzert der Natur, verstärkten die Unruhe in seinem Innern. Jeder Schritt, jedes Rascheln und Summen schien eine Geschichte zu erzählen, eine Geschichte, die sich mit seiner eigenen mischte, während er sich durch die glühende Landschaft kämpfte. Die gnadenlose Sommerhitze brannte auf seiner Haut. Der

Schweiß tropfte ihm unaufhörlich von der Stirn und lief ihm in die Augen. Sein schwerer Rucksack zog an seinen Schultern, als ob er ihn zu Boden zwingen wollte, und die leere Wasserflasche in seiner Hand erinnerte ihn an den quälenden Durst in der Kehle. Mit jedem Atemzug trocknete die heiße Luft seine Kehle mehr aus, ließ seine Lungen brennen. Desmond biss die Zähne zusammen und versuchte, den stechenden Schmerz in seinem Bein zu ignorieren. »Nur noch einen Kilometer«, sagte er sich immer wieder, als ob die Wiederholung der Worte die Distanz schneller verkürzen würde. Jeder Schritt schien schwerer als der vorherige, aber er kämpfte weiter, getrieben von der Entschlossenheit, sein Ziel zu erreichen.

Durch die Sonnenbrille erschien der blaue Himmel noch blauer. Aus der Ferne konnte er das leise Rauschen eines sich nähernden Pickups hören, ein Geräusch, das ihm bekannt vorkam. Sein eigener Atem ging schwer. Er blieb stehen. Ein kleiner Windstoß wirbelte feinen Staub auf, der sich überall auf seinen Körper festsaugte, als der Pickup dicht an ihm vorbeifuhr und vor ihm stoppte. In eine Staubwolke gehüllt, kam der Fahrer des Pickups mit fuchtelnden Armen auf ihn zu.

»Hey, sind Sie lebensmüde?« Der kräftige Mann in einem durchgeschwitzten T-Shirt blieb vor ihm stehen, sein Gegenüber misstrauisch betrachtend.

Desmond nahm seine Sonnenbrille ab und blickte den Fahrer direkt in die Augen. Verdammt!

»Orson?«

»Ich hätte dich beinahe umgefahren. Desmond? Wir dachten, du … Ich kann dich mitnehmen.«

»Würdest du mich denn mitnehmen?«

Orson wollte auf die Frage nicht antworten. Wortlos verstaute er Desmonds Rucksack auf der Ladefläche des Pickups. Desmond klappte seine Gehhilfe zusammen und hievte sich auf den Beifahrersitz des alten Pickups, dessen rote Farbe langsam zu einem unansehnlichen Rosa verblasste. Wortlos gab Orson seinem Cousin die Wasserflasche. Dann ließ er den Motor aufheulen.

»Danke, Orson.« Desmond lehnte sich erschöpft zurück.

»Die Ernte beginnt dieses Jahr früher«, bemerkte Orson lakonisch. »Sie sagen, es liegt an der Klimaerwärmung. Der Juli ist dieses Jahr besonders trocken. Meine Mutter will morgen Apfelkuchen backen. Wir wussten nicht, ob du wirklich kommen würdest.«

»Ich habe mich vorfristig entlassen. Krankenhäuser deprimieren mich.« Beide schwiegen. Sie wollten nicht weiter darüber reden.

Als der Pickup den Ortseingang von Willows Creek erreichte, fragte Orson neugierig: »Wo soll ich dich absetzen?«

Desmond sah zu seinem Cousin. Er spürte, wie Orsons Kaumuskeln unkontrolliert zuckten.

»Setze mich bei Mrs Gelderman ab. Richte Tante Heather bitte aus, dass ich sie morgen anrufe. Und danke, Orson, dass du mich mitgenommen hast.« Er sah, wie sich die Anspannung in Orson löste.

»Okay, Desmond.«

Desmond stand in seinen durchgeschwitzten Sachen vor Mrs Geldermans Haus. Auf sein Klopfen hin öffnete ihm eine junge, etwas korpulente Frau in Hausuniform die Haustür. Desmonds Erscheinungsbild musste sie erschreckt haben, zumal Desmond sich auf eine Gehhilfe stützte. Der Spruch auf seinem inzwischen mehr grauen als schwarzen T-Shirt verunsicherte die Frau wahrscheinlich.

»Sir, wir geben keine Almosen. Sie können in der Gemeinverwaltung nachfragen.«

»Ich wollte Sie nicht erschrecken Mrs ... Ich bin Desmond Barracuda. Ich möchte mit Mrs Gelderman sprechen.«

»Martha, wer ist da an der Haustür?«, hörte er eine Frauenstimme vom Ende des Flurs fragen.

»Ein Desmond Barracuda, Ma'am. Er sieht aber wie ein Landstreicher aus, der sich wochenlang nicht gewaschen hat.« Mrs Gelderman trat hinter Martha hervor.

»Lassen Sie diesen jungen Mann herein. Oh, mein Gott. Desmond, du siehst schrecklich aus. Wir haben dich erst morgen erwartet.«

78

»Es tut mir leid, Mrs Gelderman. Aber ich konnte nur heute eine Mitfahrgelegenheit auftreiben. Leider konnte mich der Fahrer nur bis zur alten Scheune mitnehmen.«

Martha nörgelte: »Treten Sie sich die Schuhe ab oder ziehen Sie ihre Schuhe besser gleich aus. Ich habe gerade sauber gemacht.« Mrs Gelderman sah Desmond in die Augen.

»Ja, du bist Richards Sohn. Ich kannte deinen Vater gut. Er war ein aufrechter Mann. Ich habe dir im Erdgeschoss das Gästezimmer hergerichtet. In der Dusche liegen Handtücher. Na, du kennst dich ja hier aus. Martha gibt dir einen Hausschlüssel.«

»Ich muss aber noch mal kurz zum Sheriff Department, um mich anzumelden.«

»Wir essen pünktlich um halb acht, wie du weißt. Lass deinen Rucksack hier.«

»Ja, Ma'am.«

»Ich bin froh, dass du da bist. Mein Sohn kommt so selten vorbei, seit er bei J.A.G. arbeitet. Wenn du etwas brauchst, sag es Martha.«

»Okay! Vielen Dank.«

Martha war überrascht. Dieser schmutzige Typ hatte Manieren.

»Soll ich Ihre Sachen auspacken, Sir?«

»Nein, danke, Martha. Und nennen Sie mich bitte Desmond.«

Um zum Sheriff Department zu gelangen, musste Desmond nur den kleinen Weg entlang des

Gartenzauns von Mrs Geldermans Grundstück nehmen, der zur Hauptstraße führte. Unter dem Blätterdach der Bäume fühlte sich die Mittagshitze weniger lähmend an, aber seine Gedanken drehten sich um den Job. An der Hauptstraße angekommen, stand er vor dem Sheriff Department mit dem Gebäude der Freiwilligen Feuerwehr daneben. Der Eingang zum Sheriffbüro war verschlossen, aber das Tor zur Feuerwache stand weit offen. Mechaniker Tooli und ein Praktikant werkelten am Feuerwehrauto. Das Innere der Feuerwache war vom lauten Klirren der Werkzeuge erfüllt. Desmond spürte, wie sich eine Mischung aus Nervosität und Neugier in ihm ausbreitete, als er auf das offene Tor zuging. In der Einfahrt blieb er stehen und winkte dem Mechaniker zu. Chester Tooli kam mit einem großen Schraubenschlüssel in der Hand auf ihn zu.

»Hey, kann ich etwas für Sie tun, Mr?«

»Hallo, Mr Tooli!«

»Kennen wir uns?«

In diesem Moment stürmte Josh vor und umarmte Desmond, der beinahe den Halt verlor.

»Desmond, ich habe dich vermisst. Bleibst du länger?«

»Hey, langsam, kleiner Cousin.«

Mechaniker Tooli brauchte noch einen Moment, bis der Groschen fiel.

»Du siehst wie ein Landstreicher aus. Im Büro des Sheriffs ist niemand.«

»Die Sonne meint es wirklich gut. Gott sei Dank hat mich Orson unterwegs aufgegabelt.«

»Ich hätte dich beinahe nicht erkannt«, lästerte Tooli.

»Ich wollte zu Sheriff Duncan, um mich anzumelden. Ich bleibe eine Weile.«

»Ah, da wird sich Orson aber freuen. Haha. Du hast leider Pech. Der Sheriff und Deputy Watson mussten kurzfristig zu einem Autounfall.«

»Ich bin eure neue Verwaltungsangestellte, aushilfsweise.« Tooli lachte so heftig, dass seine Schultern hüpften.

»Aha! Dann bist du auch für unser Essen zuständig.«

»Ja. Ich wollte schon mal die Küche inspizieren.«

»Komm rein.« Desmond blickte im Vorbeigehen auf das Feuerwehrauto.

»Das ist neu, nicht wahr?« Tooli nickte stolz.

»Ich schließe dir den Durchgang zum Sheriff Department auf. Mrs Whitman putzt gerade. Also Vorsicht!«, rief ihm Tooli noch hinterher. Josh konnte seine Aufregung nicht verbergen. Er wollte alles über Desmonds Abenteuer beim FBI wissen.

Im Vorraum des Sheriffbüros schwang eine kleine ältere Frau mit einem bunten Kopftuch den Wischmopp. Als sie Desmond wahrnahm, rief sie mit einer Stimme, die an eine Kreissäge erinnerte: »Schuhe abputzen. Ich habe gerade sauber gemacht. Sie tragen den ganzen Sand herein.«

Desmond blieb kurz stehen und sah sich um.

»Mrs Whitman, schön Sie zu sehen.«

»Wer sind Sie? Sie sehen aus, als kämen Sie direkt von der Müllkippe.«

»Hallo, Mrs Whitman. Ich bin es, Desmond Barracuda.« Mrs Whitman kam näher. Sie blieb kurz vor dem großen, bärtigen Mann im Rocker Shirt stehen, schaute zu ihm auf und holte ihre Brille aus der Schürzentasche, um besser sehen zu können. Dann hob sie drohend den Wischmopp.

»Ich bin bewaffnet, junger Mann. Wie sind Sie hier reingekommen?«

»Mrs Whitman! Erinnern Sie sich an mich?«

»Nein«, erwiderte sie schroff. »Desmond würde sich nie so gehen lassen.« Als sie den angeblichen Landstreicher näher begutachtete, blieb ihr der Mund offen.

»Oh mein Gott, was haben sie mit dir gemacht, Desmond?« Mrs Whitman konnte es nicht fassen. »Desmond, du bist ganz staubig und dieses T-Shirt, nein. Ich glaube, du brauchst eine Runderneuerung. Ich habe dich anders in Erinnerung. Wo bist du untergekommen?«

»Bei Mrs Gelderman.«

»Dann gibt es ja noch Hoffnung für dich.«

»Ich wollte die Küche inspizieren. Ich bin die Vertretung für Mary Bennet. Morgen ist mein erster Tag.« Mrs Whitman beruhigte sich wieder.

»Nimm das gelbe Warnschild und folge mir. Es gibt jetzt nur noch eine Küche. Mary hatte alles im

Griff. Du wirst dich anstrengen müssen, Desmond. Ich schließe dir mal die Küche auf. Mary hat einen Zettel für ihre Vertretung an den Kühlschrank befestigt.«

»Oh, gut. Das wird mir helfen.«

»Ich muss noch die Pflanzen im Büro des Sheriffs gießen und Staub wischen.«

Im nächsten Moment stand Desmond allein in der Küche. Er stellte seine Gehhilfe beiseite und inspizierte die Hängeschränke, um sich einen Überblick über den Kaffeevorrat zu verschaffen. Er begutachtete gerade die Kaffeemaschine, die einer gründlichen Reinigung bedurfte.

Plötzlich hörte er das typische Klicken einer Dienstwaffe in seinem Nacken.

»Keine Bewegung Freundchen. Drehen Sie sich ganz langsam um. Wen wollten Sie mit dieser Krücke erschlagen?« Desmonds verletztes Bein schmerzte, als er es kurz belasten musste. Vor ihm stand ein Kleiderschrank von Mann, dessen Arme nur aus Muskelpaketen zu bestehen schienen. Der Herkules hielt seine Gehhilfe in der Hand. »Geben Sie mir ihren Ausweis.«

»So ein Mist!« Desmond kramte verzweifelt in seinen Jeanstaschen, aber seine Papiere lagen bei Mrs Gelderman.

Deputy Brodie Watson fackelte nicht lange und zückte die Handschellen. Mit ausdruckslosem Gesicht schob ihn der sommersprossige Herkules zum Zellentrakt, in dem sich zwei vergitterte Zellen befanden, von denen eine bereits besetzt war.

»Hier rein, los!« Desmond humpelte, aber der Deputy schob ihn nachdrücklich in die noch freie Zelle. Die Gittertür fiel ins Schloss und Desmond war gefangen.

»Hey, Deputy Watson. Wann kann ich hier wieder raus?«, rief jemand aus der anderen Zelle. Al Jackson versuchte erfolglos, an den Gitterstäben zu rütteln. Die Stahlstäbe bewegen sich keinen Millimeter. Al's rechtes Auge war blau und geschwollen.

»Werden jetzt schon Krüppel eingesperrt? Das ist Polizeigewalt«, schrie Al heiser und aus seinem Mund spritzte nur noch Spucke. »Hey!«

»Halt die Klappe, Al. Du kommst noch früh genug nach Hause. Und wenn du Ärger machst, behält dich Sheriff Duncan länger hier.« Al verstand und setzte sich ächzend auf seine Gefängnispritsche.

»Ist schon okay! Ich bin nur ein … Der Rest des Alkohols.«

Desmonds verletztes Bein schmerzte bestialisch. *Na, großartig gemacht*, dachte er.

»Hey, Deputy Watson. Ich muss mit dem Sheriff reden.« Aber Deputy Watson verließ wortlos den Zellentrakt, ohne zu antworten.

Mit seinem linken intakten Auge beobachtete Al Jackson, wie der Neuzugang zur Pritsche humpelte und sich darauf stöhnend niederließ.

»Hey, Kumpel! Ich habe dich schon mal gesehen. Du kommst mir bekannt vor. Woher bloß?« Al kratzte sich am Hinterkopf, als müsste er nachdenken. »Mein Kopf fühlt sich wie eine riesige Melone an, die platzen will. Bist du der Geist von Richard, der mich foltern will?«

Desmond blickte zu Al rüber. Er betrachtete den älteren Mann mit dem Bierbauch genauer.

»Al … Ich bin Desmond, Desmond Barracuda. Du meinst meinen Vater. Der ist tot.« Es schien, dass Al plötzlich nüchtern wurde.

»Mein Gott. Ich glaube eigentlich nicht an Geister und so. Aber du siehst deinem Vater so ähnlich«, bemerkte Al erleichtert. »Er war ein guter Freund und Fischkenner.« Dann begann Al laut zu schniefen.

»Warum bist du hier?«, fragte Desmond. Al wurde unsicher. »Naja, gestern haben wir etwas gefeiert und dann … Mason wollte nicht zugeben, dass er meinen großen Musky vom Eingang der Anglerhütte gestohlen hat. Ich habe ihm die Nase gebrochen und Mason hat mir daraufhin ein blaues Auge verpasst.« Ein paar Atemzüge später. »Und dann kam der Sheriff.« Al stöhnte, da sein blaues Auge wieder schmerzte. »Aber warum sitzt du hier, Desmond?«

»Deputy Watson hat mich in der Küche erwischt, wie ich die Kaffeemaschine inspizierte.«

»Haha. Für Sheriff Duncan ist die Kaffeemaschine heilig und Deputy Watson bewacht sie wie seinen Augapfel. Was wolltest du in der Küche?«

»Ich soll Mary Bennet vertreten.«

»Und wieso humpelst du?«

»Ein Arbeitsunfall.« Al versuchte mit dem gesunden Auge den Spruch auf Desmonds Rocker Shirt zu lesen.

»Zu alt zum Kämpfen, zu langsam zum Laufen. Aber ich kann noch verdammt gut schießen.« Al lachte herzhaft, bis ihm der Bauch wippte.

»Na, dann weiß ich ja, wen ich demnächst nerven kann.«

»Sicher, Al.«

Der heiße Sommertag trieb das Thermometer in die Höhe. Orson würde erst morgen einen neuen Ventilator aus der Stadt mitbringen. Sheriff Duncan kam am späten Nachmittag gestresst zurück.

»Diese Touristen. Die glauben, dass ein Sheriff nichts Wichtigeres zu tun hat, als ... Was soll diese Gehhilfe auf meinen Schreibtisch? Watson, ist das ein Scherz?«

»Nein, die gehört unserem neuen Gefangenen.«

»Von was für einen Gefangenen reden Sie, Watson?«

»Ich habe einen Landstreicher in der Küche erwischt, wie er sich an unserer Kaffeemaschine zu schaffen machte. Die Schlagwaffe musste ich konfiszieren. Ich wollte kein Risiko eingehen.« Die

Kaffeemaschine, der heilige Graal in jedem Büro. Sheriff Duncan sah seinen Deputy sprachlos an.

»So weit ist es schon gekommen.« Er schüttelte missbilligend den Kopf.

»Er sitzt in der Zelle neben Angler Al Jackson. Wie lange muss Al noch bei uns bleiben?«

»Lasse ihn nachher raus. Mason hat seine Anzeige zurückgezogen.«

Sheriff Duncan betrachtete die Gehhilfe näher.

»Ein sauber gearbeitetes Stück Handarbeit. Am Ende eine ausfahrbare Messerklinge und die verdeckte Abschussvorrichtung im Stützgriff, wie raffiniert«, murmelte er nachdenklich.

»Der Penner will nur mit Ihnen reden.«

Widerwillig erhob sich Sheriff Duncan aus seinem bequemen Amtssessel.

»Geh vor, Watson. Ich will mir den Gefangenen ansehen.« Deputy Watson öffnete den Zellentrakt und der Sheriff nahm den vermeintlichen Landstreicher genauer unter die Lupe. »Desmond?« Desmond zog sich an den Gitterstäben hoch.

»Tut mir leid, Sheriff. Der Deputy hat meine Gehhilfe konfisziert.«

»Wann kann ich hier raus«, rief Al dazwischen?

»Watson, mach die Papiere fertig und schmeiß Al raus.«

»Danke, Sheriff. Vielen Dank!«

Während Deputy Watson mit Al zum Büro des Sheriffs ging, schloss Sheriff Duncan erleichtert Desmonds Gefängniszelle auf.

»Chief Barns hat dich über alles informiert?«

»Ja, Sheriff. Mein Boss meint, ich könnte euch unterstützen. In der Rehaklinik bin ich für niemanden von Nutzen.« Der Sheriff sah zu Boden und wischte sich mit der Hand die Nase.

»Die Anglersaison beginnt und die Touristen sind unberechenbar. Mary wird für länger ausfallen. Chief Barns meint, du bist ein guter Ermittler.«

»Einmal in der Woche muss ich zu Doc Howard zum Bodycheck«, bemerkte Desmond kurz.

»In Ordnung.« Der Sheriff stützte Desmond, als sie den Zellentrakt verließen.

Al hatte das Büro des Sheriffs verlassen und Deputy Watson wartete neugierig auf den Sheriff. Wer war dieser geheimnisvolle Typ, dem er noch nie begegnet war? Der Sheriff schien den Mann zu kennen. Aber wie war es diesem Kerl gelungen, sich Zugang zum Sheriff Department zu verschaffen? Endlich erschien der Sheriff mit diesem Desmond im Sheriffbüro. Beide schienen vertraut zu sein.

»Setz dich. Deputy Watson hast du ja schon kennengelernt. Eine schöne Gehhilfe hast du da.«

»Ein Geschenk meiner Freundin.«

»Watson! Das ist Special Agent Desmond Barracuda, der hier aufgewachsen ist. Er wird Mary vertreten.« Der Sheriff musterte Desmond genauer. »Morgen früh erwarte ich einen Detektiv in professionellem Outfit und bitte keinen Rock,

Desmond.« Sheriff Duncan holte Desmonds Zugangscard aus dem Schreibtisch. »Man weiß ja nie«, stöhnte er.

»Schottische Wurzeln?«, fragte Deputy Watson. Desmond nickte und Brodie Watson grinste. »Nichts für ungut.« Der Herkules öffnete ihm sogar die Tür, als Desmond das Sheriff Department verließ.

»Danke, Deputy Watson.«

»Warten Sie«, flüsterte Deputy Watson an der Tür. »Ich esse Doughnuts mit Schokolade.«

»Okay, gebongt, Deputy Watson.«

Kapitel 8

Mrs Gelderman, eine agile ältere Dame, leitete den ‚Old Ladies Club' in Willows Creek. Sie war dreimal verwitwet und, wenn die Gerüchte stimmten, stinkreich. Ihr letzter Ehemann, ein Holländer, hatte sein Vermögen im Diamanten-handel erworben. Das machte sie zu einer einflussreichen Persönlichkeit weit über Willows Creek hinaus. Wer sie nicht kannte, schätzte sie auf Mitte fünfzig, eine Lady, die immer noch einen jugendlichen Charme ausstrahlte. Boshafte Zungen im Ort behaupteten, sie hätte eine kurze Affäre mit Desmonds Vater gehabt. Beweisen konnte das aber niemand. Bürgermeister Plummer konnte sich von ihrem souveränen Auftreten noch eine Scheibe abschneiden. Auf ihrem Marmor-Kamin im Wohnzimmer stand ein gerahmtes Foto, auf dem sie Desmonds Vater eine Urkunde für seine Verdienste um Willows Creek überreichte. Vor vielen Jahren trug die kleine Fischfarm der Familie Barracuda zum Wohlstand von Willows Creek bei, bis sich eines Nachts ein tragisches Unglück ereignete. Ein schweres Unwetter ließ den Musky River zu einem reißenden Strom anschwellen. Die Wassermassen begruben den Kleinwagen unter sich, der das Brückengeländer durchbrochen hatte. Die Gerüchteküche in Willows Creek brodelte, doch die Polizei konnte kein Fremdverschulden nachweisen.

Auf dem Weg zu Mrs Geldermans Haus war Desmond dankbar, dass er nicht bei Tante Heather wohnen musste. Die Abneigung, die sein acht Jahre älterer Cousin Orson ihm entgegenbrachte, hatte er an diesem Morgen im Pickup deutlich gespürt. Die alten Gräben zwischen den beiden schienen un-überbrückbar. Vorsichtshalber klingelte er an der Haustür, um Martha nicht zu erschrecken. Seine schmutzigen Stiefel, die noch vom Sand der Landstraße bedeckt waren, hielt er vorsorglich in der Hand. Martha musste schmunzeln, als sie Desmond die Haustür öffnete.

»Kommen Sie rein. Mrs Gelderman ist noch schnell etwas besorgen. Ich zeige Ihnen alles.«

Ein aufregender Nachmittag neigte sich dem Ende zu, als Desmond sein Gästequartier bei Mrs Gelderman betrat.

»Wow, Martha. Was für ein schönes Zimmer.«

»Das Bad mit der Dusche ist gleich nebenan. Ich habe Ihnen frische Wäsche aufs Bett gelegt. Neben der Dusche steht ein Wäschekorb für Ihre schmutzigen Sachen. Wenn Sie mich brauchen, rufen Sie. Ich bin in der Küche.«

»Danke, Martha. Ich komme zurecht.«

Seine Kleidung klebte am Körper, durchtränkt von Schweiß und bedeckt vom feinen Staub der Landstraße. Mit einem Seufzer der Erleichterung ließ er die Kleider zu Boden fallen und ging unter die Dusche. Endlich. Das Wasser prasselte auf seine erhitzte Haut. Jeder Tropfen fühlte sich wie eine Wohltat an, erfrischend und belebend zugleich. Desmond schloss die Augen und genoss das Gefühl, wie Schmutz und Anstrengung von ihm abperlten. Der frische Duft des Duschgels erfüllte die Luft in der Duschkabine. Seine verkrampften Muskeln begannen sich zu entspannen. Wenn da nur nicht diese ständigen Schmerzen im Bein wären. Der Vollbart musste ab. »Ouch!« Er hatte sich geschnitten und einige Tropfen Blut fielen in das Waschbecken. Nach einigen Minuten kamen langsam Kinn und Unterkiefer zum Vorschein.

Nur in ein weiches Badetuch gehüllt, trat Desmond an das Fenster seines Zimmers, das auf den Garten hinausging. Sein Blick schweifte über die gepflegten Beete, in deren Mitte ein weißer Holzpavillon stand, in dem er früher oft gespielt hatte. Der Garten wirkte wie ein kleines Paradies, ein magischer Ort, an dem die Seele zur Ruhe kommen konnte. Die letzten Sonnenstrahlen tauchen den weißen Pavillon und die Blumenbeete in ein warmes, goldenes Licht. Die Farben der Blumen erschienen noch intensiver, während die Schatten länger und tiefer wurden. Der Himmel färbte sich in verschiedenen Schattierungen von Orange über Rosa bis Violett. Aus dem nahen Wald ertönte das Zirpen der Zikaden, gelegentlich unterbrochen vom Ruf einer Eule. Der Garten wirkte nun stiller. Auf der Terrasse gingen zwei kleine Solarleuchten an, die den Weg zum Pavillon wiesen. Desmond setzte sich auf das weiche Doppelbett mit dem Blumenmuster auf den Bezügen und zog die sauberen Sachen an. Er ließ sich mit dem Rücken auf die weiche Tagesdecke fallen, während er für einen Moment seine Augen schloss. Hinter ihm klopfte es an der Tür.

»Ja, bitte!« Martha trat ein.

»Ich wollte ihren Wäschekorb holen. Morgen zeige ich ihnen, wie Waschmaschine und Trockner funktionieren«, sagte Martha und nahm den Korb. »Ach, falls Sie Ihre Stiefel vermissen. Die stehen geputzt im Flur. Das Schuhputzzeug befindet sich in der Waschküche neben der Bank«.

»Danke, Martha. Das Zimmer ist sehr schön, besonders der Blick in den Garten.«

»Ja, Sie haben Recht, Desmond. Mrs Gelderman ist eine großartige Gärtnerin.« Desmond hörte die freundliche Stimme seiner Gastgeberin durch die offene Tür, die ihn zum Abendessen rief. Gleichzeitig stieg ihm der köstliche Duft von frisch zubereitetem Essen in die Nase. Desmond lief das

Wasser im Mund zusammen. Martha reichte Desmond seine Gehhilfe.

»Kommen Sie, Desmond. Lassen wir Mrs Gelderman nicht warten.« Mit einem Lächeln auf den Lippen machten sich Desmond auf den Weg ins Esszimmer, wo ihn ein liebevoll gedeckter Tisch und die warme Atmosphäre des Hauses erwarteten. Alles erinnerte ihn an die alten Zeiten.

Mrs Gelderman betrachtete Desmond sehr aufmerksam. Ihr Mund verriet, dass sie noch einige Verbesserungen plante.

»Morgen werden wir uns mit deiner wilden Haarpracht beschäftigen. Dein Vater hatte auch so volles, dunkelbraunes Haar, in das sich die Mädchen verliebten. Aber er hatte nur Augen für deine Mutter. Sie war mir immer eine gute Freundin. Ich vermisse sie.«

»Bleibt Martha nicht zum Essen?«

»Nein. Ich wollte mit dir unter vier Augen reden.« Aus dem Flur hörte er nur noch: »Bis morgen, Mrs Gelderman.«

»Guten Appetit. Lass uns essen und dann erzählst du mir von dir.« Desmond schaute zu Mrs Gelderman, die ihm gegenüber am Tisch saß.

»Das schmeckt köstlich, genau wie bei meiner …«

»Mutter wolltest du sagen. Dann hat Martha alles richtig gemacht. Und nenne mich Tante Liz, wie du es früher getan hast.«

»Ja, Ma'am, Liz.« Mrs Gelderman beobachtete Desmond, wie er sich das Essen schmecken ließ.

»Was möchtest du trinken, Desmond?« Er wollte schon Bier sagen, aber das hätte seine Gastgeberin verärgert. Sie testete ihn.

»Einen Tee, bitte.« Mrs Gelderman lächelte zufrieden. Er hatte ihre Lektionen nicht vergessen.

»Desmond, ich habe mit deiner Tante Heather gesprochen und sie ist einverstanden, dass du bei mir wohnst. Orson heiratet bald Vivian, die Tochter von Ben. Deine Tante hat Bauhandwerker mit dem Umbau des Hauses beauftragt.«

»Aber das ist nicht der einzige Grund, Tante Liz, nicht wahr?«

»Nein, leider nicht, mein Junge. Seit einiger Zeit geschehen in unserer Gegend seltsame Dinge. Vor kurzem wurde Farmer Normans preisgekrönte Katze Ismene auf bestialische Weise getötet, was bei allen Einwohnern große Bestürzung ausgelöst hat. Norman behauptet felsenfest, dass er den Teufel gesehen hat. Mama Nalani musste Norman beruhigen. Doc Howard erzählte mir, er habe noch nie so etwas Grausames gesehen. Die Gemeinde ist beunruhigt, weil bald die Touristensaison beginnt. Und, es wäre gut, wenn du zum Bingo-Abend kommen würdest, natürlich nur, wenn du keinen Dienst hast.«

»Natürlich, Tante Liz. Versprochen.«

»Ich bin erleichtert, dass du hier bist. Mein Sohn wurde letzte Woche auf einen Flugzeugträger abkommandiert, um einen Unfall zu untersuchen. Ich werde ihn so schnell nicht wieder sehen. Aber du weißt selbst, wie es ist, wenn die Pflicht ruft. Das Haus ist so leer ohne ihn. Gut, dass ich Martha habe. Sie ist großartig. Wenn ich unterwegs bin, hat sie das Sagen im Haus.«

»Okay, Tante Liz.«

»Ich sehe, es ist spät geworden und du musst morgen früh raus. Sheriff Duncan ist ein pedantischer Pünktlichkeitsfanatiker. Und noch ein kleiner Tipp. Er liebt deftiges Essen.« Desmond nickte verstehend.

»Gute Nacht, Tante Liz.«

Kapitel 9

Der erste Arbeitstag im Sheriff Department wartete. Desmond steckte seine FBI-Marke an den Gürtel und die Dienstwaffe ins Schulterholster, als Martha in der Tür auf ihn wartete.

»Guten Morgen. Kaffee steht auf dem Tisch, Desmond. Die Ladies sind schon früh in die Stadt aufgebrochen, ihr wöchentlicher Shoppingtag.« Desmond nickte verstehend. »Soll ich Ihnen noch ein Sandwich machen?«

»Nein, danke. Der Kaffee reicht. Ich muss mich beeilen. Das Essen gestern war fantastisch.« Martha freute sich über das Lob und lächelte. »Ich muss noch im Backshop vorbeischauen und die Bestellung für das Sheriff Department abholen.«

Neuigkeiten verbreiteten sich wie ein Lauffeuer in Willows Creek. Kylie konnte es kaum erwarten, ihren alten Schulfreund wiederzusehen. Die kleine Konditorhaube vermochte die karamellbraunen Locken darunter kaum zu bändigen. Nach der High School hatten sich ihre Wege getrennt, aber mit dem Backshop erfüllte sie sich ihren Traum. Sie kreierte köstliche Cupcakes und experimentierte mit Doughnuts. Die Sandwich-Kreationen fanden reißenden Absatz und wurden auch im Diner gerne gekauft.

»Guten Morgen, Kylie.« Desmond lehnte seine Gehhilfe gegen den Tresen und holte einen Zettel aus der Jackentasche seines Anzugs. Die Gehhilfe änderte nichts daran, dass er immer noch eine Anziehungskraft auf sie ausübte, der sie sich nicht entziehen konnte.

»Was kann ich für dich tun?«, fragte sie mit honigsüßer Stimme, während ihr eine leichte Röte ins Gesicht stieg.

»Äh, ja … Drei herzhafte BLT-Sandwiches, zwei Doughnuts mit Schokolade und ich probiere mal den mit der Zitronenglasur.« Kylie ließ Desmond nicht aus den Augen.

»Bist du sicher? Mary Bennet …«

»… ist nicht da, Kylie«, stellte Desmond fest. Kylie wechselte schnell das Thema.

»Ich hoffe, du bist gut untergekommen. Du warst lange weg.«

»Jetzt bin ich wieder da«, erwiderte Desmond trocken. Kylie lächelte etwas verlegen, woraufhin er ihr die Kreditkarte rüberschob. »Ihr liefert doch ins Haus, oder? Hier ist meine Nummer.«

»Selbstverständlich, Desmond«, erwiderte Kylie mit einem schmachtenden Gesichtsausdruck. Desmond nahm die Papiertüte an sich. Kylie hatte sich zu einer selbstbewussten Geschäftsfrau entwickelt. Vielleicht wären sie jetzt verheiratet, wenn er damals nicht auf die Polizeiakademie gegangen wäre.

»Desmond, du kannst mir die Bestellungen auch mailen. Aber angebissene Doughnuts nehmen wir nicht zurück«, versuchte Kylie zu scherzen.

»Okay, Kylie.«

»Warte, ich helfe dir mit der Einkaufstüte. Die Ladentür klemmt manchmal.«

»Bis dann ...«

Nachdem sie die Ladentür geschlossen hatte, seufzte sie leise. Kurz schwelgte sie in ihrer Erinnerung an die Schulzeit. Aber ihre Sehnsucht galt einem Mechaniker, einem blonden Typen namens Chester, der ständig in seinem öl-verschmierten blauen Overall an Fahrzeugen aller Art herumschraubte, als gäbe es nichts Wichtigeres auf der Welt. Wenn sie an der Werkstatt der Feuerwache vorbeikam, wechselten sie immer ein paar Worte. Erst vor ein paar Wochen blieb sie mit ihrem kleinen Auto liegen und Chester Tooli half ihr wie selbstverständlich. Kylie war hübsch und klug. Ihre Freundin Melody aus dem Diner meinte: »Frag ihn doch einfach, ob er mit dir ins Kino gehen will.« Leider konnte sich Kylie nicht überwinden. Eine Abfuhr würde ihre Träume zerstören. Eine Trennung wie die von Desmond wollte sie nicht noch einmal erleben. Sie stellte gerade neue Doughnuts in die Vitrine, als die nächsten Kunden den Laden betraten. Homer ließ Mrs Beauty natürlich den Vortritt. So konnte er den Anblick seiner heimlichen Liebe länger genießen. Für Homer verkörperte Mrs Beauty den Inbegriff der perfekten Frau. Die Sekretärin genoss die kleine Aufmerksamkeit und lächelte zurück.

»Was darf es sein, Mrs Beauty?«, fragte Kylie.

»Der Bürgermeister bekommt Besuch und möchte acht bunte Doughnuts«, antwortete Mrs Beauty mit ihrer melodischen Stimme. Homer schmolz förmlich dahin. Plötzlich fiel es ihr wieder ein. Der Bürgermeister … ach ja …

»Homer, bevor ich es vergesse. Kommen Sie bitte morgen zur Gemeindeverwaltung. Der historische Schreibtisch muss repariert werden.« Homer konnte sein Glück kaum fassen. Wenn es um Holzarbeiten und insbesondere um historische Möbel ging, war er der Mann in Willows Creek.

»Wann darf ich vorbeikommen, Mrs Beauty?«

»Am besten so gegen zehn.«

»Sehr gerne. Das passt mir sehr gut. Ich werde pünktlich sein«, antwortete Homer hastig.

Homer sah Mrs Beauty verträumt nach, wie sie den Backshop verließ. Kylies Stimme holte Homer in die Realität zurück, der noch auf Wolke sieben schwebte. »Homer! Ich habe dir alles eingepackt.«

Desmond betrat das Sheriff Department und verteilte die Frühstückstüten auf dem Küchentisch. Dann stellte er die Kaffeemaschine an. Er hatte sich gerade an seinen Arbeitsplatz gesetzt, als Deputy Watson atemlos hereinstürmte. Beinahe hätte er Desmond nicht erkannt.

»Hey, Mann! Wo sind die Doughnuts? Sag es.«

»Natürlich in der Küche.« Deputy Watson kam mit seiner geöffneten Tüte zurück und setzte sich an den Schreibtisch.

»Der Sheriff sieht es nicht gerne, wenn ich morgens hier am Schreibtisch esse.«

»Lass es dir schmecken.« Aus der Küche war das Blubbern der Kaffeemaschine nicht zu überhören.

»Wir sollten Servietten kaufen. Ich habe keine in der Küche gefunden.« Deputy Watson sah ihn irritiert an.

»Servietten? Wozu denn?« Seine leere Tüte lag längst im Abfallkorb.

Sheriff Duncan berat das Sheriff Department und sofort folgte seine Nase einer verlockenden Duftspur, die er nicht ignorieren konnte. In der Küche goss sich Mechaniker Tooli gerade einen Kaffee ein. Auf seinem Teller lag ein Sandwich.

»Guten Morgen, Sheriff.«

»Morgen Tooli. Es riecht hier so gut.« Dabei betrachtete er Tooli's BLT-Sandwich. Erleichtert blickte er in seine Frühstückstüte. Woher wusste Desmond, dass er diese süßen Doughnuts nicht mochte? Nach dem Frühstück ging er in sein Büro, um die neuesten Nachrichten zu lesen. Als er seinen Cowboyhut an die Garderobe hängte, fiel sein Blick auf Desmond, seine neue Aushilfe.

»Guten Morgen, Sheriff. Sir? Kann ich Ihnen helfen?« Sheriff Duncan setzte sich neben ihn.

»Ist das eine Bestechung oder so?« Dabei sah er Desmond prüfend an.

»Nein, wie kommen Sie darauf?« Desmond schien eine Bereicherung für das Büro zu sein.

»Woher wussten Sie, dass ich …?«

»Sie wollten doch einen Profiler, oder, Sheriff?«

»Ja, das stimmt. Wo ist Ihre Dienstwaffe?«

»Schulterholster, die Gehhilfe ist sonst im Weg, falls …« Desmond hatte sein Computerterminal bereits aktiviert und die Datenbank aufgerufen.

»Sie kennen sich mit den Programmen aus?«

»Ja, Sheriff.«

»Heute ist Sprechtag. Zögern Sie nicht, mich zu kontakten, wenn Sie Hilfe benötigen. In der Schublade hier befindet ich ein Verzeichnis mit den Notfallnummern. Und erschießen Sie möglichst niemanden«, scherzte Sheriff Duncan.

»Ja, Sheriff.«

»Deputy Watson, Sie fahren zur Angler-Lodge der Durands, ein Unfall.«

»Ja, Boss. Ich bin schon unterwegs«, antwortete er eilig und rollte mit seinen Augen. Diese Unfälle nervten ihn. Er wollte endlich wieder einen Einsatz mit Herausforderung. Obwohl Sprechtag war, gab es nicht viel zu tun, bis Martin Weston, Besitzer der Obstplantage, auftauchte.

»Hey, Martin«, wie kann ich dir helfen?«

»Was machst du hier, Desmond?«, fragte Martin.

102

»Vertretung für Mary Bennet.« Martin kannte Desmonds Vater noch.

»Meine Tochter Isabelle kam neulich ganz aufgeregt nach Hause. Unsere Obstplantage grenzt an die große Wiese, die zum Weiher führt. Isabelle glaubt, eine große Echse gesehen zu haben. Es waren eindeutige Schleifspuren im Gras zu erkennen. Ich habe ein Foto gemacht.«

»Zeig mal her. Darauf ist nicht viel zu sehen. Lass uns deine Aussage aufnehmen.«

»Diese seltsamen Spuren im Gras«, murmelte Martin. »Ich bin nur gekommen, weil das mit Normans Katze passiert ist und wir alles Verdächtige melden sollen.«

»Das war richtig, Martin. Unterschreibe deine Aussage hier. Wir gehen der Sache nach.«

»Ich muss gleich wieder los. Die Apfelernte hat begonnen und ich brauche noch versierte Apfelpflücker. Hier ist meine Nummer.«

»Danke, Martin. Wir sehen uns.«

Die Sonne meinte es an diesem Tag besonders gut. Deputy Watson wischte sich den Schweiß von der Stirn und legte seinen Cowboyhut auf den Beifahrersitz, als er die unbefestigten Landwege zur Angler-Lodge der Durands hinauffuhr. Die Durands waren vor einigen Jahren nach Willows Creek gekommen und hatten auf einem der schönsten Hügel die Angler-Lodge gebaut. Der hölzerne Gebäudekomplex ließ keine Wünsche offen und mauserte sich in betuchten Kreisen schnell zum Geheimtipp. Keine aufdringlichen Paparazzi störten die Ruhe der prominenten Gäste. Von der Anhöhe aus konnte man den Blick bis hinunter zum Musky River schweifen lassen. Die malerische Aussicht glich einem Gemälde, besonders während des Indian Summer. In jedem Jahr strömten reiche Touristen herbei, um diese Pracht ungestört zu genießen. Mrs Durand kam ihm aufgeregt entgegen, als sie den Polizei-Truck erblickte.

»Deputy Watson, kommen sie rein«, rief sie ganz außer sich. »Wir haben einen Verletzten. Oh, mein Gott.« Es handelte sich um einen sehr betuchten Feriengast. Mrs Durand rief aufgeregt ihren Mann an, weil sie befürchtete, dass ihr Stammgast nach diesem Vorfall abreisen würde.

Am Nachmittag kam Deputy Watson erschöpft zurück und ließ sich in seinen Arbeitsstuhl fallen.

»Man sollte den Touristen verbieten, betrunken angeln zu gehen«, wetterte er los.

»Du sagst es, Watson.«

»Mrs Blackwood, die Krankenschwester, hatte geistesgegenwärtig ein Foto von der Wunde gemacht, bevor sie den Kerl verarztete. Leider war sein Angelschein in Ordnung. Ich befragte den Patienten. Er angelte mit einem anderen Gast am großen Weiher. Sein Anglerhut war ins Wasser gefallen. Dann, als er ihn mit der Hand herausziehen wollte, attackierte etwas seinen Arm. Der Kerl wurde wahrscheinlich von einem Hecht angegriffen. Obwohl im Foyer der Lodge ein großes Poster mit der heimischen Tierwelt aushängt, schaut wohl niemand drauf.«

»Zeig das Foto mal her, Watson.«

»Jetzt muss ich einen Bericht darüber schreiben.« Desmond betrachtete das Foto. Der Arm sah schlimm aus. »Du kennst dich doch mit Fischen aus?«, fragte er Desmond hoffnungsvoll.

»Ich kenne da eine Datenbank, aber du solltest das Foto Orson zeigen. Der angelt schon sein ganzes Leben und kennt sich mit der heimischen Tierwelt bestens aus.«

»Gute Idee, Desmond. Das mache ich. Hast du am Wochenende schon was geplant?« Desmond verzog den Mund und blickte zur Decke.

»Ich bin zum Essen eingeladen.« Deputy Watson wollte es genau wissen.

»Welche von deinen ehemaligen Freundinnen ist die Glückliche? Sag schon«, drängte Watson.

»Nein, Watson. Ich gehe zum Familientreffen der Barracudas.« Deputy Watson musste lachen.

»Das ist ein guter Witz.«

»Nein, eine Pflichtübung, Watson.«

»Oh, ich wollte dir nicht zu nahetreten, Desmond.«

»Das ist schon in Ordnung, Watson. Nur stehen Familientreffen nicht ganz oben auf meiner Wunschliste. Aber manchmal hat man keine Wahl.«

Das Wochenende nahte mit schnellen Schritten und Desmond machte sich auf den Weg zum Familientreffen. Mit Jeans, weißen Hemd und Cowboyhut sah er richtig flott aus. Die Gehhilfe war bereits zu seinem täglichen Begleiter geworden. Vielleicht würde er sie eines Tages nicht mehr brauchen. Auch Ärzte konnten sich irren.

Es war Mittagszeit. Die heiße Luft flimmerte über den Marktplatz. Am Ende des Platzes kam der Anglerladen in Sicht. Plötzlich stand Desmond vor dem Haus seiner Tante Heather. Über der Eingangstür hing ein großes Schild mit der Aufschrift ‚Barracudas Anglerbedarf'. Er betrat den Laden und kühle Luft umspielte angenehm sein Gesicht. Erinnerungen an seine Kindheit tauchten auf. Er ließ den Rucksack auf den Boden gleiten und stellte sich vor den Kassenbereich. Hinter sich hörte er die vertraute Stimme seiner Tante Heather. Als er sich zu ihr umdrehte, kam sie auf ihn zu und drückte ihn fest an sich.

»Desmond, mein Junge.« Ihre Augen wurden feucht. Desmond, frisch rasiert, erinnerte sie an ihren Bruder. »Komm rein, Junge.« Desmond nahm das Geschenk aus seinem Rucksack.

»Das ist für Josh.«

»Desmond! Das war bestimmt sehr teuer.«

Josh, der in der Tür zum Wohntrakt gelauert hatte, blickte auf sein Geschenk. Desmond hatte tatsächlich sein Verspechen gehalten.

»Für mich? Wow! Danke Desmond.« Tante Heather ermahnte ihren Sohn.

»Erst essen wir. Dann darfst du es aufmachen.« Josh hielt das Paket fest in seinen Armen.

»Ja, Mom.« Dann verschwand er damit ins Wohnzimmer. Der Mittagstisch dort lud zum Essen ein. Tante Heather legte großen Wert auf einen schön gedeckten Tisch, auf dem immer ein paar Blumen standen. Aus der Küche duftete es nach frisch gebackenem Apfelkuchen.

»Hallo, Desmond.« Vivien, aufgebrezelt, hing an Orsons Arm. Der Verlobungsring war nicht zu übersehen. Orson konnte es kaum erwarten, sich an den Tisch zu setzten, und schob Vivian von sich. Es gab gebratenen Hecht in feiner Kräutersoße mit Kroketten. Tante Heather brachte den zubereiteten Fisch auf einer Servierplatte ins Zimmer.

»Setzt euch doch endlich.« Das ließ sich Orson nicht zweimal sagen. »Desmond, du sitzt neben mir.« Tante Heather dachte an Enkelkinder und daran, dass Orson den Laden übernehmen sollte, denn sie wurde nicht jünger. Wie immer war Orson als Erster mit dem Hauptgang fertig und schielte unverhohlen zum frisch gebackenen Apfelkuchen.

»Darf ich den Kuchen anschneiden, Mom?«

»Ja! Es ist genug Kuchen für alle da. Nehmt euch nur.«

Vivien spielte mit dem Ring an ihrem Finger. Desmond brauchte eine Weile, bis er die Geste verstand. *Er sollte etwas sagen,* dachte er sich.

»Vivien, das ist aber ein besonders schöner Verlobungsring. Wow!« *Endlich hat dieser Trottel meinen Ring bemerkt,* dachte Vivien. Orson, den Mund voll mit Kuchen, nickte zufrieden.

»Wie lange willst du bleiben, Desmond?«

»Das entscheiden meine Vorgesetzten.« Orson horchte auf und griff nach Viviens Hand. »Vielleicht für immer«, stichelte Desmond. Orson, der sich gerade ein neues Stück Kuchen auf die Kuchengabel geschoben hatte, hielt plötzlich inne, und das Kuchenstück klatschte auf die mit Blumen bestickte Tischdecke.

»Meinst du das ernst?« Tante Heather räusperte sich, wollte Orson aber nicht ermahnen.

»Orson, ich habe die Tischdecke gerade gewaschen«, bemerkte sie leise. Aber Orson war mit seinen Gedanken ganz woanders und starrte nur seinen Cousin an, der ihm gegenüber saß. Vivien stieß ihren Verlobten sanft mit dem Fuß an. Orson zuckte augenblicklich zusammen.

»Habe ich etwas verpasst?« Tante Heather goss Kaffee nach. Josh fragte, ob er nun endlich aufstehen dürfe, um sein Geschenk auspacken zu können. Orson verzog den Mund.

»Wenn es das ist, was ich denke ...« Desmond nickte nur, nahm genüsslich einen Bissen Apfelkuchen auf seine Gabel und sah seinem großen Cousin herausfordernd in die Augen. »Du weißt, dass ...«

»Ja, Orson?«, fragte Desmond lauernd.

Josh hatte es sich schon lange gewünscht. Die Stimmung am Tisch trübte sich ein, als würden gleich dunkle Wolken aufziehen.

»Wie ist dein Job im Sheriff Department so? Musst du auch Kaffee kochen, vielleicht mit Schürzchen?« Tante Heather gefiel der Ton nicht.

»Kylie hat mir neulich erzählt, dass du auch das Essen für das Sheriff Department einkaufst.« Die Luft knisterte, als wäre sie elektrisch aufgeladen. Orson wartete gespannt auf eine Erwiderung, seine Fäuste unter dem Tisch bereit, es seinem Cousin zu zeigen. Aber Desmond schob sich genüsslich seinen Bissen Apfelkuchen in den Mund und grinste Orson vielsagend an.

»Aber sicher. Der Verwaltungskram macht sogar Spaß. Bei der Archivierung bin ich über eine alte Akte gestolpert.«

Tante Heather stand aufgeregt vom Stuhl auf.

»Jetzt ist aber Schluss, ihr beiden Kampfhähne. Desmond! Ich habe dir einen Kuchen für Liz eingepackt.«

»Danke, Tante Heather.« Desmond umarmte seine Tante. »Ich muss auch los. Mein Dienst beginnt in einer Stunde und ich muss mich noch umziehen. Danke für das gute Essen. Dein Apfelkuchen ist der beste in ganz Willows Creek.« Vivien ließ es sich nicht nehmen, Desmond einen dicken Kuss auf die Wange zu drücken.

»Bald sind wir verwandt, Desmond. Ich hoffe, du besuchst uns dann öfter«, jauchzte sie fröhlich.

»Aber natürlich, Vivien«, antwortete Demond höflich, wobei er die angespannte Haltung seines Cousins im Auge behielt, der sich zurückhalten musste.

»Wir sehen uns, Desmond«, antwortete Orson gequält.

»Natürlich, Cousin. Du weißt ja, wo du mich findest.« Orson verschwand daraufhin im Lagerraum des Anglerladens, aus dem ein lautes Poltern zu hören war.

Kapitel 10

Als am Vortag die Sonne am Horizont unterging und ihre letzten Strahlen die idyllischen Wiesen in ein goldenes Licht tauchten, hätte niemand in Willows Creek vermutet, dass der nächste Tag verhängnisvoll enden würde. Am Ufer des nahegelegenen großen Weihers, dort wo die Bäume ihre Schatten auf eine alte Anglerhütte warfen, entdeckten zwei Angler in den Morgenstunden die Leiche eines unbekannten Mannes. Die untere Hälfte seines Körpers lag im Wasser, als hätte das Wasser selbst nach ihm gegriffen, um ihn in die Tiefe zu ziehen.

»Hey, Al! Mit dem da stimmt etwas nicht. Der bewegt sich nicht.«

»Verdammt Mason! Ich habe es geahnt.«

»Was hast du geahnt, Al?«

»Mama Nalani meinte, dass wir das Anglertreffen verschieben sollten.«

»Ich glaube nicht an dieses Zeug«, beteuerte Mason und bekreuzigte sich heimlich.

»Was machen wir jetzt, Mason?«

Hinter ihnen kam Henrik mit den anderen Anglern an. Das fröhliche Geplauder verstummte augenblicklich, als sich alle zu Al und Mason gesellten. Einer rief: »Wir sollten den Sheriff holen.« Henrik meldete sich freiwillig. Der Anblick des leblosen Mannes am Ufer machte ihm Angst.

»Ich bin mit dem Auto hier.« Die anderen Angler stimmten zu, denn sie platzten fast vor Neugier.

»Henrik, setze mich am Marktplatz von Willows Creek ab. Ich hole Orson«, sagte Mason und stieg zu Henrik ins Auto.

Im Anglerladen von Willows Creek herrschte reger Kundenbetrieb. Orson verstaute die bestellte Ware im Lagerraum und Heather Barracuda bediente die Kundschaft. Schnell fertigte sie noch einen Touristen ab, der sich eine Angel gekauft hatte.

»Hallo Liz, kann ich etwas für dich tun?« Mrs Gelderman schaute sich in der Waffenabteilung um, konnte sich aber nicht entscheiden, ob sie eine Pistolen-Armbrust mit Zielfernrohr kaufen sollte.

»Heather, eigentlich wollte ich dich nur zum Bingo-Abend einladen.«

»Ach Liz. Die Handwerker wollen mit dem Bad nicht fertig werden. Der eine sagte, er müsse noch irgendein Teil besorgen. Das, was sie mitgebracht hatten, passt nicht. Dieser Umbau ... Ich bekomme langsam graue Haare. Orson hilft mir, wo er kann, aber ...« Heather seufzte und blickte zum Eingang.

Die kleine Glocke der Eingangstür schellte. Professor Grayson betrat glattrasiert, das dünne Haar sorgfältig gescheitelt, den Laden. Wie immer schmückte sein kariertes Hemd eine Fliege. Sein Blick wanderte durch den Verkaufsraum, bis er an Heather Barracuda hängen blieb.

»Hallo, die Damen.«

»Hallo, Professor Grayson.« Mrs Gelderman trat in sein Blickfeld.

»Ich wusste gar nicht, dass Sie sich für Fische interessieren, Mrs Gelderman?«

»Tue ich auch nicht, außer sie liegen gebraten auf meinem Teller.« Professor Grayson lachte kurz.

»Ah!«

»Wer ist dieser große, gutaussehende Mann hinter Ihnen, Professor Grayson?« Mrs Gelderman begutachtete den jungen Mann in der schwarzen Uniform mit der Aufschrift Security, der dem Professor gefolgt war. Professor Grayson drehte sich kurz zu seinem Sicherheitsmann um.

»Verzeihung, die Damen. Das ist Ramirez, einer meiner neuen Sicherheitskräfte.« Mrs Gelderman trat neugierig näher.

»Sie haben doch keine Angst vor uns, oder?« Der Professor rang sich ein Schmunzeln ab.

»Nein! Ich wollte meine Bestellung abholen.«

»Einen Moment bitte, Professor Grayson. Orson, der Professor ist hier!«, rief Heather. Orson kam mit einer Transporthilfe aus dem Lager, auf der ein großer, geheimnisvoller Karton lag.

»Ein Aquarium?« Mrs Gelderman betrachtete den Karton näher, in dem sich ein teures Aquarium versteckte. Das hatte sie wirklich nicht erwartet.

»Die anderen Sachen hole ich gleich, Professor«, rief Orson aus dem Lagerraum.

»Ich wusste gar nicht, dass Sie tierlieb sind«, stichelte Mrs Gelderman. Der Professor steckte den kleinen Seitenhieb mit einem Lächeln weg. »Wollen Sie sich ein Haustier zulegen, Professor?«, bohrte Mrs Gelderman nach. Professor Grayson blieb ruhig und runzelte nur kurz die Stirn.

»Ich verbringe mehr Zeit im Labor als zu Hause. Ich will meinen Arbeitsbereich etwas wohnlicher gestalten. Verstehen Sie das, meine Damen?«

»Aha!« Heather und Liz tuschelten kurz.

»Eine Katze wäre auf einer Fischfarm wohl etwas unpassend, die Damen.« Die Frauen sahen sich vielsagend an und nickten.

»Da haben Sie Recht, Professor.« Orson und Ramirez beluden den silbernen Pickup der Fischfarm mit den bestellten Artikeln und Professor Grayson bezahlte.

»Übrigens! Kommen Sie am Wochenende zur Benefizveranstaltung, Professor Grayson?«

»Ich werde leider arbeiten müssen.«

»Es ist ein Wohltätigkeitsabend. Willows Creek muss die Entwässerung erneuern und ihre Fischfarm ist Teil davon. Sie kennen doch die Baupläne«,

114

erinnerte Mrs Gelderman den Professor mit einem fordernden Blick. Zähneknirschend lenkte der Professor ein.

»Okay! Ich werde einen meiner Mitarbeiter schicken.« Mrs Gelderman bemerkte noch: »Wo ein Wille ist, da ist auch ein Weg, Professor Grayson. Die Bürger zählen auf Ihren Beitrag.«

Professor Grayson wollte gerade zur Tür hinaus, als Angler Mason in den Laden stürmte und ihn dabei fast umriss.

»Wo ist Orson?«, rief Mason ganz außer Atem. Heather starrte Mason erschrocken an. Der beugte sich keuchend nach vorn, immer noch unfähig, ein Wort zu sprechen. Heather schob ihm einen Hocker hin.

»Setz dich erst mal. Was ist passiert, Mason?« Mason rang förmlich nach Luft. »Ich … Ich … am Weiher. Es ist was Schlimmes passiert.«

Professor Grayson wurde hellhörig.

»Meinen sie den Weiher neben unserer Fisch-farm?«, fragte er interessiert.

»Ja, ja!« Mason blickte Orson hilfesuchend an. Orson fackelte nicht lange, lud Mason in seinen roten Pickup und gab Gas.

»Ich muss leider auch gehen, Ladies. Bis zum nächsten Mal, Mrs Barracuda.«

»Ja, Professor.«

Heather und Mrs Gelderman blieben allein im Laden zurück. Eine Weile überlegten beide, was sie tun sollten. Heather sah Liz besorgt an.

»Mason wirkte auf mich völlig verstört. Das ist nicht seine Art. Aber ich kann den Laden nicht allein lassen, Liz.«

»Ich werde Desmond gleich fragen, wenn er vom Dienst kommt. Ich muss nach Martha sehen. Sie wollte noch etwas für das Abendessen einkaufen.«

»Rufe mich an, Liz.«

»Ja, das mache ich. Bis dann, Heather.«

Vor dem Sheriff Department kreischten die Bremsen eines Kleinwagens und Henrik, Besitzer des Holiday Inn stürmte den Empfangsbereich vom Sheriffbüro, wo Desmond am Computer saß und seinen Verwaltungsaufgaben nachging.

»Officer! ...« Henrik, ein hagerer Mann mittleren Alters, stürzte zum Empfangstresen. »Helfen Sie mir, Officer!« Desmond blickte sofort auf.

»Mr Ortiz! Beruhigen Sie sich.« Henrik Ortiz stotterte entgeistert. Seine Stimme überschlug sich.

»Am Weiher ... ein toter Mann.« Desmond alarmierte sofort den Sheriff, der gerade mit Deputy Watson die Waffenkammer inspizierte.

»Sheriff, wir haben einen Notfall.« Sekunden später standen beide am Empfangstresen.

»Henrik, was ist passiert?«

»Sheriff! Unser Anglerverein wollte heute am Weiher Hechte angeln. Neben unserer Vereins-hütte haben wir am Ufer einen unbekannten toten Mann entdeckt. Es war ein schrecklicher Anblick, wie der Mann halb im Wasser dalag. Glauben Sie mir. Die anderen warten vor Ort.«

»Beruhigen Sie sich, Henrik.« Sheriff Duncan griff zum Telefon. »Zentrale, hier ist Sheriff Duncan in Willows Creek. Wir haben eine Meldung über einen unbekannten toten Mann am Weiher neben der alten Fischfarm. Schicken Sie bitte die Forensik dorthin. Und informieren Sie den Gerichtsmediziner und die Kriminalpolizei.«

»Verstanden, Sheriff Duncan«, antwortete der Dispatcher in der Zentrale.

»Danke. Ich werde auch vor Ort sein«, erwiderte Sheriff Duncan und legte auf.

»Henrik!«

»Ja, Sheriff?«

»Danke für ihre Hilfe. Wir kümmern uns darum. Officer Desmond wird Ihre Aussage aufnehmen.«

»Ja, Sheriff.« Henrik, der blass geworden war, setzte sich auf einen der Stühle, die gegenüber dem Empfangstresen standen. Desmond reichte ihm einen Becher mit Wasser.

»Danke, Officer Desmond.« Henriks Gesicht glich einer Kalkwand.

Deputy Watson kam mit einem Satellitentelefon und einer Drohne in der Hand aus der Waffen-kammer. Sheriff Duncan nahm eine Schrotflinte aus dem Waffenschrank und überprüfte seinen Revolver.

»Wir wollen kein Risiko eingehen, Watson. Wozu tragen Sie die Bodycam?«

117

»So kann ich alle Schaulustigen später schneller identifizieren. Vielleicht ist ein Verdächtiger dabei.«

»Gute Idee, Watson. Man kann nie wissen.«

Der Sheriff und Deputy Watson stiegen in den Polizei-SUV. Dann fuhren sie mit Blaulicht und Sirene auf der Hauptstraße nach Norden, bis sie rechts auf den unbefestigten Weg zur alten Fischfarm abbiegen mussten.

Wenige Minuten später erreichte der Polizei-SUV den Tatort am Weiher, wo sich mehrere Schaulustige zu den Anglern hinzugesellt hatten.

Sheriff Duncan stieg aus dem Polizei-SUV, um die Situation vor Ort zu beurteilen. Er musste schnell die Koordination übernehmen, bevor die Leute alle Beweise vernichteten, wenn sie das nicht bereits getan hatten. Deputy Watson wickelte das Absperrband um die nächststehenden Bäume, um den Tatort zu sichern.

»Treten sie bitte hinter die Absperrung«, rief er.

Sheriff Duncan stand am Ufer, die Hände in den Taschen seiner Jacke vergraben, sein Blick starr auf das ruhige Wasser des Weihers gerichtet.

»So etwas gab es noch nie in Willows Creek«, murmelte er mehr zu sich selbst. Deputy Watson ließ die Drohne aufsteigen, um die Situation von oben einzuschätzen. Nachdem sich die Leute hinter das Absperrband versammelt hatten, blickte Sheriff Duncan auf seine Armbanduhr. Wo blieben die Leute von der Forensik? Die noch vorhandenen

Beweise mussten schnell gesichert werden. Deputy Watson befragte alle Zeugen und notierte die Aussagen. Angler Al stand hinter dem Absperrband neben dem Sheriff.

»Wir kennen den Mann nicht. Er war schon tot, als wir heute Morgen ankamen.«

Sheriff Duncan nahm sein Aufnahmegerät und notierte die Aussage von Angler Al.

»Wann war das, Al?« Dabei sah er ihn direkt an.

»Ja, vielleicht so gegen sieben Uhr. So genau kann ich das nicht mehr sagen.«

»Wer hat den Mann zuerst entdeckt?«

»Mason und ich. Wir wollten zur Anglerhütte. Zuerst dachten wir, jemand würde seinen Rausch ausschlafen.«

»Okay, wir melden uns, wenn wir noch Fragen haben. Hier ist meine Nummer, falls dir oder Mason noch etwas einfallen sollte.«

Es dauerte, bis das Forensik-Team mit dem Gerichtsmediziner eintraf und den abgesperrten Tatort untersuchte. Einer fotografierte das Opfer und die unmittelbare Umgebung. Der an Land befindliche Körperteil wies augenscheinlich keine sichtbaren Kampfspuren auf. Erst als sie den Körper an Land zogen, offenbarte sich das traurige Schicksal des Mannes. Entsetzen erfasste die am Tatort Verbliebenen. Dem Angler fehlte ein Fuß. Der Unterschenkel des anderen Beines war bis auf die Knochen abgenagt. Einer der Forensiker stocherte im Uferbereich und fischte einen Schuh heraus, in dem noch der Rest eines Fußes steckte. Deputy Watson machte ebenfalls Fotos vom Opfer. Bei dem schrecklichen Anblick hechtete einer der umstehenden Schaulustigen hinter den nächsten Baum. Dann hörte man: »Ugh! …«, gefolgt von einem würgenden Geräusch, das in ein lautes »Blergh!« überging. Dazwischen folgte ein: »Nicht schon wieder …« Andere starrten entsetzt auf das Opfer. Evelyn Shawn, Genetikerin in der alten Fischfarm, stand bewegungsunfähig unter den Schaulustigen. Plötzlich tippte ihr jemand auf die Schulter. Erschrocken schaute sie zu Seite.

»Victor? Ich habe dich gar nicht bemerkt.«

»Was machst du hier, Evelyn?«

»Die Sirenen waren nicht zu überhören.« Beide blickten fokussiert auf das verstümmelte Opfer.

»Wo ist Elvis?«, fragte der Professor unruhig und sah Evelyn eindringlich an.

»Travis ist heute für ihn zuständig. Ich war mit der Gensequenzierung E4 beschäftigt. Gibt es Probleme, Victor?«

»Ich weiß nicht. Sag du es mir. Wir haben genug gesehen, Evelyn. Lass uns gehen«, flüsterte Victor Grayson ungehalten.

»Okay, wenn du meinst.« Evelyn schmiegte sich an Victor Graysons Arm.

»Mache dir keine Sorgen, Victor«, antwortete sie und gab ihm einen Kuss auf die Wange.

120

Gerichtsmediziner Ethan Miles wartete noch auf die Freigabe der Forensiker.

»Hey Duncan, lange nicht gesehen. Was denkst du, Duncan?«

»Ich habe keine Ahnung, Ethan.«

Der Gerichtsmediziner brauchte nicht lange, um die Todesursache festzustellen.

»Duncan, das Opfer ist verblutet und das sehr schnell. Keine Abwehrverletzungen.« Gerichtsmediziner Ethan Miles nahm Sheriff Duncan zur Seite. »Unser Pathologe wird sich freuen, ein außergewöhnlicher Fall. Also, wenn du mich fragst … Ich glaube, dass es kein Mensch war, zumindest aus Sicht meiner langjährigen Berufserfahrung. Duncan, sag mir, dass du nicht das denkst, was ich denke«, fragte Gerichtsmediziner Ethan Miles interessiert. Sheriff Duncan rieb sich die Nase.

»Ich weiß nicht. Die Sache macht mir Sorgen. Das Opfer könnte einer von unseren Touristen sein.« Orson, Vorsitzender des Anglervereins, kam mit Mason auf den Sheriff zu. In Sheriff Duncan keimte Hoffnung auf. »Orson? Kennst du den Mann?«

»Nein, Sheriff. Aber ich glaube, er hatte vor einigen Tagen eine Angelausrüstung in unserem Laden gekauft.«

»Hat er mit Kreditkarte bezahlt?«

»Da muss ich meine Mutter fragen.« Sofort zog Orson sein Smartphone aus der Anglerweste, um seine Mutter anzurufen.

»Danke, Orson. Dann bekommen wir vielleicht einen Namen. Orson, was hältst du davon? Gibt es im Weiher Haie oder andere gefährliche Tiere?«

»Nein und ein Hecht hätte nur Bisswunden hinterlassen. Der könnte nie ein Bein abbeißen und eine Schnappschildkröte kommt auch nicht in Frage.«

»Danke, Orson.«

Der Körper des toten Anglers, mitsamt seinem Schuh, wurde in einen Leichensack gepackt und ins Institut für Rechtsmedizin der benachbarten größeren Stadt gebracht.

»Wir sehen uns Duncan. Rufe mich an, wenn ...«

»Sicher, Miles.« Der angeforderte Detektiv aus der Stadt hielt sich bedeckt, war eher sprachlos.

»Was meinen Sie, Detektiv Getty?«

»Warten wir den Obduktionsbericht ab, Sheriff. Dann wissen wir mehr. Für mich sieht das wie ein Unfall aus. Vielleicht ein Schwarzbär oder ... Wer weiß?«

Für Sheriff Duncan blieb die Sache unklar, ob es ein Unfall oder Mord war. Am Tatort ergaben sich keine verwertbaren Beweise, weder im Gras noch am Ufer. Zudem hatten die Leute alle möglichen Spuren zertrampelt. Sheriff Duncan sah dem wortkargen Detektiv nach, wie er sich in sein Auto setzte und den Tatort verließ. Die umstehende Menge löste sich langsam auf und verließ den grausigen Ort des Verbrechens.

»Deputy Watson! Die Absperrung bleibt, bis wir vom Labor den forensischen Bericht haben.«

»In Ordnung, Sheriff.«

»Und Watson! Besorgen Sie bei der Gemeindeverwaltung so ein Warnschild mit der Aufschrift: ‚Angeln verboten, Lebensgefahr‘«, fügte er hinzu.

»Okay, Sheriff!«

»Ich will kein Risiko eingehen.«

Deputy Watson packte die Drohne ein. Vielleicht würde ein anderer Blickwinkel mehr Informationen liefern.

Kapitel 11

Die Show war vorüber, aber der wahre Kampf begann gerade erst. Im Büro wartete auf Sheriff Duncan ein Einsatzbericht, der mehr Rätsel als Antworten beinhaltete. Desmond musste helfen, die gesammelten Beweise in eine übersichtliche Dokumentation zu verwandeln. Vielleicht entdeckte er dabei etwas, was ihm bisher entgangen war. Die Aufnahmen der Drohne mussten ausgewertet werden und als wäre das nicht schon genug, lag eine Nachricht von Bürgermeister Plummer auf seinem Schreibtisch. Verdammt! Der Mann hatte ein katastrophales Timing.

Sheriff Duncan starrte missmutig auf sein halb gegessenes Schinkensandwich vom Morgen. Der Appetit war ihm längst vergangen. Widerwillig griff er zum Hörer und wählte die Nummer des Bürgermeisters. Kaum hatte er gewählt, meldete sich am anderen Ende die aufgeregte Stimme von Bürgermeister Sedge Plummer.

»Sheriff Duncan! Ich glaube, die Sicherheit in Willows Creek ist in Gefahr. Kommen sie bitte um

15 Uhr in mein Büro, um die Lage zu besprechen. Moment bitte .... Ah! Mrs Beauty sagt mir gerade, dass 15:30 Uhr besser wäre.« Die Stimme des Bürgermeisters klang genauso beunruhigend wie die Nachricht, die auf Sheriff Duncan wartete.

»Okay, Bürgermeister«, antwortete der Sheriff zähneknirschend und legte auf. *Dieser Wichtigtuer*, dachte er bei sich.

»Desmond! Kommen sie mit der Recherche voran?«

»Das wird Ihnen nicht gefallen, Sheriff«, sagte Desmond und senkte den Blick.

»Was? Sie sind der Detektiv mit der Spürnase.« Beide traten vor die Pinnwand im Büro. Auf einer Landkarte waren alle ungewöhnlichen Vorfälle der letzten Wochen gekennzeichnet. Die Vielzahl an Pins und Notizen wirkte wie ein chaotisches Puzzle, das darauf wartete, gelöst zu werden.

»Sheriff, ich habe eine Theorie. Dafür müsste ich aber beweglicher werden. Zu Fuß komme ich nicht sehr weit.«

»Wo ist eigentlich Watson?«, fragte der Sheriff ungehalten dazwischen.

»Der kümmert sich noch um die Verbots-schilder«, antwortete Desmond, während er eine Mappe öffnete und verschiedene Dokumente kurz durchsah, als suchte er etwas.

»Desmond, der Mann hatte keine Papiere bei sich. Nur kein John Doe. Orson meinte, er wäre vor ein paar Tagen im Anglerladen gewesen.«

»Die Kreditkarten-Abrechnung habe ich hier. Ich könnte meine Kollegen beim FBI anrufen. Die könnten die Daten mit dem Foto abgleichen.« Sheriff Duncan nickte zustimmend.

»Machen Sie das, Desmond. Ich fahre dann zum Bürgermeister«, antwortete Sheriff Duncan und setzte seinen Cowboyhut auf.

»Verstanden, Sheriff!« Desmond griff nach dem Telefon, um Anna Hechts Nummer zu wählen. Es war eine Gelegenheit, ihre Stimme zu hören.

»Hier ist Desmond, Anna. Wir müssen einen John Doe identifizieren. Ich gebe dir die Nummer der Kreditkarte, die er im Anglerladen meiner Tante benutzt hat.«

»Hallo, Desmond. Zuerst! Wie geht es dir?«, fragte Anna mit warmer Stimme.

»Ganz Okay. Ich vermisse dich«, gestand Desmond, ein schwaches Lächeln auf den Lippen.

»Ich vermisse dich auch. Gib mir die Nummer der Kreditkarte. ... Ah! Warte einen Moment.«

»Danke ...« Desmond wartete gespannt. Keine zwei Minuten später meldete sich Anna zurück. Auf seinem Monitor erschienen die Personaldaten eines Mannes namens Tobias Allister.

»Desmond?«

»Danke, Anna. Das hilft uns weiter«, sagte Desmond erleichtert. »Wir befürchten, dass es sich um einen unserer Touristen handelt.«

»Du schuldest mir was«, antwortete Anna leise und legte auf. Desmond ging zur Pinnwand und schrieb den richtigen Namen des Opfers unter das Foto. Ein weiteres Puzzlestück fand seinen Platz.

15:30 Uhr. Mit schweren Schritten betrat Sheriff Duncan das Gebäude der Gemeindeverwaltung. Im ersten Obergeschoss kam ihm Mrs Beauty mit einer Kanne Kaffee entgegen.

»Hallo, Sheriff! Wie geht es Ihnen?«

»Hallo, Mrs Beauty! Das neue Kostüm steht Ihnen wirklich gut.« *Irgendwann würde er sie mal Mrs Beautiful nennen*, dachte er kurz und schmunzelte verhalten. Mrs Beauty lächelte geschmeichelt, denn ihr Mann hatte für Mode wenig übrig. Er leitete einen großen Fuhrpark in der Stadt. Wenn er an der Feuerwache vorbeikam, fand er in Mechaniker Tooli stets einen Gleichgesinnten.

»Kommen Sie, Sheriff. Der Bürgermeister wartet bereits auf Sie.« Mrs Beauty öffnete das Büro des Bürgermeisters, und sofort strömte ihm der beißende Geruch einer Zigarre entgegen. Sheriff Duncan runzelte kurz die Nase. Wären beide in einem alten Western gewesen, hätten sie sich gegenübergestanden und auf das Zucken des anderen gewartet. Stattdessen musterten sie sich nur misstrauisch und lauerten darauf, dass einer das Gespräch beginnen würde.

Bürgermeister Plummer setzte sich entspannt auf die Besuchercouch, ohne den Gegner aus den Augen zu lassen, und Sheriff Duncan nahm in einem der bequemen Ledersessel Platz.

»Wollen sie einen Kaffee, Sheriff?«

»Ja, warum nicht.«

»Ich habe Sie hergebeten, nach dem ich von dem schrecklichen Fund am Weiher erfahren habe. Ich sehe die Sicherheit unserer Gemeinde gefährdet. Wie schätzen Sie das ein, Sheriff? Sie haben doch diesen Detektiv zur Verstärkung. Setzen Sie seine Fähigkeiten optimaler ein.« Der Bürgermeister maßte sich an, seine Kompetenz in Frage zu stellen. Das ging zu weit.

»Bürgermeister Plummer«, begann er mit einer kühlen Ruhe, die seine innere Anspannung verriet. »Meine Männer und ich tun unsere Arbeit gewissenhaft. Desmond ist ein erfahrener Profiler, und ich vertraue auf seine Fähigkeiten. Die Sicherheit von Willows Creek ist in guten Händen, auch wenn das derzeit nicht so aussieht. Wir werden den Fall lösen.« Er konnte erkennen, dass seine Worte den Bürgermeister nicht wirklich beeindruckten, aber das war ihm egal. Er würde beweisen, dass sie der Aufgabe gewachsen waren, komme, was da wolle. Sheriff Duncan nahm einen Schluck Kaffee, während sich seine Augen zu Schlitzen verengten und über den Rand der Tasse zu seinem Gesprächspartner blickten. *Wann würde der Bürgermeister die Katze aus dem Sack lassen?*

»Ich will mich nicht in ihre Kompetenzen einmischen. Aber in Willows Creek geht die Angst um. Gerüchte führen zu hitzigen Spekulationen. Ich wette, die Geier werden nicht lange auf sich warten lassen.« Sheriff Duncan nahm bedächtig einen zweiten Schluck Kaffee. Er dachte an die Wahlen im nächsten Jahr.

»Bürgermeister, ich schlage eine Versammlung des Bürgerrates vor.«

»In Ordnung, Sheriff. Sie werden den Ratsmitgliedern Rede und Antwort stehen.«

Ah, da lag der Hund begraben, dachte der Sheriff. Der Bürgermeister wälzte die Verantwortung auf das Sheriff Department ab. »Die Touristensaison hat begonnen und wir können uns keine schlechte Publicity leisten. ... James! Enttäuschen Sie uns nicht.«

»Bürgermeister Plummer, schlechte Publicity braucht niemand«, antwortete der Sheriff kalt.

»Dann sind wir uns einig, in drei Tagen.«

Das Gespräch verlief mehr als unbefriedigend für den Sheriff und so war es nicht verwunderlich, dass seine Laune in den Keller stürzte. Jetzt war es an Desmond, für ein Wunder zu sorgen.

»Desmond! Haben Sie etwas erreicht?«

»Ja, einen Namen.«

»Gut gemacht. Das könnte uns voranbringen.«

»Vorhin hat Mr Durand angerufen. In der Angler-Lodge vermissen sie einen ihrer reichen Stammkunden. Der Name vom Beleg stimmt mit dem Gästeeintrag überein. Vielleicht ist er es?«

»Ich fahre persönlich zur Angler-Lodge. Sagen Sie den Durands Bescheid, dass ich komme.«

»Ja, Sheriff.« Desmond hatte bereits den Hörer in der Hand, als der Sheriff nach Watson rief.

»Wo ist Deputy Watson, verdammt noch mal?«

»Der ist zur alten Fischfarm gefahren, ein paar Umweltaktivisten aufmischen, die das Gelände belagern.« Der Sheriff beruhigte sich wieder etwas.

»Okay! Ach, Desmond …«

»Ja, Sheriff?«

»Legen Sie Mechaniker Tooli diese Anweisung von Bürgermeister Plummer vor. Er meint, Sie sollten mobiler werden.«

»Ah, gut!«

»In der Feuerwache steht ein Elektro-Quad. Das könnte Ihnen nützlich sein.«

»Danke, Sheriff.«

»Und geben Sie mir morgen einen Plan, wohin Sie fahren wollen.«

»Mache ich und danke«, antwortete Desmond.

Kapitel 12

Desmond steuerte früh am nächsten Tag auf das Sheriff Department zu, wo ihn Mechaniker Tooli bereits erwartete.

»Hey, Desmond! Schon mal so ein Elektro-Quad gefahren?«, fragte Tooli mit einem verschmitzten Grinsen im Gesicht.

»Ja, damit könnte ich mich anfreunden, ein Elektro-Sportquad. Wow!«

»Dann setz dich drauf. Du brauchst nur deine Hände«, erklärte Tooli und deutete auf die digitalen Anzeigen. Desmond kletterte auf das Quad und spürte die Kraft des Motors unter sich.

»Wow! Ein gutes Gefühl.« Dieses Sportquad konnte auch zwei Personen befördern. Bei Vollgas erreichte es gut vierzig Kilometer pro Stunde.

»Für solche Abenteurer wie dich ist dieses geländegängige Modell wie geschaffen. Der Allradantrieb macht es zum idealen Gefährt für unwegsames Gelände. Und hier siehst du die Seilwinde. Damit kannst du sogar einen Traktor abschleppen. Orson träumt schon lange von so einem Teil. Haha. Im Einsatz verfügt es auch über Blaulicht und Sirene. Hänge den Schlüssel bei deiner Rückkehr hier an das Schlüsselbrett.«

Desmond grinste breit und fühlte sich, als würde sein Abenteuer gerade erst beginnen. Das Elektro-Quad surrte leise, als Desmond es startete. Die Quads mit Verbrennungsmotor gaben dagegen ein durchgängiges Brummen oder Röhren von sich.

»Oh, Tooli! Da ist noch eine Sache.«

»Ja, was hast du, Desmond?«

»Kylie hat mir erzählt, dass sie am Wochenende zum Aussichtsturm wandern will.«

»So! Wenn du es sagst«, antwortete Tooli etwas lakonisch.

»Sie würde sich über deine Gesellschaft freuen. Du solltest bei ihr im Backshop vorbeischauen.« Tooli konnte nur nicken, da seine Stimme versagte. Er fiel aus allen Wolken. Dann verschwand er in der Feuerwache. Zufrieden hörte Desmond hinter sich ein euphorisches ‚Yeah‘.

»Guten Morgen, Sheriff!« Desmond sah den Sheriff verbissen auf den Computer starren.

»Guten Morgen, Desmond«, antwortete Sheriff Duncan nachdenklich und versuchte seinem Bericht mehr Ausdruckskraft zu geben.

»Hatten Sie Erfolg, Sheriff?«

»Ja, leider. Mrs Durand erkannte ihren Stammgast sofort. Sie wollen die Familie benachrichtigen. Wir gehen von einem Unfall aus, solange der

Gerichtsmediziner nichts anderes in seinem Obduktionsbericht schreibt. Die Sache wird den Ratsmitgliedern nicht gefallen. Übrigens, Ihre Fahrten sind genehmigt. Und wenn Sie zu Farmer Norman fahren, der geht selten ohne sein Jagdgewehr vor die Tür.«

»Ich will zuerst mit Arthur Chase reden. Abigail wird mich zu Farmer Norman begleiten.«

»Gute Idee. Ich fahre nachher in die Stadt, um den Gerichtsmediziner aufzusuchen. Vielleicht bekomme ich noch ein paar Informationen für das Treffen mit dem Gemeinderat in zwei Tagen. Desmond, denken Sie an die Geier? Mir juckt es in den Fingern.« Sheriff Duncan dachte an die aufgeladene Atmosphäre, die in Willows Creek in der Luft lag. Mit nervigen Journalisten kannte sich Desmond bereits aus. Aber diese Gloria Hunter brachte sogar den Bürgermeister zur Verzweiflung.

Nichts verbreitete sich schneller als ein Gerücht, stellte Desmond fest, als er im Sheriff Department hinter dem Empfangstresen die kleine Ortszeitung las. Der Artikel über das Ungeheuer am Weiher hatte die Stimmung in Willows Creek dramatisch verändert. Das idyllische Anglerparadies, wo Männer ungestört ihrer Lieblingsbeschäftigung nachgehen konnten, während ihre Frauen sich ausgiebig den Shoppingerlebnissen hingaben, hatte einen Riss bekommen. Sein Instinkt riet ihm, den Tatort am Weiher selbst in Augenschein zu nehmen. *Welches einheimische Tier könnte einem Menschen derartige Verletzungen zufügen,* fragte sich Desmond. Irgendetwas störte ihn an der ganzen Sache, aber er konnte nicht sagen, was es war?

Desmond setzte in Erwartung der Geier die leicht getönte Pilotenbrille auf, die sein Gesicht anonymer machen sollte. Auf dem Namensschild stand nur ,Desmond'. Mit seinem dunklen Anzug und dem weißen Hemd verkörperte er den perfekten Verwaltungsangestellten, könnte man meinen, wäre da nicht die Dienstwaffe im Schulterholster unter der Anzugjacke. Man wusste nie, wer zur Eingangstür hereinkam. In den Medien war die Sache mit dem missglückten Einsatz vor drei Monaten durchgesickert. Als Reporter von der Rehaklinik erfuhren, gab sich ein Paparazzo sogar als Patient aus, um ein Foto von ihm zu schießen. Die Undercover-Aktion in Willows Creek kam da gerade recht. Er musste nur darauf achten, möglichst unauffällig zu bleiben.

Natürlich brannte auch an diesem Tag die Sonne unbarmherzig, wie an den Tagen zuvor. Der neue Ventilator verwirbelte nur die heiße Luft im Sheriff Department, kühlte aber nicht. Noch schien es ein ruhiger Tag zu werden. Niemand saß auf der Wartebank im Empfangsbereich, außer einem dicken Brummer, der sein nervtötendes Summen hören ließ, wenn er seinen Platz wechselte. Desmond beäugte seinen Doughnut mit Zitronenglasur. Er dachte daran, sich bei Gelegenheit eine Fliegenklatsche zu kaufen. Damit könnte er dem dicken Brummer den Garaus machen.

Plötzlich stieß jemand geräuschvoll die Tür zum Sheriff Department auf, nur dass niemand »Überfall« schrie. Aufgeschreckt blieb Desmond der Doughnut im Mund stecken. Verdammt! Beinahe hätte er sich verschluckt. Er legte den Rest des Doughnuts auf den Teller zurück. Gloria Hunter, eine charismatische Journalistin, die sich in der gnadenlosen Glitzerwelt der Yellow Press einen Namen gemacht hatte, stürmte auf seinen Tresen zu, das Mikrofon wie eine Waffe auf ihn gerichtet. Ihr folgte ein hagerer, spitzbärtiger Kameramann, der an einen dressierten Affen erinnerte. Seine Rolle schien sich darauf zu beschränken, die Anweisungen seiner Herrin ohne Widerrede zu befolgen, immer bereit, die Kamera auch unter den widrigsten Umständen in der Hand zu halten. *Die Aasgeier mussten Wind davon bekommen haben, wie sie ihr Sommerloch füllen konnten*, dachte Desmond, während er die kleine Ortzeitung in aller Ruhe zur Seite legte. Die manipulative weiche Stimme der Frau stand im Gegensatz zu ihrem forschen Auftreten.

»Guten Morgen, Officer. Ich bin Gloria Hunter. Sie kennen mich sicher von den MNC News.«

»Nein, Mrs ...«, antwortete Desmond arglos.

»Schauen Sie keine Nachrichten, junger Mann?«, fragte sie, um ihr Opfer aus der Reserve zu locken.

Ihr Gesichtsausdruck veränderte sich schlagartig und ihre Stimme nahm einen missbilligenden Unterton an. »Ich muss hier am Ende der Welt gelandet sein. Und es ist so heiß hier.«

»Wenn Sie das sagen, Mrs Hunter.«

Desmond blieb ruhig und ließ sich von Gloria Hunters provokantem Verhalten nicht aus der Ruhe bringen. Er kannte die grenzwertigen Methoden dieser Journalisten, die über Leichen gingen, um an Informationen zu kommen. Wieder fiel sein Blick auf den blonden Kameramann mit dem Spitzbart, der ihn an den Paparazzo in der Rehaklinik erinnerte.

»Nehmen Sie ihr Schoßhündchen an die Leine. Löschen Sie die Aufnahmen, sonst konfisziere ich die Kamera.« Gloria Hunter gab ihrem Kameramann mit einer Handbewegung zu verstehen, dass er der Anweisung Folge leisten sollte. Enttäuscht ließ der Kameramann sein Spielzeug für einen Moment sinken.

»Mrs Hunter, an der Tür hängt ein Schild mit der Aufschrift ‚Gesicherter Bereich‘, falls Sie nicht lesen können.« Mit einer solchen Antwort hatte die Medienikone nicht gerechnet. Verdutzt hielt sie einen Augenblick inne. Desmond blieb gelassen, behielt aber seine Kontrahentin aufmerksam im Auge, bereit, auf jede weitere Provokation zu reagieren.

»Warum sind Sie so unfreundlich, Officer … Desmond? Und wo ist Mary?« Gloria Hunter beugte sich über den Tresen zu Desmond vor, so dass er in ihr freizügiges Dekolleté blicken musste. Ihre Augen funkelten entschlossen. »Hier soll ein schreckliches Verbrechen geschehen sein, und es gibt Gerüchte über andere seltsame Vorfälle in Willows Creek. Die Öffentlichkeit hat ein Recht auf Informationen!«

»Mrs Hunter, bitte bleiben Sie auf Distanz. Ihre Zudringlichkeit ist unangemessen.«

»Das ist beleidigend, Officer. Ich werde mich beim Sheriff über Sie beschweren.«

»Mrs Hunter! Ich habe Sie verwarnt. Wenn Sie sich meinen Anweisungen widersetzen, werden Sie gebührenpflichtig verwarnt.«

»Officer! Das ist …«

»Mrs Hunter, Sie werden die ganze Zeit von einer Überwachungskamera gefilmt. Wenn Sie mir weiterhin das Mikrofon ins Gesicht halten, zeige ich Ihnen unseren Gefängnistrakt. Neben unserem Dorfalkoholiker ist noch eine Zelle frei.« Gloria Hunter hielt mit der anderen Hand ihr Smartphone in die Höhe, und fotografierte.

»Stopp! Lady, Sie haben gerade einen Beamten bedroht.« Desmond blickte gelassen zu der gereizten Journalistin auf.

»Das ist unerhört, Officer Desmond, oder wie auch immer Sie heißen!« Gloria Hunter verzog den Mund, um ihr Missfallen Ausdruck zu verleihen. »Wir haben aus verlässlicher Quelle Informationen erhalten, dass es hier Monster geben soll.«

»Wenn Sie auf der Suche nach Monstern sind, Mrs Hunter, fahren Sie nach Loch Ness in Schottland. Dort können sie nach Nessi Ausschau halten.« Gloria Hunter drehte sich frustriert auf dem Absatz um.

»Komm, Holger, sie können uns nicht davon abhalten, die Gegend zu erkunden.« Zickig wandte sie sich zum Ausgang. »Abflug, Holger«, giftete sie ihren Kameramann an, der gehorsam hinter ihr her trottete.

»Einen schönen Tag noch, Ma'am«, rief ihr Desmond nach. Die Journalistin fauchte ihren Kameramann an.

»So eine Unverschämtheit«, sagte sie und schob den Kameramann unsanft zur Tür hinaus.

Kapitel 13

Mehrere Tage waren seit dem mysteriösen Todesfall am großen Weiher vergangen. Professor Grayson stand vor dem Fischbecken, das mit einem Metallzaun gesichert war. Die Gittertür im Metallzaun stand weit offen. Mit zusammengekniffenen Augen und fest zusammengepressten Lippen blickte er in das leere Fischbecken. Wo war Elvis? Sein Gehirn wollte nicht glauben, was seine Augen sahen. Er musste schnell handeln, bevor das Experiment in die Schlagzeilen der Medien geriet.

Während sich der Professor seinen Ängsten stellte, kam es im Forschungslabor zu einem Streit zwischen dem Biologen Jorge Travis und dem Neurotechnologen Dr. Vincent Bailey.

»Mach mich nicht verrückt, Travis. Das ist alles deine Schuld, du Schürzenjäger.« Travis lief der Angstschweiß von der Stirn.

»Hör zu, Bailey. Das kann jedem passieren. Meine neue Freundin setzt mich unter Druck.«

»Dann mach endlich Schluss mit der Tussi.«

»Das kann ich nicht.« Bailey stöhnte hörbar und verssuchte, das Signal von Elvis aufzufangen.

»Du musst ihn finden, bitte«, flehte Travis.

»Ich könnte vielleicht das Signal verstärken und den Suchbereich bis zum Fluss ausdehnen.«

Travis spürte eine Enge in der Brust, als er das Wort ‚Fluss‘ hörte. Elvis könnte für immer … Nein! Daran wollte er nicht einmal denken.

Professor Grayson öffnete die nördliche Eingangstür des Forschungslabors, wo sich der Personalbereich und die sanitären Anlagen befanden. Eine Glastür trennte diesen Gebäudeteil von den Arbeits- und Laborräumen. Für einen Moment hielt er inne, um tief Luft zu holen. Er konnte seinen Ärger über den Biologen kaum zurückhalten. Was war nur in letzter Zeit mit Travis los? Der Trottel sollte sich um Elvis kümmern. In seinem Kopf formte sich ein Horrorszenario, das seinen Blutdruck in die Höhe trieb. Immer wieder geisterte der verstümmelte Angler am Ufer des Weihers durch seine Gedanken. Die Forensiker würden vielleicht … Nein, nein! Noch stand der Bürgermeister auf seiner Seite.

Elvis, ein geheimes Genprojekt, sollte seinem Forschungslabor alle Türen öffnen. Das jüngste Experiment versprach einen Quantensprung in der genetischen Forschung. Niemand durfte seine jahrelange Forschungsarbeit zunichtemachen. Niemand! Seine Hände waren zu Fäusten geballt.

Gerade, als er die gläserne Zwischentür zum Labortrakt öffnete, fiel am anderen Ende des Flurs eine Labortür ins Schloss und Evelyn kam auf ihn zu. Das kalte Weiß der Deckenbeleuchtung ließ ihr Gesicht fahl erscheinen. Dadurch sah sie älter aus, als sie in Wirklichkeit war.

»Victor! Was ist mit dir?«, fragte sie ihn besorgt.

»Wo ist unser Biologe Travis, Evelyn?«

»Ich glaube, er wollte zu Bailey.«

»Ah! Und wie kommst du mit der neuen Gensequenzierung voran? Unser Investor hat ein enges Zeitfenster gesetzt.«

»Gut! Wir können morgen mit den ersten Ergebnissen rechnen.«

»Okay! Ich gehe dann mal zu Bailey.«

Vor der Tür zu Baileys Arbeitsraum blieb er kurz stehen und holte tief Luft. Evelyn hatte ihn gewarnt, aber er wollte es lange nicht wahrhaben. Er musste Travis eine Lektion erteilen, die er nicht so schnell vergessen würde. Entschlossen öffnete der Professor die Tür zum Techniklabor.

Baileys Reich, vollgestopft mit modernster Computertechnik, glich einem Labyrinth aus technischen Komponenten. Selbst die Cyber-Crime Abteilung des FBI würde bei diesem Anblick vor Neid erblassen. Allein die eigene Satellitenverbindung zeugte von einem Auftraggeber mit weitreichenden Verbindungen. Professor Grayson betrat den Arbeitsraum seines Neurotechnologen, der gerade mit der Überprüfung des Steuerungsprogramms für Elvis beschäftigt war.

»Guten Morgen, Bailey! Und was machst du überhaupt hier, Travis?« Der Biologe zitterte leicht vor Aufregung und sprang von seinem Hocker auf.

»Setzen Sie sich bitte, Professor.«

Professor Grayson musste sich zurückhalten, um Travis nicht mit dem Hocker zu erschlagen. Stattdessen sah er Travis nur enttäuscht an.

»Travis«, sagte er leise, »wenn Elvis irgendetwas zustößt, werde ich persönlich deinen Schädel aufbohren und dir einen Chip einsetzen. Dann lasse ich dich im Fischbecken herumschwimmen, bis du auf den Grund sinkst.«

Bei dieser Ansage geriet Travis fast in Panik.

»Es tut mir leid, Professor. Es wird nie wieder vorkommen. Bitte! Glauben Sie mir.« Bevor Professor Grayson antworten konnte, meldete sich Bailey zu Wort.

»Professor, ich habe ein Signal, schwach, aber …« Professor Grayson schob Travis unsanft zur Seite und setzte sich neben Bailey auf den Hocker.

»Zeigen Sie mir die Daten.« Tatsächlich ertönte ein leises Piepen. Auf dem anderen Monitor mit dem Lageplan erschien ein blinkender roter Punkt. Doch der Punkt bewegte sich nicht. Der Professor starrte auf die Satelliten-Koordinaten.

»Lebt er noch? Sag schon, Bailey!«

»Gut möglich, Professor. Ich überprüfe gerade die Lebenszeichen.« Ein leises Pochen war zu hören. Es waren tatsächlich die Herztöne von Elvis. Erleichterung machte sich breit.

»Travis! Warum sitzt du noch hier? Starte unsere Drohne. Mach dich endlich nützlich.« Travis sah seine Chance, dem Tribunal zu entkommen und stürmte aus dem Raum. Dem Professor schlug das Herz bis zum Hals. Ein Hoffnungsschimmer keimte auf, dass sein Experiment noch lebte.

Die ersten Bilder der Drohne erschienen auf dem Monitor. Es war tatsächlich ein großer Fisch, mindestens 1,80 Meter lang, der im Schilf am Ufer des Musky River lag. Im Infrarotbereich war zu erkennen, dass der Fisch nach etwas geschnappt hatte.

»Er lebt, Professor Grayson«, rief Bailey erleichtert. »Ich passe das Funksignal an.«

»Tun Sie das.« Das Signal wurde lauter. Die Drohne näherte sich vorsichtig ihrem Zielobjekt. Es war Elvis. Dem Professor und Bailey fiel ein Stein vom Herzen. Professor Grayson fasste sich mit der Hand an die Nasenwurzel und schloss für einen Moment die Augen.

»Gib den Rückkehrbefehl ein.« Es dauerte einige Augenblicke, bis der Fisch reagierte und sich langsam auf die alte Fischfarm zubewegte.

»Wenn Elvis in seinem Becken schwimmt, schalten wir die Steuereinheit auf Standby. Wir dürfen ihn keinem weiteren Stress aussetzen.«

»Professor Grayson!«

»Das war gute Arbeit, Bailey. Was gibt es noch?«

»Orson hat heute Morgen ein Päckchen für Sie abgegeben. Es liegt im Aufenthaltsraum auf dem Tisch.«

»Danke, Bailey. Ich brauche dringend einen Tee nach dieser Aufregung.«

Professor Grayson setzte sich an den Esstisch im Aufenthaltsraum und trank einen Schluck Grünen Tee. Ganz vorsichtig stellte er seine chinesische Porzellantasse ab und betrachtete das handgemalte Muster darauf. Entspannt lehnte er sich in seinem Stuhl zurück. Vor ihm lag das lang ersehnte Päckchen. Endlich! Orson musste dafür ein paar Gefallen einfordern. Aber der Inhalt war es wert.

Besser gelaunt betrat er seinen Arbeitsraum, wo Evelyn zwei Gläser auf den Couchtisch gestellt hatte. Doch der Professor wirkte völlig abwesend. Er holte eine Spezialzange aus dem Unterschrank des Aquariums. Vorsichtig setzte er sein Haustier in das Spezialaquarium.

»Evelyn, schau mal. Ist sie nicht wunderschön?«
Evelyn näherte sich ihm.

»Sicher, aber auch tödlich. Ich dachte, sie wäre größer als nur fünf Zentimeter«, antwortete Evelyn emotionslos. Victor schien nur Augen für seine Neuerwerbung zu haben. Evelyn fühlte sich auf einmal vernachlässigt.

»Ich werde mich persönlich um meinen Liebling kümmern. Endlich besitze auch ich ein Haustier.«

Evelyn wollte es nicht glauben. Er tat so, als wäre die Kegelschnecke seine neue Geliebte.

»Victor, ich muss nach meinem Experiment sehen.«

»Mach das. Ich möchte ein paar Minuten mit … ein Name … ja … Pandora allein sein. Sie ist so einzigartig. Ich fahre gleich morgen zu Orson in den Anglerladen und kaufe das beste Futter für die Kleine.« Die Hand des Professors strich zärtlich über das Spezialaquarium, als wäre es eine Frau. Evelyn verdrehte die Augen. Sie hatte die Hand schon am Türgriff, als der Professor »warte« rief.

»Ja, Victor?«

»Mir ist neulich nachts eine Idee gekommen, die ich umsetzen will.«

»Hast du eine Vorstellung?«

»Erstelle eine neue Projektdatei. Und … nenne sie Pandora.«

»Victor, du machst mir Angst.«

»Du kennst den Mythos, Evelyn?«

»Ja. Es gibt verschiedene Varianten davon. Öffnet man die Schachtel, dann entweicht das Böse in die Welt oder so.«

»Du siehst das einseitig. Ich denke an geniale Möglichkeiten für die Genforschung. Du wirst die DNA analysieren. Ich muss das gleich morgen mit Bailey besprechen.«

Professor Grayson setzte sich zu seinem Neurotechnologen, der Elvis den Gehirnchip implantiert hatte. Mit seinem langen Zopf im Nacken und der Nickelbrille wirkte Dr. Bailey eher wie ein Öko-Freak als ein begnadeter Neurochirurg.

»Das Diagnoseprogramm der Neuroprothese von Elvis zeigt keine Fehler, Boss. Das biokompatible Übertragungssystem wird ausreichend mit Energie versorgt. Ich muss den Algorithmus der Steuereinheit etwas anpassen. Der Signalweg wurde kurz unterbrochen, als sich Elvis am Rande der Senderreichweite befand. Hier! Unbekannte Hindernisse störten kurz die Kommunikation und der Urinstinkt von Elvis übernahm die Kontrolle.« Der Professor beugte sich zum Bildschirm, um sich den Geländeplan genauer anzusehen.

»Wir sollten das Navigationssystem mit den aktuellen Satellitendaten abgleichen. Das Gelände hier scheint sehr unübersichtlich zu sein.«

»Hier Professor. Sehen Sie? Die Sicherheitsprotokolle haben Elvis davor bewahrt, einer zu großen Belastung ausgesetzt zu werden.« Evelyn betrat Baileys Arbeitsraum.

»Hey, habt ihr den Fehler gefunden?« Professor Grayson nickte nur und blickte erwartungsvoll auf den Ausdruck in Evelyns Hand.

»Gut, Bailey. Gönnen Sie sich eine Pause. Sie haben es sich wirklich verdient.«

Auf dem Flur gab Evelyn dem Professor den Ausdruck. *Endlich eine gute Nachricht*, dachte er.

»Komm Evelyn! Ich will sehen, ob Elvis sich normal verhält. Besuchen wir unser Kind.« Evelyn stand am Schutzgitter, das den kleinen, mit Gras bewachsenen Freiraum um das Wasserbecken herum umschloss. Der fast zwei Meter lange Fisch schwamm ruhig in seinem Wasserbecken. Er machte keine Anstalten, das Wasserbecken zu verlassen. Professor Grayson umfasste Evelyns Schultern. »Ohne dich hätte ich das nicht geschafft. Wir können stolz auf uns sein. Was wünschst du dir?«

»Was denkst du, Victor?« Professor Grayson zögerte, denn er wusste, worauf sie anspielte.

»Lass uns am Wochenende essen gehen.« Was wollte er von ihr? Sie nahm sich vor, diesmal nicht nachzugeben.

»Wo treibt sich eigentlich unser Biologe Travis herum? Ich werde ein ernstes Wort mit ihm reden müssen. Ich gehe zurück und sehe bei dieser Gelegenheit nach Pandora, ob es ihr gut geht.«

»Ich komme gleich nach. Ich will nur noch mit Ramirez die Dienstpläne durchgehen.«

»Mach das, Liebes.«

Professor Grayson war von seinem neuen Haustier so begeistert, dass er Travis auf dem Flur erst bemerkte, als der sich hinter ihm bemerkbar machte.

»Professor, entschuldigen Sie die Verspätung, aber …« Der Professor, immer noch mit einem leicht verklärten Gesichtsausdruck zog Travis am Arm in seinen Arbeitsraum.

»Sehen Sie sich dieses göttliche Geschöpf an, Travis.«

»Ja, sehr schön, Professor.« Professor Grayson wandte sich an Travis.

»Setzen Sie sich. Ich habe über Sie nachgedacht.« Travis konnte nicht sagen, ob das eine gute oder schlechte Nachricht war.

»Ja«, hauchte er demütig.

»Ich habe mit meinen Kollegen in Kalifornien telefoniert. Sie werden mich vertreten müssen, eine Woche auf einer luxuriösen Hochseeyacht mit den besten Wissenschaftlern. Vielleicht lernen Sie etwas. Ich muss das neue Projekt beaufsichtigen.«

»Das habe ich nicht verdient, Professor.«

»Das sehe ich anders, Travis. Ich gebe Ihnen eine Chance, Ihren Fehler wiedergutzumachen.« *Und wo kam jetzt der Haken ins Spiel*, fragte sich Travis. Professor Grayson überreichte Travis eine Liste mit Aufgaben. »Sie können viel von den anderen Wissenschaftlern lernen und es macht sich gut in Ihrem Lebenslauf. Oh, es wäre von Vorteil für Sie, wenn Sie mich über die Projekte der anderen Wissenschaftler informieren würden.« Travis war einerseits glücklich wie ein Kind, das sein lang ersehntes Geschenk auspacken durfte, andererseits musste er seiner Freundin klarmachen, dass ... Und er konnte es der arroganten Evelyn zeigen. »Wenn Sie Ihre Sache gut machen, bekommen Sie ein eigenes Projekt. Wir haben da im vorderen Fischbecken einen besonders schönen Hecht.«

Travis ging zu den Fischbecken und entdeckte Evelyn, die fasziniert Elvis beobachtete.

»Evelyn!«

»Was willst du?«

»Der Professor benimmt sich heute so sonderbar. Er schickt mich auf Forschungsreise nach Kalifornien. Eine Woche an Bord einer luxuriösen Hochseeyacht. Angeln und Tauchen, bis der Doktor kommt.«

»Oh! Das muss ich in den Kalender eintragen«, kicherte Evelyn.

»Erst macht er mich runter und dann ... plötzlich gibt er mir eine zweite Chance.«

»Wow, Travis. Das hört sich super an.«

»Meine neue Freundin wird mich hassen. Sie ist so ...« Travis suchte nach einem Wort. »... anders«, wollte ich sagen. Evelyn sah Travis direkt in seine verträumten blauen Augen.

»Travis, anderseits könnte er dich auch ersetzen. Entweder willst du Karriere machen oder ...«

Wer den Professor enttäuscht hatte, bekam in der Regel keine zweite Chance, aber ... Was hatte der Professor vor? Travis fühlte sich, als hätte ihm jemand einen Faustschlag in die Magengrube verpasst. Evelyn brachte es auf den Punkt. Diese Tussi setzte ihn unter Druck. Sie erpresste ihn regelrecht. Er musste seinen Kopf frei bekommen. Was, wenn … Travis hatte sich verliebt, aber in die falsche Frau. Was sollte er tun? Travis bemerkte, dass er Evelyn mit seinen Fragen langweilte.

»Du hast Recht, Evelyn.«

Evelyn sah ihn emotionslos an. *Einen Dollar, für ihre Gedanken*, dachte Travis.

»Travis, vielleicht solltest du mehr deinen Verstand benutzen als deinen … Also ich habe Hunger und fahre jetzt nach Willows Creek ins Diner.«

Kapitel 14

Als Deputy Watson am Nachmittag von seinem Einsatz zurückkehrte, konnte sich Desmond endlich auf sein Quad setzen und zum Weiher fahren. Die Nachmittagssonne stand bereits tief, dennoch fühlte es sich befreiend an, den Wind im Gesicht zu spüren. Er bog auf den Kiesweg zur alten Fischfarm ab. Am Eingangstor patrouillierte ein schwerbewaffneter Security Mitarbeiter, der ihm argwöhnisch nachblickte.

Wenige Minuten später erreichte Desmond den Waldrand. Das Sport-Quad passte sich dem Waldboden mühelos an. Zwischen den Bäumen hindurch gelangte er zum Ufer des Weihers. Vom Tatort zeugten nur noch die Reste des Absperrbandes, die noch an einigen Baumstämmen herunterhingen. Der Weiher lag verweist da und niemand warf seine Angel aus. Deputy Watson hatte an einem Baum die Verbotsschilder angebracht. Die Anglerhütte wirkte verlassen, auf dem Steg war niemand zu sehen. Die tief stehenden Sonnenstrahlen tauchten alles in ein weiches Licht.

Als er den Bereich des ehemaligen Tatorts betrat, hätte er schwören können, dass die Fußspuren frisch waren. Nicht nur das Gras, auch das sandige Ufer wies frische menschliche Abdrücke auf. Diese aufdringliche Journalistin hatte es sich wohl nicht nehmen lassen, mit ihrem Kameramann persönlich den Bereich nach Hinweisen abzusuchen.

Desmond blickte über den Weiher auf die andere Seite, wo sich die alte Fischfarm befand. Durch die Bäume, kaum zu erkennen, blitzten Teile des weißen Forschungslabors durch, wenn sich die Baumwipfel bewegten. Sein Bein schmerzte, obwohl er gerade eine Schmerztablette geschluckt hatte. Er zog die Schuhe aus, um seine Füße zu massieren. Der am Boden liegende Baumstamm kam ihm gerade recht. Nur einen Moment lang das Gras unter den nackten Füßen spüren, wie in seiner Kindheit, als er hier mit seinen Freunden gespielt hatte. Erst jetzt wurde ihm die friedliche Stille bewusst. Nur das Rascheln der Blätter im Geäst der Bäume und das Zwitschern der Vögel war zu hören. Desmond atmete tief durch. Kleine Kreise auf dem Wasser enttarnten Fische, die nach Insekten schnappten. In einiger Entfernung schwammen Enten auf dem Wasser und suchten nach Futter.

Was für ein Tier könnte einen Menschen so zurichten? Diese Frage galt es zu beantworten. Ein Rätsel, das alle Instinkte in ihm weckte. Die Sonne stand tief und würde bald untergehen. Desmond wollte aufstehen. »Aua! Verdammt!« Der Fuß seines gesunden Beines schmerzte und Blut benetzte das Gras. Was war das? Ein Zahn, messerscharf wie eine Rasierklinge blitzte im Gras. Er nahm ein Taschentuch aus der Hosentasche und packte das Ding ein. So ein Zahn war ihm noch nie untergekommen. Zum Glück besaß das Sport-Quad eine Erste-Hilfe Box. Trotzdem. Er musste sich in den Schuh zwängen. Hatten die Forensiker ein Beweisstück übersehen oder lag der Zahn schon länger am Ufer?

Eigentlich wollte Desmond am nächsten Tag zum Grundstück von Arthur Chase fahren. Aber alles kam anders. Nach der Hitze kam das Gewitter und es regnete wie aus Eimern. Blitze zuckten über den Himmel und die Straßen waren leergefegt. Die Bäume beugten sich. Sturmböen drohten alles umzureißen. Desmond saß in seinem Arbeitsstuhl und spielte mit dem Fundstück. Beweismittel oder nicht! Er wollte das Geheimnis lüften. Angler behielten ihre Trophäen. Vor ihm lag ein Stapel alter Akten, die er überprüfen musste. Ihm blieb nichts anderes übrig, als sich den alten Akten zu widmen. Gegen Abend verzog sich das Unwetter und die letzten großen Pfützen trockneten langsam aus. Desmond blickte auf seinen Terminkalender. Mist! Er durfte seinen Termin bei Doc Howard nicht verpassen. Seine wöchentliche Untersuchung stand an. Ein lästiger Termin, der nichts ändern würde. Die Kugel hatte sein Bein schwer verletzt und er kam sich wie ein Krüppel vor.

Am Tag der Wahrheit schleppte sich Desmond in die Praxis des Doktors. Jeder Schritt schmerzte ihn, nicht nur körperlich, sondern auch seelisch. Nach all den Monaten in der Rehaklinik konnte er den sterilen, scharfen Geruch von Arztpraxen nicht mehr ausstehen. Bei dem Geruch von Desinfektionsmittel wurde ihm übel und seine Nerven waren zum Zerreißen gespannt. Widerwillig betrat Desmond den kleinen Warteraum, in dem bereits zwei andere Patienten saßen. Einer blätterte desinteressiert in einer zerfledderten Zeitschrift, während der andere ihn misstrauisch musterte, als ob er die Last der Vergangenheit auf seinen Schultern sehen konnte.

»Guten Morgen, Schwester Ruth«, murmelte Desmond, seine Stimme kaum mehr als ein heiseres Flüstern. Sie lächelte ihn warm an, ein kleines Licht in seiner düsteren Stimmung.

»Desmond, komm herein. Der Doc wartet bereits auf dich. Soll ich dir helfen?«, fragte sie mit einer Sanftheit, die ihn kurzzeitig seine Abneigung gegen Arztpraxen vergessen ließ.

»Ja, danke, Schwester Ruth«, antwortete er, als er sich auf ihren Arm stützte. Er musste offene

Sandalen tragen und fühlte sich darin lächerlich verletzlich. Jeder Schritt wurde zu einem Albtraum.

»Guten Morgen, Doc«, hauchte Desmond, als er das Behandlungszimmer betrat.

»Hallo Desmond, wie geht es dir? Machen wir die Untersuchungen, damit ich die Ergebnisse an die Rehaklinik senden kann«, sagte Doc Howard mit einer Mischung aus Professionalität und Besorgnis. Desmond ließ die Untersuchungen emotionslos über sich ergehen. Jeder Handgriff des Arztes fühlte sich wie eine weitere Last auf seinen ohnehin schweren Schultern an.

Er wollte nur schnell wieder an seinen Arbeitsplatz zurück und die Arztpraxis verlassen.

»Deine Lunge hat Gott sei Dank nichts abbekommen. Aber die Schusswunde im Bein hat einige Nerven verletzt«, bemerkte Doc Howard mit ernstem Gesichtsausdruck, während er seine Brille putzte und über seinen ergrauten Bart strich. »Machst du die Übungen, die Berta für dich aufgeschrieben hat?«

Desmond nickte stumm, seine Gedanken schweiften ab. Die Schatten der Vergangenheit lagen schwer auf ihm, doch in diesem Moment fühlte er sich nur wie ein weiterer Name in der Datenbank des Arztes.

»Ja, ich gehe zu Fuß zur Arbeit und die Verwaltungsarbeit macht sogar Spaß. Sagen Sie mir frei heraus, was mich erwartet. Bitte!«

»Desmond, das ist schwer einzuschätzen. Aber lass uns erst mal deinen verletzten Fuß versorgen. Schwester Ruth!«, rief Doc Howard und die Krankenschwester erschien sofort mit einem Tablett, auf dem angsteinflößende Instrumente lagen. Doc Howard setzte die Stirnleuchte auf und betastete die Schnittwunde an der Fußsohle.

In der Zwischenzeit bereitete Schwester Ruth eine Tetanusspritze vor, was Desmonds Anspannung ins Unermessliche steigen ließ. »Du solltest vorbeikommen, wenn es schlimmer wird«, sagte sie mit besorgter Miene.

Desmond hasste Spritzen jeglicher Art. Jede Berührung ließ ihn zusammenzucken, als ob die Nadel ihn tiefer traf als nur die Haut. Vorsichtig zog er eine sorgfältig beschriftete Beweismitteltüte hervor, in der sich das Fundstück befand.

»Wo hast du das her?«, fragte der Doc neugierig.

»Vom Tatort am Weiher. Lag unweit der Absperrung. Ich bin förmlich draufgetreten«, sagte Desmond, während Doc Howard eine Lupe hervorholte, um den mysteriösen Fund genauer zu betrachten.

Der Doc, selbst ein leidenschaftlicher Angler, holte sein dickes Anglerbuch aus dem Regal und blätterte hastig darin. Er beäugte den Zahn immer wieder, als ob er einem Rätsel auf der Spur wäre.

»Ich habe schon Tigermuskies aus dem Fluss gezogen, und das nicht nur einmal. Eine Schnappschildkröte, nein. Das Ding passt zu keinem mir bekannten Tier in unserer Umgebung. Aber es könnte ein Fischzahn sein«, erklärte Doc Howard, seine Stirn in tiefen Falten, als er die Brille zurück auf seine Nase schob.

»Danke Doc. Sie haben mir weitergeholfen«, antwortete Desmond nachdenklich, spürte aber, dass die Wahrheit noch tiefer verborgen lag, als ihm momentan bewusst war.

»Bis nächste Woche, Desmond«, sagte Doc Howard, und rief den nächsten Patienten herein.

Desmond verließ die Arztpraxis am Marktplatz. Seine Gedanken waren schwerer als zuvor. Aber er war auch entschlossener, die Rätsel zu lösen, die dieser seltsame Fund aufwarf.

Kapitel 15

Im Forschungslabor der alten Fischfarm brannte an diesem Abend noch Licht. Genetikerin Evelyn arbeitete allein, tief in die Auswertung der Tagesdaten vertieft. War die Selektion gelungen? Zeigte die Überprüfung, dass ihr Elvis die gewünschten Eigenschaften aufwies? Dieser Prozess erforderte absolute Präzision und Fachwissen. Bis jetzt wurden keine unerwünschten Nebenwirkungen festgestellt. Wann würde der Professor das neue Präparat testen? Sie brauchten eine Testperson, war ihre Überlegung. Leider hatte der Professor noch ethische Bedenken, es am Menschen zu testen. Außerdem könnte die Versuchsperson bei dem Experiment sterben. Die Chancen standen fifty-fifty.

Mit angestrengten Augen überwachte sie auf dem Monitor, ob Elvis brav in seinem Becken schwamm. Evelyn rieb sich die müden Augen und dachte an den dringend benötigten Kaffee. Zum Glück hatte Ramirez sie früh hereingelassen, da sie ihren Schlüssel nicht finden konnte. Evelyn warf einen Blick in den düsteren Flur, wo die gedimmte Beleuchtung lange, gespenstische Schatten an die Wände warf. Ihre Schritte hallten laut auf dem Steinboden wider.

Mit einem ausgiebigen Gähnen öffnete sie die Glastür zum Personaltrakt, in dem sich die Küche befand. Ein starker Kaffee würde die Müdigkeit vertreiben.

In der Küche stand Vincent Bailey und zerrte unaufhörlich an seiner Fliege.

»Dieser Anzug ist eine Tortour«, murmelte er und warf einen nervösen Blick auf seine Armbanduhr, was Evelyn sichtlich amüsierte.

»Bailey, dieses Pinguin-Outfit steht dir wirklich gut«, lästerte Evelyn.

»Diese Spendengala macht mich krank. Ich hasse Menschenansammlungen und dann diese Folk-Musik. Ich liebe klassische Musik wie Mozart, die mich inspiriert. Ich wünschte, der Professor hätte jemand anderen ausgewählt.«

»Willst du nicht doch einen Schluck Kaffee?« fragte Evelyn und hielt ihm eine Tasse hin.

»Lieber nicht. Ich muss los. Hast du deine Schlüssel gefunden?«

»Nein. Ich habe bereits überall nachgesehen. Merkwürdig.«

»Bleib ruhig. Ramirez kommt nachher zum Dienst. Du bist die Nacht nicht allein.« Evelyn nickte, während Vincent die Küche verließ. Die schemenhaften Schatten im Flur schienen sich zu bewegen, als ob sie ihre eigenen Geheimnisse hätten. Evelyn schüttelte den Gedanken ab. Sie sollte noch einmal in ihrem Labor nachsehen.

Der Bürgerabend im Gebäude der Gemeinde-verwaltung von Willows Creek wurde von allen mit großer Vorfreude erwartet. Voller Begeisterung strömten die Menschen zum Eingang. Die meisten fieberten dem Auftritt der bekannten Folk-Band entgegen, die der Bürgermeister engagiert hatte. Das reichhaltige Büffet war darauf ausgelegt, die Bürger zu animieren, für das Allgemeinwohl von Willows Creek zu spenden. Nach den letzten Ereignissen war diese Ablenkung genau das Richtige, die Einwohner auf andere Gedanken zu bringen. Die Bingo-Spieler versammelten sich im kleinen Ratssaal. Diesmal gab es einen besonderen Preis zu gewinnen.

Der Bürgermeister eröffnete die Spendengala persönlich, was für eine festliche Stimmung sorgte. Jeder Spender erhielt eine Losnummer. Als Hauptpreis winkte ein Quad, das Highlight des Abends. Orson drückte sein Los fest an sich, während sich seine Mutter mit den anderen Bingo-Spielern im kleinen Ratssaal traf. Vivian drängte Orson, mit ihr zu tanzen. Dabei ließ sie ihren Verlobungsring blitzen, auf dass auch jede ihrer Freundinnen den Ring bemerken würde.

Einige der Touristen ließen sich die Gelegenheit nicht entgehen. Stolz prahlten die Angler mit ihren Fängen. Je mehr sie im Laufe des Abends dem Alkohol zusprachen, desto größer wurden die Fische. Mason und Al, leicht angetrunken, ließen sich von den Liedern und Instrumentalstücken der Folk-Band mitreißen. Die Band begeisterte mit ihrem Bluegrass-Stil, der in dieser Gegend stark vertreten war. Den Auftakt machte ‚Foggy Mountain Breakdown‘, ein Instrumentalstück, das für seinen schnellen, energetischen Rhythmus und seine virtuosen Banjo-Soli bekannt ist und für eine fröhliche Atmosphäre sorgte.

Alle feierten ausgelassen und sogar Vincent Bailey wirkte leicht angetrunken, während er Melody vom Diner mit seinen Augen verschlang. Energisch befreite er sich von seiner Fliege und öffnete den obersten Knopf seines Hemdes. Mit entschlossenen Schritten ging er auf Melody zu.

»Ich bin Vincent, und du bist wunderschön mit deinen langen blonden Haaren. Ich würde gern mit dir zu diesem Lied tanzen. Es erinnert mich an den Indian Summer und seine Faszination.« Melody sah zu Vincent auf, der seine langen Haare im Nacken zusammengebunden hatte.

»Ich kenne Sie vom Sehen. Sie arbeiten in der Fischfarm. Sie lieben unseren Apfelkuchen.« Bailey nickte. Sie hatte sich an ihn erinnert. Wow!

»Ich liebe Kuchen und der im Diner schmeckt köstlich.« Melody lächelte ihn an. Da sich Bailey als begnadeter Tänzer entpuppte, blieb es nicht bei einem Tanz. Kylie und Chester Tooli saßen an der Bar und schauten sich tief in die Augen. Chester berührte bei jeder Gelegenheit Kylies Hand.

Sheriff Duncan ließ es sich nicht nehmen, im kleinen Ratssaal die Bingo-Lotterie zu überwachen. Das Lachen zeugte von dem Spaß, den alle hatten. In den Pausen probierten die Bingo-Spieler Canapés im großen Saal und lauschten der Folk-Musik. Die Preise waren darauf ausgelegt, die Teilnehmer zu erfreuen und die Atmosphäre spannend zu halten. Dieses Mal gab es Einkaufsgutscheine zu gewinnen. Der Hauptpreis war ein Beauty-Tag auf der Durand Lodge mit einem Festtagsessen. Alle Spieler fieberten diesem Preis entgegen. Die Spannung stieg und plötzlich sprang Mrs Turner von ihrem Stuhl auf und schrie laut: »Bingo! Bingo! Bingo!« Ihre beiden Freundinnen umarmten sie. Mit Freudentränen im Gesicht konnte Mrs Turner es noch gar nicht fassen. Sogar Norman Buster erschien mit Abigail und Arthur Chase, um den Liedern der Folk-Band zu lauschen. Die einfachen, eingängigen Melodien, die oft wiederholt wurden, gingen ins Blut. Der erzählende gefühlvolle Gesangstil weckte sogar bei Norman Erinnerungen an schöne Zeiten, als seine Frau noch lebte. Besonders die virtuosen Soli des Banjo-Spielers ließen ihn begeistert applaudieren. Bürgermeister Plummer bedankte sich bei allen Gästen für die großzügigen Spenden. In den zufriedenen Gesichtern der Bewohner spiegelte sich wider, was es bedeutet, zu einer Gemeinschaft zu gehören. Man könnte meinen, dass es ein gelungener Abend war. Es schien, dass nichts diesen Abend trüben könnte.

Während die Lichter der Spendengala in Willows Creek wie funkelnde Sterne den Nachthimmel erhellten und die ausgelassene Folk-Musik durch die Straßen hallte, lag die alte Fischfarm am Ortsrand in Dunkelheit gehüllt. Nur die nächtlichen Geräusche der Natur drangen vom nah gelegenen Ufer des Musky River durch die gespenstische Stille bis zum Forschungslabor. Das Schilf am Ufer bewegte sich leicht im Wind und erzeugte ein beruhigendes Rauschen, während kleine Wellen gegen die Halme und das Ufer schlugen und ein leises, rhythmisches Plätschern erzeugten. Durch die Dunkelheit hallte das tiefe Quaken der Frösche, das sich mit dem Zirpen der Zikaden vermischte. Aus der Ferne ertönte das tiefe, hohle Huhu einer Eule und unterstrich die unheimliche Stimmung. In den Fischteichen neben dem Forschungslabor gab es hin und wieder ein lautes Platschen, wenn einer der Fische an die Wasseroberfläche sprang. Eine nächtliche Brise ließ die Blätter der Bäume rascheln. Am Boden durchbrach das Trippeln kleiner Säugetiere, die durch das Unterholz streiften, die Stille. Aber plötzlich wehte eine Windböe vom Ufer des Flusses herüber und erzeugte im hohen Gras ein leises Rauschen, das an ein geheimnisvolles Flüstern erinnerte.

Vincent Bailey war zur Spendengala unterwegs und Evelyn befand sich allein im Forschungslabor. Ihre Schritte hallten auf dem kalten Steinboden des Flurs wider. Als sie die Küche im Personaltrakt betrat, erhellte nur eine LED-Leiste unter dem Hängeschrank den Raum. Automatisch griff ihre Hand nach der Kühlschranktür, um den Teller mit dem leckeren Apfelkuchen herauszuholen. Ihre Gedanken kreisten unaufhörlich um ihr verlorenes Schlüsselbund. Auf dem Tisch lag die neueste Zeitschrift des Anglerverbandes. Natürlich füllte der schreckliche Unfall am Weiher eine halbe Seite mit einem Bild vom Tatort. Die Dunkelheit hatte sich über das Gelände der alten Fischfarm gelegt. Die Außenbeleuchtung des Forschungslabors flackerte. Gut, dass die Laborräume durch Scanner vor unautorisierten Zutritten geschützt wurden. Sie dachte an Victor. Manchmal ertappte sie sich bei dem Gedanken, dass Victor sie nur benutzte, weil er wie jeder Künstler eine Muse brauchte. Evelyn schaltete die Nachrichten im Fernseher ein und ließ sich in die gepolsterte Lehne des Stuhls gleiten, während sie sich ein Stück Apfelkuchen in den Mund schob. Die Tür zum dunklen Flur stand eine Handbreit offen. Sie hörte, wie jemand leise die Hintertür des Laborgebäudes öffnete.

»Ramirez, bist du das?« rief Evelyn in die Dunkelheit. Aber plötzlich stand diese junge Frau in der Küche, die sie neulich beim Sex mit Travis erwischt hatte. Evelyns Herz blieb vor Schreck fast stehen. Entsetzt sprang sie von ihrem Stuhl auf.

»Wie kommen Sie hier rein?« Die junge Frau schwenkte triumphierend Evelyns Schlüsselbund in der Hand. »Sie! Sie waren das vor dem Laden«, rief Evelyn zornig und musste sich zurückhalten.

»Ich will zu Travis. Wo ist er? Wir wollten uns heute hier treffen.«

»Travis hat einen wissenschaftlichen Auftrag in Kalifornien.« Die junge Frau verzog enttäuscht und verärgert das Gesicht.

»Davon hat er mir nichts erzählt. So ein Schuft.« Die Spannung ließ die Luft im Raum knistern, und Evelyn spürte einen Schauer über ihren Rücken laufen. Was würde die Verrückte als nächstes tun?

»Dann sind Sie der unbekannte heimliche Gast. Sie scheinen sich hier ja gut auszukennen.«

»Kann sein«, antwortete die fremde junge Frau schnippisch, schwenkte ihr langes dunkles Haar und setzte sich wie selbstverständlich auf einen der Stühle.

»Antworten Sie mir«, forderte Evelyn frustriert. Die junge Frau überlegte kurz.

»Sie könnten mich auch reingelassen haben.« Wollte das Biest sie erpressen? Evelyn tat so, als würde sie die Situation im Griff haben. *So ein kleines Biest*, dachte sie. Evelyn blieb nur die Diplomatie.

»Möchten Sie vielleicht einen Kaffee trinken?«

»Ja, aber ich habe nicht viel Zeit.«

»Sie sind diese Umweltaktivistin, richtig?«

»Und wenn. Travis liebt mich und ich liebe ihn.«

»Das glaube ich Ihnen.« Die junge Frau blickte Evelyn herausfordernd an.

»Er geht seit Tagen nicht an sein Smartphone.«

»Geben Sie meine Schlüssel her.« Die junge Frau warf das Schlüsselbund auf den Tisch.

»Ich wollte ihn hier treffen. Travis meinte, dass er eine Überraschung für mich hat.«

»Ah, deshalb die sexy Aufmachung. Travis hat mir vor seiner Abreise etwas für Sie gegeben.«

»Was?« Evelyn spürte die unbändige Neugier in den Augen der Einbrecherin.

»Ein Geschenk! Machen Sie es zu Hause auf.« Evelyn nahm eine kleine Box aus der untersten Schublade des Schranks, die ihre Kollegen nie benutzten, und stellte die kleine Box auf den Tisch.

»Jaaa! Ist es das, was ich denke?«

»Ich glaube schon. Ich musste Travis versprechen, es niemandem zu verraten.« Mit zitternden Händen griff die junge Frau danach. Schnell verschwand die kleine Geschenkbox in ihrer Hand.

»Wann kommt er zurück?«

»In zwei Wochen, meines Wissens.«

»Sie sind wohl doch nicht so ein Monster, wie ...«

»Ich bringe Sie vorn hinaus.« Die junge Frau hatte es plötzlich eilig. Als Evelyn die Außentür öffnete, schlug ihnen Dunkelheit entgegen.

Die Außenbeleuchtung war wieder ausgefallen. Beide gingen, ohne ein Wort zu wechseln, auf das Eingangstor der Fischfarm zu.

Die junge Frau schlüpfte schnell durch den offenen Spalt. Abseits vom Tor wartete eine Person auf einem Quad, die mit dem Arm winkte.

»Ich komme ja schon«, rief die junge Frau.

»Wie lange soll ich noch warten?«, schimpfte eine männliche Stimme ärgerlich. Die junge Frau sprang auf den Rücksitz des Quads. Scheinbar kannten sie sich. Travis war ein Vollidiot, ein verliebter Trottel.

»Fahr endlich!«, hörte Evelyn noch.

Dann gab der Fahrer Gas und das Quad verschwand mit den Fremden in der Dunkelheit. *So ein Mistkerl*, dachte Evelyn. Travis brauchte eine Abreibung, wenn er zurückkommt, wenn … Evelyn schloss das Tor und hielt ihr Schlüsselbund fest umklammert. Sie wollte gerade das Laborgebäude betreten, als sie ein seltsames Geräusch hinter sich hörte.

Eine Stunde später kam Sicherheitsmann Ramirez zum Dienst. Bereits am Tor bemerkte er die offene Eingangstür zum Forschungslabor. Warum war die Beleuchtung aus? Er zog seine Waffe und rannte zum Eingang. Evelyn lag mit blutüberströmtem Gesicht hinter der Eingangstür am Boden. Ihr Laborkittel war zerrissen und mit Blut befleckt. Ramirez betrat vorsichtig mit gezogener Waffe den Flur, in dem die gedimmte Notbeleuchtung flackerte. Gespenstisch huschte sein Schatten über die Wände. Da scheinbar nur Evelyn und er sich im Flur befanden, beugte er sich zu Evelyn hinunter.

»Mrs Evelyn!« Ramirez fühlte ihren Puls am Hals. Sie war am Leben, aber ohne Bewusstsein. »Mrs Evelyn, wachen Sie auf.«

Evelyn, noch benommen stöhnte und fuchtelte mit ihren Armen. »Ich bin es, Ramirez. Alles in Ordnung.« Er legte seine Jacke unter Evelyns Kopf. Dann zog er sein Funkgerät aus dem Gürtel und wählte die Nummer von Doc Howard, der glücklicherweise an diesem Abend Bereitschaftsdienst hatte.

Die Kopfwunde blutete stark und Evelyn konnte nur verschwommen sehen. Auf der anderen Flurseite lag einer ihrer High Heels, dem der Absatz fehlte. Ihre Hände wiesen mehrere blutige Schürfwunden auf. Ramirez versuchte Evelyn zu beruhigen.

»Der Doc ist unterwegs. Ich bin bei Ihnen.« Keine zehn Minuten später hupte ein Kleinwagen vor dem Eingangstor. Ramirez ließ den Doc auf das Gelände. »Kommen Sie, Doc. Evelyn ist schwer verletzt.« Doc Howard nahm schnell seine Arzttasche und Ramirez leuchtete ihm mit der Taschenlampe. »Fallen Sie nicht. Die Beleuchtung streikt. Gestern war noch alles in Ordnung.«

»Helfen Sie mir bitte, Ramirez. Wir legen Evelyn auf die Liege im Wachraum. Was ist passiert?«

»Ich habe sie so gefunden, als ich zum Dienst gekommen bin. Sie trug nur einen Schuh. Der Knöchel des anderen Fußes ist stark geschwollen.«

»Gut, dass Sie mich sofort angerufen haben, Ramirez.« Doc Howard prüfte zuerst Atmung und Puls. Evelyn stöhnte. Er versorgte zuerst die blutende Kopfwunde und reinigte die Schürfwunden an Händen und Ellenbogen.

»Ramirez?«

»Ja, Doc.«

»Hohlen Sie uns Eisbeutel! Wir müssen den Knöchel kühlen, bevor ich einen Stützverband anlegen kann.« Evelyn kam langsam wieder zu Bewusstsein.

»Was ist passiert?«

»Bleiben Sie ruhig liegen. Sie haben wahrscheinlich eine Gehirnerschütterung. Sie sind in Sicherheit.« Der Doc gab Evelyn ein Beruhigungsmittel und legte ein paar Schmerztabletten auf den Schreibtisch im Wachraum. Ramirez machte sich Vorwürfe, obwohl er pünktlich seinen Dienst angetreten hatte.

»Ich rufe den Professor an.« Doc Howard klopfte dem Sicherheitsmann auf die Schulter.

»Sie haben alles richtig gemacht.« Ramirez nahm sein Funkgerät.

»Boss, Evelyn wurde überfallen. Der Doc ist hier.« Einen Moment später. »Okay! Ja, Boss.«

Ramirez runzelte die Stirn. Es gab keine sichtbaren Kampfspuren im Flurbereich. »Das war bestimmt wieder so ein gemeiner Überfall dieser Umweltaktivisten.« Doc Howard sah ihn fragend an.

»Wie kommen Sie darauf?« Ramirez seufzte.

»Der Professor musste neulich eine Anzeige machen. Die waren eingebrochen, haben die Gebäude beschmiert und Drohungen an den Eingang gehängt.« Doc Howard nickte verstehend.

»Warum haben Sie nicht gleich den Notruf gewählt?« Ramirez schluckte.

»Ich dachte an Evelyn und der Sheriff ist doch bei der Wohltätigkeitsfeier im Gemeindezentrum. Und bevor die aus der Stadt kommen …« Ramirez schaute immer wieder auf die Uhr, während Doc Howard Evelyns Wunden versorgte. Ramirez sah sich aufmerksam um, obwohl es unwahrscheinlich schien, dass sich der Täter noch in der Nähe aufhielt. Es dauerte 25 Minuten, bis der SUV des Professors auf dem Gelände eintraf. Professor Grayson sprang heraus und befürchtete das Schlimmste.

»Evelyn! Wo ist sie, Ramirez?«

»Gleich vorn im Wachraum. Sind Sie vorsichtig. Die Beleuchtung spinnt wieder.«

»Okay!« Der Professor nickte kurz. »Guten Abend, Doc Howard. Wie geht es ihr?« Er ging schnurstracks zur Liege und nahm Evelyns Hand. »Was ist mit ihr? Wie kann ich helfen?«, fragte er fassungslos und schaute sich im Raum um.

»Ich habe ihr ein Sedativum gegeben. Sie wird bis morgen schlafen, Professor Grayson.«

Plötzlich stand Vincent Bailey in der Tür.

»Was ist hier los?«, fragte er aufgeregt in die Runde schauend.

Der Professor schaute ihn prüfend an. Der Neurotechnologe war leicht angetrunken und roch nach Alkohol. Auf seinem offenen Hemdkragen waren Spuren von Lippenstift zu sehen und seinen Hals zierte ein frischer Knutschfleck.

»Sie war allein, als ich ging. Sie wollte sich einen Kaffee machen«, verteidigte sich Bailey.

»Besprechen wir das morgen früh. Ich glaube, für heute hatten wir alle genug Aufregung.«

»Ja, Boss«, antwortete Bailey kleinlaut.

»Packen Sie ihre Klappliege aus. Sie schlafen hier«, entschied der Professor.

»Professor Grayson!«

»Ja, Doc?« Doc Howard sprach leise. »Sie wissen, dass ich den Vorfall dem Sheriff melden muss.«

»Sicher. Aber ich will zuerst mit Evelyn reden, um herauszufinden, was passiert ist.«

»Okay, Professor Grayson. Ich sehe morgen wieder nach ihr.«

Am nächsten Morgen wachte Evelyn mit höllischen Kopfschmerzen auf. Der eine Fuß war in einen Stützverband gewickelt, was nichts Gutes verhieß. Der Professor saß auf einem Stuhl neben der Liege im Wachraum und hielt ihre Hand.

»Evelyn? Du hattest einen Unfall letzte Nacht. Erzähle mir, was passiert ist.« Evelyn schaute Professor Grayson irritiert an.

»Ich kann mich nicht erinnern.« Langsam nach Worten suchend ... »Bailey ging und ich war allein in der Küche, dann ...«

»Trink den Tee. Er wird dir guttun. Ich richte dir die Schlafcouch in meinem Arbeitszimmer her. Du hast mich ganz schön erschreckt. Ich muss kurz nach Elvis sehen. Ramirez hilft dir.«

»Danke, Victor.« Sicherheitsmann Blake kam zur Frühschicht und traute seinen Augen nicht, dass Evelyn verletzt auf der Liege im Wachraum lag.

»Was ist passiert, Boss?«

»Wir nehmen an, dass die Umweltaktivisten wieder zugeschlagen haben. Ich spreche mit dem Sheriff darüber! Bis dahin gilt höchste Sicherheitsstufe auf dem Laborgelände. Doc Howard kommt nachher vorbei, um nach Evelyn zu sehen.«

»Okay, Sir. Ich werde gleich meine Runde auf dem Gelände machen.«

Kapitel 16

Nichts ahnend von den anderen Geschehnissen an diesem Benefizabend feierten vier Jugendliche ihre eigene Party in einer alten Scheune unweit von Martins Obstplantage. Die halbverfallene Scheune stand ungenutzt am Rande eines Maisfeldes, ein idealer Ort, fernab bevormundender Eltern. Isabelle, Martins Tochter, warf Josh immer wieder verstohlene Blicke zu, als der stolz seine neue Minidrohne präsentierte. Computerfreak Dominik öffnete sein Notebook, während er genüsslich den dritten Doughnut verschlang.

»Schmeckt echt gut«, bemerkte er laut rülpsend. Die zierliche Tiffany, die nervös an ihren Zöpfen spielte, rückte näher an Dominik heran.

»Soll ich dir helfen?«, drängte sie Dominik.

»Nein«, antwortete Dominik schroff. »Du hättest dein eigenes Notebook mitbringen können.«

»Sei nicht so spießig, Dominik.«

»Jetzt nimm deine Finger von der Tastatur, Tiffany. Ich logge mich gerade in das Steuerprogramm der Drohne ein.« Tiffany seufzte unzufrieden. »Du kannst jetzt starten«, rief er Josh zu, der auf die Bestätigung wartete. Plötzlich ertönte ein leises Surren, als Josh die Minidrohne startete. Die kleinen Propeller summten in der kühlen Nachtluft, und das leuchtende LED-Licht der Drohne blitzte durch die dunkle Scheune. Die Spannung stieg, als die Minidrohne sich erhob, durch das offene Scheunentor entschwand und über das Maisfeld schwebte. Isabelle und Josh beobachteten begeistert die Aufnahmen der Minidrohne auf Dominics Notebook. Die Live-Übertragung der Drohnenkamera zeigte eine verborgene Welt im Maisfeld, die sie sonst nie so zu sehen bekommen hätten.

»Wow, schau dir das an!«, rief Josh aufgeregt, als die Minidrohne über die dunklen Reihen von Maispflanzen flog. Isabelle lächelte und rückte näher an ihn heran, die Augen auf den Bildschirm gerichtet. »Dominick, bereit den Suchscheinwerfer zu aktivieren«, fragte Josh aufgeregt. Gebannt verfolgten alle den Tiefflug der Minidrohne mit ihren faszinierenden Aufnahmen.

»Da, Josh, schau! Wir haben einen Kojoten aufgescheucht«, flüsterte Dominik. Tiffany fühlte sich etwas deplatziert. Sie wollte Spaß haben.

»Okay, dann mache ich mal Musik an«, rief Tiffany etwas enttäuscht. »Ich will tanzen.« Sie bewegte ihre Arme zur Musik und ihre langen blonden Zöpfe schienen mit ihr zu tanzen. »Will jemand was trinken? Der Korb ist voller Getränke.«

»Was hast du dabei?«, fragte Josh durstig, als er die Flugkontrolle an Dominik übergeben hatte.

»Cola oder … äh, …«, murmelte Tiffany.

»… was, oder?«, fragte Josh ungehalten nach.

»Ich habe eine Flasche Alkohol, die wir uns teilen könnten.« Dominik griff, ohne zu fragen, sofort zu und probierte.

»Uh! Nee! Gib mir lieber die Cola. Ich brauch was Süßes.« Isabelle nahm einen Schluck aus der Flasche mit Alkohol und musste husten.

»Das brennt in der Kehle. Hier, Tiffany.«

»Okay! Ich verstehe euch nicht. Mein Vater trinkt das Zeug wie Wasser. War ein Versuch.«

Die Musik erfüllte die alte Scheune, und die Jugendlichen begannen, sich im Rhythmus der Melodien zu bewegen. Die Atmosphäre war ausgelassen, doch ein Hauch von Nervosität lag in der Luft. Josh holte die Minidrohne ein, während Dominik das Drohnenprogramm beendete. Die Partynacht neigte sich dem Ende zu. Erschrocken blickte Isabelle auf ihr Smartphone.

»Leute! Wir müssen zusammenpacken. Mein Vater bringt mich um, wenn er merkt, dass ich nicht zuhause bin.« Dominik rülpste laut und schob die leere Doughnut-Schachtel beiseite.

»Okay, ich werde langsam auch müde.« Die zarte Tiffany, leicht beschwipst, machte die Musik aus.

»Das war ein echt cooler Abend, Leute«, lallte Tiffany, während sie beim Gehen etwas wankte. Isabelle hielt Tiffany am Arm fest, damit sie nicht hinfiel. Josh packte seine Minidrohne in den Rucksack. Beim nächsten Treffen wollten sie Aufnahmen am Weiher machen.

»Kommt! Wir gehen am besten durch die Obstplantage. Das ist der kürzeste Weg für alle«, schlug Isabelle vor, als ein kalter Windstoß durch die alte Scheune fuhr. »Langsam wird mir ganz schön kalt.« Sie hob ihre Strickjacke auf und mummelte sich fest darin ein. Die Jugendlichen packten hastig ihre Sachen zusammen und machten sich auf den Weg durch die dunkle Obstplantage. Die Schatten der Bäume wirkten bedrohlich, und das Rascheln ihrer Blätter verstärkte die unheimliche Atmosphäre. Plötzlich hörten sie ein leises Geräusch hinter sich. Isabelle drehte sich um, doch sie konnte nichts erkennen.

»Habt ihr das auch gehört?«, flüsterte sie nervös. Die anderen nickten, ihre Augen weit aufgerissen. Sie beschleunigten ihre Schritte, das Herz klopfte ihnen bis zum Hals.

Sie näherten sich gerade den letzten Obstbaumreihen nahe der Landstraße, die nach Willows Creek führte. Die ersten Sonnenstrahlen bahnten sich ihren Weg über die in der Ferne liegende Hügelkette und ließen das Gras auf der Obstwiese sanft aufleuchten. Ein goldener Schimmer legte sich über die Landschaft und erzeugte ein zauberhaftes Lichtspiel. Das Gras glitzerte noch von dem feinen Tau, der sich in der Nacht darauf abgesetzt hatte. Jeder Tautropfen reflektierte das warme Sonnenlicht und schaffte ein funkelndes Meer aus kleinen Perlen. Vögel begannen zaghaft ihr morgendliches Konzert, ihre Lieder vermischen sich harmonisch mit dem zarten Rauschen des Windes.

Isabelle konnte bereits ihr Elternhaus in der Ferne erahnen. Irgendwo bellte weit entfernt ein Hund. Dann war es wieder still, eine beängstigende Stille, die alles langsam verschlang. Josh und Dominik diskutierten noch über den erfolgreichen Drohnenflug der letzten Nacht.

»Wir könnten das Flugprogramm optimieren, Josh. Schauen wir mal, wie unsere Fans im Netz auf das Video reagieren. Ich hätte nie gedacht, wie interessant die Welt der Kleinstlebewesen sein kann. Das war eine gute Idee von dir.«

Josh hielt sich die Hand vors Gesicht, um nicht von den ersten Sonnenstrahlen geblendet zu werden, als er neben der Landstraße etwas im Gras bemerkte, das dort nicht hingehörte. Er kniff die Augen zusammen.

»Hey Leute, da liegt jemand«, rief er aufgeregt. Als sie näherkamen, kreischte Tiffany auf. Dominik starrte auf die scheinbar friedlich schlafende junge Frau, deren Körper nur ein kurzes weißes Sommerkleid umhüllte. Der Kontrast, den ihre fahle Haut zum satten Grün der Blätter bildete und das lange dunkle Haar, das sich mit den Grashalmen vermischte, wirkte fast surreal.

»Ein Schneewittchen!«, flüsterte Dominick und blieb neugierig stehen. Isabelle klammerte sich ängstlich an Josh.

»Sie sieht so blass aus und ihre Augen starren in den Himmel.« Die zarte Tiffany begann zu weinen. Josh trat näher an die junge Frau heran.

»Die scheint tot zu sein, mausetot.« Keiner von ihnen hatte bisher einen toten Menschen gesehen. Dominik noch immer verstört, hielt krampfhaft sein Notebook an die Brust gepresst. Er würgte.

»Ich muss gleich kotzen.« Zwischen Angst und Entsetzen standen sie um das Opfer herum, unsicher, was sie tun sollten. Nur das leise Flüstern im Gras unterbrach die Stille des Morgens, während die Realität des schrecklichen Fundes langsam in ihre Köpfe sickerte. Isabelle, die Tochter des Besitzers der Obstplantage, atmete hektisch und hielt sich die Hand vor den Mund, um nicht in Panik zu verfallen.

»Josh, was machen wir jetzt?«, flüsterte sie.

»Wir müssen das melden, Isabelle. Vielleicht ist sie auch nur bewusstlos.« Josh fasste sich ein Herz und holte sein Smartphone aus der Hosentasche.

Der Wetterbericht versprach einen heißen Tag mit viel Sonne. FBI-Agent Desmond Barracuda befand sich noch allein im Sheriff Department. Er wollte sich mit einer Cola erfrischen, als ihn ein

Anruf aus seiner Lethargie riss. Jemand rief ihn auf seinem privaten Smartphone an. Was wollte Josh so früh?

»Desmond Barracuda!«

»Ich bin es, Desmond.« Die leise Stimme seines kleinen Cousins klang ängstlich, fast hysterisch.

»Bleib ganz ruhig, Josh. Sag mir, was passiert ist.«

»Wir haben letzte Nacht gefeiert. Auf dem Heimweg haben wir in der Obstplantage eine junge Frau entdeckt. Sie scheint tot zu sein.«

»Okay. Bleibt ruhig. Wir sind unterwegs. Josh! Nichts anfassen, verstanden?«

»Ja, Desmond.«

»Es wird alles gut, Josh. Keine Panik.«

»Sage meiner Mutter nichts, Desmond. Bitte!«

»Das klären wir später.« Verdammt auch! Der Sheriff war unterwegs, und Deputy Watson betrat ahnungslos das Sheriffbüro.

»Guten Morgen, Desmond. Du siehst aus wie Sheriff Duncan, wenn es brennt. Haha.«

»Guten Morgen, Watson! Ein paar Jugendliche haben eine leblose junge Frau in Martin Westens Obstplantage gefunden.« Schlagartig wich die gute Laune aus Deputy Watsons Gesicht.

»Montag! Ich hasse diese Montage«, bemerkte er trocken. »Pack deine Sachen. Wir können nicht auf den Sheriff warten.« Desmond nahm seine Gehhilfe und legte dem Sheriff ein Memo auf den Schreibtisch. »Wir rufen Doc Howard von unterwegs an. Den Rest klären wir vor Ort.«

»Okay«, antwortete Desmond und folgte dem Deputy nach draußen. Während er in den Polizei-Truck kletterte, gingen ihm alle möglichen Horrorszenarien durch den Kopf. Deputy Watson schaltete das Blaulicht und die Sirene seines Polizei-Trucks, einen Ford Police Responder, ein. Sie durften keine Zeit verlieren. Jede Sekunde zählte. Er hoffte, dass die junge Frau nur bewusstlos war und die Jugendlichen sich geirrt hatten. Desmond wählte die Telefonnummer von Doc Howard und informierte ihn über den Vorfall. Der Polizei-Truck rumpelte über die unbefestigten Feldwege und schüttelte seine Insassen bei jeder Unebenheit kräftig durch. Das Brummen des leistungsstarken Motors vermischte sich mit dem Knirschen der Reifen auf dem sandigen Untergrund. Deputy Watson und Desmond saßen angespannt auf ihren Sitzen, die Umgebung prüfend im Auge.

Je länger Isabelle zum Haus ihrer Eltern blickte, desto unruhiger wurde sie. Gefangen zwischen der Angst, entdeckt zu werden, und dem Entsetzen über die gefundene junge Frau, begann sie zu zittern. Sollte sie alles verdrängen oder ihrem Vater gestehen, dass sie sich letzte Nacht heimlich aus dem Haus geschlichen hatte? Verzweiflung machte sich in ihr breit, und Tränen liefen ihr über die Wangen. Josh griff nach ihrer Hand.

»Bleib ruhig, die Polizei kommt gleich.« Die Jugendlichen konnten ihre Augen nicht von der jungen Frau abwenden, die wie ein Schneewittchen aus dem Märchen aussah.

Am Horizont tauchte endlich die Obstplantage auf, ein trügerisch friedlicher Anblick im Kontrast zu den Gedanken der Gesetzeshüter.

»Dort, Watson! Ich sehe die Jugendlichen.«

Der Polizei-Truck hielt abrupt an, und Deputy Watson sprang heraus, bereit, das Opfer zu retten. Desmond folgte ihm so schnell er konnte. Er sah die vier Jugendlichen mit einer Mischung aus Angst und Neugier auf ihren Gesichtern um das Opfer herumstehen.

Deputy Watson näherte sich als Erster der reglos daliegenden jungen Frau. Es schien, als hätte sie sich einfach schlafen gelegt, um nie wieder aufzustehen. Josh rannte auf seinen Cousin zu.

»Desmond! Wir haben nichts getan. Sie lag schon so da.« Deputy Watson sah sich die junge Frau genauer an. Auf den ersten Blick konnte er keine Anzeichen eines Kampfes erkennen. Sie sah aus, als wäre sie vom Himmel gefallen. Aber sein geübtes Auge erkannte, dass sie tot war.

»Hey, Desmond. Ich hole schon mal das Absperrband aus dem Polizei-Truck. Du nimmst die vier beiseite.« Desmond nickte verstehend.

»Kommt sofort her. Das ist eine ernste Sache.« Die vier näherten sich mit gesenkten Köpfen und zitternden Händen. Er zog sein Diktiergerät aus der Jackentasche, um den Tatort zu beschreiben.

»Wer kennt diese junge Frau?« Die Jugendlichen schüttelten ihre Köpfe. »Wann habt ihr sie hier entdeckt?« Tiffany hob zaghaft eine Hand.

»Die ersten Sonnenstrahlen zeigten sich über der Hügelkette da drüben.«

»Habt ihr das Opfer berührt?«, fragte Desmond alle vier beobachtend.

»Nein!«, antworteten alle vier wie aus einem Mund. Dominick zupfte an Desmonds Ärmel.

»Agent Desmond, ist das eine echte FBI-Marke?«

»Ja, Dominick. Was kannst du mir sagen?« Dominick zog ein kleines Smartphone aus seiner Hosentasche.

»Sie hat eine Tätowierung am Knöchel, Sir. Vielleicht ist es wichtig.«

»Lass mal sehen. Gut beobachtet.« Desmond kam sofort die Datenbank des FBI in den Sinn, in der Tätowierungen gespeichert waren. Er klopfte Dominick anerkennend auf die Schulter. »Du hast dir gerade einen Doughnut verdient.«

»Ich will einen mit viel Schokolade drauf.«

»Okay! Den kriegst du von mir, versprochen«, antwortete Desmond und machte ein Foto.

Von Willows Creek her näherte sich mit hoher Geschwindigkeit ein kleines Auto, das vom Staub der Landstraße fast eingehüllt wurde. Doc Howard parkte hinter dem Polizei-Truck von Deputy Watson. Aufgeregt öffnete er die Wagentür und eilte mit seiner Arzttasche zu der jungen Frau.

»Guten Morgen, Doc. Kein schöner Montag.«

»Guten Morgen, Deputy.« Doc Howard beugte sich über die junge Frau, doch er konnte ihr nicht mehr helfen.

»Sie ist tot, Deputy, vielleicht schon seit ein paar Stunden.« Sein Blick fiel auf Desmond, der noch immer mit den vier Jugendlichen einige Meter entfernt wartete. Sein Gesichtsausdruck ließ keinen Zweifel daran, dass die Situation ernst war. Nun musste die Frage geklärt werden, ob es sich um einen Mord handelte. In der Zwischenzeit hatte Deputy Watson den Tatort abgesperrt. Von seinem Polizei-Truck aus rief er die Kriminalpolizei und die Spurensicherung in der Stadt an.

Die Sirene und das Blaulicht blieben nicht lange verborgen. Desmond erkannte in der Ferne den Truck von Martin Westen, der sich ihnen mit hoher Geschwindigkeit näherte. Martin Westen sprang aufgeregt aus seinem Truck, als er seine Tochter und die anderen Jugendlichen mit Desmond sah.

»Was ist hier los?«, rief er besorgt. Deputy Watson ging auf Martin Westen zu.

»Beruhigen Sie sich, Mr Westen.« Der Obstbauer blickte entsetzt auf das Absperrband, das nichts Gutes verhieß.

»Kommen Sie mit. Sagen Sie uns, ob Sie diese junge Frau kennen.« Mit unsicheren Schritten folgte Martin Westen dem Deputy zu der Stelle, wo die junge Frau im Gras lag.

»Nein! Wer ist das? Was haben die Kinder damit zu tun? Was ist hier geschehen, Deputy Watson?«

»Die Jugendlichen haben die junge Frau heute Morgen gefunden.« Martin Westen wurde schlecht. Mit einem verzweifelten Gesichtsausdruck blickte er zu Isabelle. »Mr Westen, hören Sie mir zu?«

»Deputy Watson, was passiert jetzt?«

»Kommen Sie mit. Ich muss kurz mit FBI-Agent Desmond sprechen.« Martin Westen nickte geistesabwesend. Isabelle lief auf ihren Vater zu und wollte ihn nicht mehr loslassen.

»Wir haben nichts getan, Dad!«

»Geht es euch gut?«, fragte Martin betroffen.

»Wir sind unschuldig, Sir«, antworteten die Jugendlichen kleinlaut und blickten verunsichert zu Boden. Tiffany musste wieder weinen.

Deputy Watson und Desmond verständigten sich kurz. Sie hatten es mit völlig verstörten Minderjährigen zu tun. Sie mussten jetzt schnell handeln. Sicher ahnten ihre Eltern nichts von der nächtlichen Party ihrer Kinder.

»Hey, Martin! Ihr Truck hat zwei Sitzreihen. Sie fahren mit Desmond und den Jugendlichen zum Sheriff Department. Wir müssen die Aussagen aufnehmen, solange die Erinnerungen der vier Abenteurer noch frisch sind.«

Martin Westen akzeptierte, dass dies die beste Lösung für alle war.

»Okay, Deputy Watson. Einverstanden.«

Auf der Fahrt nach Willows Creek herrschte betretenes Schweigen in Martins Truck. Nur das konstante Brummen und Rattern des Motors übertönte das Knirschen der Reifen auf dem unebenen, kiesigen Untergrund. Das ständige Rauschen des Fahrtwindes, der durch die offenen Fenster drang, erfüllte den Innenraum. Desmond saß vorne neben Martin und beobachtete die Reaktionen der Jugendlichen im Rückspiegel. Dominik umklammerte sein Notebook, Josh hielt seinen Rucksack fest und die beiden Mädchen sahen sich ängstlich an. Tiffany bekam vor Aufregung einen Schluckauf, was Isabelle kurz erheiterte. Josh stupste beide leicht an. Isabelle beobachtete, wie ihr Vater die Scheibenwischer einschaltete, um die toten Insekten von der Windschutzscheibe zu wischen. Martins Gesicht zeigte keine Regung. Man konnte spüren, wie ihn diese Erfahrung mitnahm.

Desmond stellte sich die Reaktion des Sheriffs vor, wenn er erfuhr, dass es in der Nacht zuvor wahrscheinlich einen Mord gegeben hatte. Sie mussten unbedingt die Identität des Opfers herausfinden. Wer war sie, vielleicht ein Zufalls-opfer oder kannte sie ihren Mörder? Wie kam sie in den Apfelhain der Obstplantage? Wo sollten sie ansetzen? Die Tätowierung könnte ihnen helfen. Vielleicht war das Opfer nicht so unschuldig, wie es den Anschein machte? Endlich hielt Martins Truck vor dem Sheriff Department.

In der Zwischenzeit wartete Deputy Watson neben seinem Polizei-Truck, um die Kollegen aus der Stadt in Empfang zu nehmen. Doc Howard stand neben ihm und telefonierte kurz mit seiner Praxis, dass er sich verspäten würde.

»Was meinen Sie, Doc?«, fragte Deputy Watson.

»Der Fall ist seltsam. Das muss eine Autopsie klären.« Die Sonne stieg höher und die Luft über der Landstraße begann zu flimmern. Doc Howard holte zwei kleine Wasserflaschen aus seinem Auto.

»Hier, Deputy. Sie sollten etwas trinken.«

»Danke, Doc.«

»Welcher Mörder würde sein Opfer in einen Garten legen, wo es jeder finden kann? Der linke Ringfinger mit dem herzförmigen Rubin ist geschwollen«, sagte der Doc nachdenklich. Deputy Watsons Satellitentelefon meldete sich.

»Ja, Sheriff, okay!« Sheriff Duncan würde erst am späten Nachmittag zurück sein. Deputy Watson hasste diesen Montag. Eine Jane Doe!

Endlich trafen die Kollegen aus der Stadt ein. Auch der Detektiv hatte sein Montagsgesicht aufgesetzt.

»Morgen, was haben wir denn hier, Deputy?« Deputy Watson deutete auf die leblose junge Frau im Gras.

»Wissen Sie, wer das Opfer ist?«

»Nein, Detektiv Getty«, antwortete Deputy Watson kurz. Der Detektiv schaute zu den Forensikern, die das Gras gründlich nach Beweisen absuchten. Gerichtsmediziner Ethan Miles konnte es nicht fassen und trat zu Doc Howard, der sich gerade einige Notizen über das Opfer machte.

»Was ist bei euch los? Ihr landet noch ins Guinness-Buch der Rekorde.« Beide tauschten vielsagende Blicke aus.

»Denkst du, was ich denke, Ethan?«

»Meiner Meinung nach ein schnell wirkendes Gift. Aber sie könnte auch unglücklich gestürzt sein. Kann ich so nicht sagen.«

»Äh, was anderes! Ethan, was habt ihr bei dem toten Touristen vom Weiher herausgefunden?«

»Ja, das ist merkwürdig, nur Fisch-DNA. Könnte wirklich ein Unfall gewesen sein. Aber kein Tier passt zu den Verletzungen. Mein Kollege hat eine Theorie. Aber die ist ziemlich verrückt.«

Die Kollegen aus der Stadt konnten im Gras nichts Verdächtiges finden, nur eine kleine Geschenkbox, etwa einen Meter vom Opfer entfernt. Der Detektiv wollte sich nicht äußern.

»Deputy Watson! Wir sind hier fertig. Warten wir auf die Ergebnisse. Wir hatten heute Morgen noch einen Fall, der uns Kopfzerbrechen bereitet.«

»Danke, Detektiv Getty.« Die Leute von der Gerichtsmedizin hatten die junge Frau schon eingeladen, als Doc Howard noch ein paar Worte mit Ethan Miles wechselte. Dieser nickte verstehend. Die Show war vorbei und Detektiv Getty fragte den Doc, ob ihm etwas aufgefallen war. Doc Howard verneinte. Es war lediglich eine

Theorie. So fuhren die Kollegen aus der Stadt wieder weg. Letztlich zeugte nur noch das gelbe Absperrband davon, was hier geschehen war.

»Okay, fahren wir zurück. Ich bin gespannt, was Desmond von den vier Abenteurern erfahren hat.«

»Bis dann, Deputy. In meiner Praxis warten Patienten. Informieren Sie mich, wenn Sie noch Fragen haben.«

Das verstörende Erlebnis in der Obstplantage hatte sich tief in die Gefühlswelt der vier Jugendlichen eingegraben. Desmond forderte sie auf, ihre Erinnerungen aufzuschreiben, um Abstand zu gewinnen. Josh dachte darüber nach, wie Desmond jeden Tag mit diesen Dingen fertig wurde. Während die Jugendlichen beschäftigt waren, rief Desmond die Eltern an. Tiffanys Mutter kam völlig aufgelöst ins Sheriffbüro, während Dominik von seinem großen Bruder abgeholt wurde. Seine Eltern machten gerade einen Kurzurlaub. Desmond musste alle beruhigen. Dann sah er Josh aufmerksam an.

»Danke Josh, dass du so professionell reagiert hast. Martin setzt dich zu Hause ab.«

»Warum Desmond? Ich bin kein Kind mehr.« Josh wollte wie sein Cousin sein, voll cool.

»Es bleibt dabei, Josh. Sonst musst du hier warten, bis meine Schicht vorbei ist.« Josh maulte zwar, aber er wollte auch nach Hause. Schließlich durften die vier das Sheriff Department verlassen. Isabelle drehte sich kurz zu Desmond um, als ihr Vater sie und Josh in den Truck schob.

Josh schlich an diesem Morgen auf leisen Sohlen ins Haus, aber nicht leise genug. Seine Mutter Heather wartete bereits auf ihn. »Josh! Was habt ihr Freaks wieder angestellt? Heraus mit der Sprache. Sofort!« Heather stand mit dem Rücken an die Küchenspüle gelehnt und Josh hatte Angst, dass sie gleich explodieren würde, so wütend sah sie aus. Aber seine Mutter setzte sich an den Küchentisch und sah ihren Sohn fragend an. »Setz dich, los!«

Widerstrebend folgte Josh der Aufforderung, um weiteren Ärger zu vermeiden. »Desmond hat mich angerufen. Du brauchst nicht leugnen. Du hast Hausarrest.«

»Mom, bitte!«

»Keine Diskussion! Du machst mir das Herz schwer. Du wirst eine Woche Orson im Laden helfen. Geh auf dein Zimmer.«

Niedergeschlagen verließ Josh die Küche. In seinem Zimmer warf er sich wütend auf das Bett. *Desmond, dieser Verräter*, dachte er voller Wut. Die Ereignisse der letzten Nacht spielten sich immer wieder in seinem Kopf ab. Josh starrte an die Decke, seine Gedanken wirbelten. Er wusste, dass er nicht der Einzige war, der unter dem Erlebten litt. Isabelle, Tiffany und Dominik mussten ebenfalls mit ihren eigenen Dämonen kämpfen. Er fragte sich, wie sie damit umgingen. Ob sie auch das Gefühl hatten, dass die Welt um sie herum zusammenbrach. Nichts schien mehr so zu sein wie zuvor. Plötzlich klopfte es an seiner Tür.

»Josh, darf ich reinkommen?« Es war seine Mutter. Ihre Stimme klang jetzt sanfter.

»Ja, komm rein«, murmelte er. Heather setzte sich auf die Bettkante und legte eine Hand auf seine Schulter.

»Ich weiß, dass es schwer für dich ist. Aber du musst verstehen, dass ich mir Sorgen mache. Ich will nur, dass du sicher bist.« Josh nickte, Tränen stiegen ihm in die Augen.

»Es tut mir leid, Mom. Wir wollten nur ...« Heather zog ihn in eine Umarmung.

»Ich weiß, mein Schatz. Wir werden das hier gemeinsam durchstehen.«

Kapitel 17

Nach einer Woche gab es immer noch keine Fortschritte in diesem Fall. Der Name Jane Doe schwebte wie ein böses Omen über Willows Creek. Bürgermeister Plummer setzte Sheriff Duncan unter Druck. Sie brauchten einen neuen Ansatz. Bei der Tätowierung am Knöchel der Toten handelte es sich um ein weit verbreitetes Zeichen unter Jugendlichen. Deputy Watson verschlang in der Küche bereits den zweiten Doughnut mit Schokoglasur. Die Sache mit der jungen Frau ging ihm wohl näher, als er zugeben wollte.

Desmond saß an seinem Computer. Endlich, eine Nachricht von der Forensik. Sie untersuchten noch die kleine Geschenkbox, in der sich vermutlich ein Ring befunden hatte. Leider konnten sie die kleine Box nicht eindeutig dem Opfer zuordnen. Als mögliche Todesursache nannte der Pathologe die Kopfverletzung. Ein endgültiges Ergebnis würde frühestens in einer Woche vorliegen. Desmond druckte die Nachricht aus, auch wenn sie dem Sheriff nicht gefallen würde. Irgendjemand musste die junge Frau gekannt haben. Vielleicht erinnerte sich Melody vom Diner an sie, oder jemand aus einem der Geschäfte in Willows Creek.

»Desmond!«, rief der Sheriff verärgert aus seinem Büro.

»Ja, Sheriff?«

»Wir werden dem Forschungslabor einen Besuch abstatten und den Mitarbeitern auf den Zahn fühlen. Nehmen Sie ihre Gehhilfe. Wir fahren mit meinem Polizei-SUV.« Sheriff Duncan überprüfte sorgfältig seine Ausrüstung, insbesondere seinen Revolver. Er kannte die Sicherheitsleute des Pharmakonzerns nicht. FBI-Agent Desmond überprüfte seine Dienstwaffe und steckte sie in das Schulterholster unter seiner Anzugjacke. Seine Gehhilfe mochte ihn verwundbar erscheinen lassen. Aber sie hatte auch den Vorteil, dass seine Gegner ihn unterschätzten. Er nahm seine dunkle Fliegerbrille und setzte sie auf. Dies würde den Befragten die Möglichkeit nehmen, seine Absichten oder Emotionen zu lesen.

Am Eingangstor der Fischfarm patrouillierte einer der Sicherheitsmänner. Als er den Polizei-SUV des Sheriffs kommen sah, öffnete er das Tor und zückte sein Funkgerät.

Der Sheriff und FBI-Agent Desmond waren gerade aus dem Polizei-SUV gestiegen, als

Professor Grayson neugierig in der Eingangstür des Forschungslabors erschien.

»Guten Tag, Sheriff Duncan. Danke, dass Sie gekommen sind. Haben Sie den Täter ermittelt, der meine Mitarbeiterin überfallen hat?«

»Nein, wir suchen noch. Es ist nur eine Frage der Zeit, bis wir den Täter finden. Aber deshalb sind wir heute nicht hier. Wir müssen mit allen Mitarbeitern sprechen.«

»Okay, Sheriff, meine beiden Sicherheitsmänner Ramirez und Blake haben sie bereits kennengelernt.«

Neugierig, was der Sheriff wollte, erschienen die anderen Mitarbeiter in ihren weißen Kitteln an der Eingangstür.

»Das sind meine wissenschaftlichen Mitarbeiter Doktor Shawn und Doktor Bailey.« Der Sheriff zog das Foto von Jane Doe aus der Tasche. Kommt Ihnen diese junge Frau bekannt vor? Professor Grayson sah sich das Foto zuerst an. »Nein. Sollten wir? Bailey, was sagen Sie?« Bailey setzte seine Brille auf und betrachtete achselzuckend das Bild.

»Nein, tut mir leid, Sheriff.«

Dann gab er das Foto an Evelyn weiter. Die Mitarbeiter des Labors, die mehr verbargen als sie zeigten, behaupteten, die Frau nie gesehen zu haben. Doch als FBI-Agent Desmond ihre Gesichter beobachtete, bemerkte er bei der jungen Genetikerin Dr. Shawn eine flüchtige Regung, ein kaum sichtbares Zucken um die Augen und ein fast unmerkliches Schlucken. Desmond wusste, dass er vorsichtig vorgehen musste. Die Verbindungen des Forschungslabors reichten weit. Er brauchte Beweise, etwas Greifbares, das ihm helfen konnte, die Wahrheit ans Licht zu bringen. Der Überfall auf Dr. Shawn ergab kein schlüssiges Bild. Der Bericht von Doc Howard untermauerte seine Vermutung, dass an der Geschichte etwas faul war.

»Haben Sie die junge Frau schon einmal gesehen?«, fragte er die Genetikerin mit ruhiger, aber bestimmter Stimme. »Überlegen Sie, Doktor Shawn. Es ist wichtig.«

Dr. Evelyn Shawn zögerte. Nervös sah sie den Professor an, der ihr bedeutete, den Mund zu halten. Aber Desmond sah die Angst in ihren Augen, was der Professor tun könnte, wenn sie den Mund aufmachen würde.

»In meinen Unterlagen steht, dass Sie noch einen Mitarbeiter beschäftigen«, sagte Sheriff Duncan.

»Unser Biologe Travis ist seit zwei Wochen in Kalifornien, um dort mit Kollegen der dortigen Universität an einem Forschungsprojekt zu arbeiten.« Professor Grayson nickte Evelyn zu. »Evelyn, warum zeigst du Agent Desmond nicht unser Gelände? Sheriff Duncan, kommen Sie doch herein. Besprechen wir alles in meinem Büro.«

»Okay, Professor Grayson«, antwortete der Sheriff. In diesem Moment wusste Desmond, dass er auf der richtigen Fährte war. Die Frau vor ihm verbarg nicht nur ein Geheimnis, nein, sie schien auch Einfluss auf den Professor zu haben. Es stellte sich die Frage, welcher Art die Beziehung zwischen den beiden war. Was verband sie?

»Bitte folgen Sie mir, Agent Barracuda«, sagte Evelyn förmlich. Mit Genugtuung registrierte sie, dass er auf eine Gehhilfe angewiesen war. Sie bemerkte, wie Desmond sich zusammenriss, obwohl sein krankes Bein ihm bei jedem Schritt höllische Schmerzen bereitete. »Ein böser Unfall?« Desmond nahm seine Sonnenbrille ab. Fast hätte er seine pummelige Mitschülerin nicht wiedererkannt. Sie trug keine Brille mehr und hatte abgenommen. Ihre langen, perfekt gestelten Haare waren das Werk eines Starfriseurs. Er spürte fast hautnah die alte Kluft gegenseitiger Abneigung. In ihrem Blick erkannte er unsägliche Verachtung.

»Was ist in dem Becken mit dem Sicherheitszaun darum?«

»Da ist ein wertvolles Zuchtexemplar drin. Diese Umweltaktivisten könnten jahrelange Forschung zunichtemachen.« Desmond konnte nur einen kurzen Blick in das Becken werfen, in dem ein großer Fisch seine Bahnen zog. Im Hintergrund rief Sicherheitsmann Ramires: »Ma'am, der Sheriff will losfahren.« Evelyn genoss es, Desmond zu demütigen. In der High School hatte er sie immer ignoriert. »Okay, wir kommen gleich.«

Der Sheriff machte eine unmerkliche Kopfbewegung zu Desmond, was Abflug bedeutete.

»Danke Professor, dass Sie mir Ihr Büro gezeigt haben. Ihre Forschung könnte vielen Menschen helfen. Rufen Sie uns an, wenn Ihnen noch etwas zu der Frau einfällt.«

»Sicher, Sheriff Duncan.«

»Deputy Watson wird hier öfter zu Ihrem Schutz patrouillieren und die Gegend im Auge behalten.«

Auf der Rückfahrt zum Sheriff Department machte Sheriff Duncan ein nachdenkliches Gesicht. Dann brach es plötzlich aus ihm heraus.

»Verdammt, Desmond! Dieser Kerl mit seiner gestriegelten Frisur ist aalglatt, und dann dieses nichtssagende Lächeln. Die Sicherheitstechnik hier ist vom Feinsten. Überall Überwachungskameras, superklein. Scanner vor den Türen. Sein Büro erinnert an eine hochmoderne Militäranlage. Neben seinem Schreibtisch steht so ein Spezial-aquarium. Nur schwimmen keine Fische darin. Auf dem Boden liegt nur ein fleckiger Stein. Was haben Sie rausgefunden?«

»Diese Doktor Evelyn. Sie zuckte kurz, als sie das Foto ansah. Ich glaube sie verbirgt etwas, was die anderen nicht wissen sollen. Das hintere Fischbecken ist umzäunt und verschlossen. Leider konnte ich den Fisch darin nicht richtig erkennen. Die Sicherheitsmänner sind schwer bewaffnet, nicht gerade die typische Ausrüstung für normale Wachleute. Besonders aufgefallen sind mir die Armeestiefel und die Satellitentelefone. Die Art, wie die Sicherheitsmänner kommunizieren … Ich glaube, da steckt mehr dahinter.« Sheriff Duncan sah kurz zu Desmond hinüber, der sich auf dem Beifahrersitz etwas notierte.

»Wenn Sie Recht haben, Desmond, könnte es gefährlich werden. Vielleicht sollten Sie Ihre Freundin beim FBI anrufen. Und überprüfen Sie, ob dieser Biologe Travis wirklich in Kalifornien an diesem Projekt arbeitet und seit wann. Für die Tatzeit hätte er damit ein Alibi. Verdammt! Der Professor ist von sich so überzeugt, dass es zum Himmel stinkt.«

Zurück im Sheriff Department kam Deputy Watson mit einem Formular auf sie zu, seine Stirn in sorgenvollen Falten gelegt.

»Sheriff, die Durands haben Anzeige erstattet. Das vermisste Sportquad ist nicht wieder aufgetaucht. Einer ihrer Kunden hat sich nichts dabei gedacht, als eine junge Frau damit wegfuhr«, berichtete Watson nachdenklich. Sheriff Duncan nahm es mit einem Kopfnicken zur Kenntnis. Seine Gedanken überschlugen sich bereits.

»Gut, Watson. Die Anzeige kommt oben an die Pinnwand, gleich neben dem Fall von dieser Jane Doe. Ich glaube nicht an Zufälle«, sagte er und sein Blick verhärtete sich. Plötzlich meldete sich Sheriff Duncans privates Smartphone.

»James Duncan hier. Hallo, Doc.« Sein Gesicht hellte sich auf. »Ja gut. Bis dann«, sagte er und legte auf. Sein Blick wanderte zu Desmond.

»Desmond! Kommen Sie kurz her«, rief er.

»Ja, Sheriff! Wie kann ich Ihnen helfen?«

Er spürte, dass der Sheriff einen Plan verfolgte, der ihm nicht gefallen würde.

»Sie werden diese Doktor Shawn zuhause besuchen. Vielleicht redet sie, wenn Sie mit ihr allein sind. Machen Sie Druck«, sagte der Sheriff entschlossen. Dabei fixierten seine Augen Desmond eindringlich.

»Ja, Sheriff«, antwortete Desmond, bereit, die Herausforderung anzunehmen.

»Ach, Desmond. Wenn Sie Zeit haben. Im Archiv warten noch weitere Akten auf eine Überprüfung«, fügte der Sheriff hinzu, seine Stimme etwas ruhiger.

»In Ordnung, Sheriff«, war Desmonds knappe Antwort. Ein leichtes Kribbeln im Bauch blieb jedoch. Die Verantwortung lastete schwer auf ihm. Aber er wusste, dass er alles tun würde, um den Fall zu lösen.

Kapitel 18

Was niemand in Willows Creek ahnte, war, dass diese eine Nacht für einen Studenten schicksalhaft werden sollte. Connor Hudson war auf der Suche nach einem Abenteuer und ließ sich von seinem Kommilitonen Rowan Hall überreden, mit einer Gruppe von Umweltaktivisten in den Wiesen am Musky River zu zelten. Die kleine Gruppe nannte sich ‚Umwelt Watcher‘. Ihre Website vertrat radikale Ansichten, aber sich für den Umweltschutz einzusetzen, fand Connor richtig. Warum hatte er die Zeichen im Diner ignoriert, als Maeve mit ihrer Idee prahlte? Wie konnte er auf die älteste Sache der Welt hereinfallen? Page! Das Leckerli der Gruppe machte ihm schöne Augen und er blendete seinen Verstand aus. Jedenfalls bezeichnete der lässige Noah sie so, der mit der unscheinbaren Ennie befreundet zu sein schien.

Die Schatten der vergangenen Nacht hafteten noch in Connors Erinnerung. Wie ein zerrissener Filmstreifen liefen die Ereignisse vor seinen Augen ab: das Flüstern in der Dunkelheit, der Schrei und die Panik. Die Dunkelheit, die über dem Musky River lag, hatte sich in sein Herz gekrallt. Maeve war die treibende Kraft gewesen. Ihre Rastalocken wickelten sich wie Schlangen um ihren Kopf, während sie mit Rowan Pläne schmiedete.

Connor erinnerte sich daran, wie Page ihn mit einem unschuldigen Lächeln ansah, als ob nichts auf der Welt schief gehen könnte.

Aber jetzt, in der kühlen Klarheit des Morgens, wurde ihm bewusst, dass er nur ein Spielzeug in ihren Händen war. Rowans Worte hallten in seinen Ohren wider: »Wir müssen die Welt verändern, Connor. Es geht um etwas, das größer ist als wir.«

Connor wurde klar, dass er die Zeichen nicht erkannt hatte oder sie bewusst ignorieren wollte. Mit ihrer makellosen Pagenfrisur spielte Ennie die unscheinbare Naive, während sie die anderen aus den Augenwinkeln genau beobachtete. Noahs Drogensucht hatte auf sie abgefärbt. Sie verdrängte ihre eigenen Ängste, wenn die Drogen ihre Wahrnehmung der Welt verzerrten.

Connor spürte, wie ihm das Herz in die Hose rutschte. Das Abenteuer, das er gesucht hatte, war zu einem Albtraum geworden. Er wusste, dass es für ihn kein Zurück mehr gab. Die letzten Nebelschwaden lichteten sich über dem Musky River und in den Wiesen erwachte das Leben.

Von Angst getrieben, fuhr er mit einem fremden Quad in nördlicher Richtung zu den bewaldeten

Hügeln. Die anderen warteten bestimmt schon auf ihn, aber er musste anhalten, um sich am Wegrand zu übergeben. Wie konnte er sich dazu überreden lassen, diese ausgetickte Page abzuholen? Eine Polizeipatrouille hätte ihn jederzeit anhalten können. Er kniete am Wegesrand und überlegte fieberhaft, was er den anderen erzählen sollte. Verdammt! Was wollte er sich damit beweisen? Eigentlich stand er auf Dinnerpartys, bei denen die Gäste Champagner tranken und leckere Canapés probierten. Die ersten wärmenden Sonnenstrahlen stiegen über dem nahen Wald auf, doch ihm war kalt bis auf die Knochen. Connor steuerte das Quad auf die Lichtung zu, wo die anderen Umweltaktivisten ihre Zelte aufgeschlagen hatten. Sein Herz hämmerte in der Brust, während er vom Quad sprang. Maeve mit ihren Rastalocken stürmte als Erste auf ihn zu, als er auf Rowans Zelt zuging.

»Connor, wo warst du so lange und wo ist Page? Was ist passiert?« Ihre Stimme zitterte vor Aufregung und Furcht. Rowan kam mit festen Schritten und ernster Miene aus dem Zelt.

»Connor, du siehst aus, als hättest du ein Gespenst gesehen. Was ist los?« Connor starrte schwer atmend auf den Boden, unfähig, den anderen in die Augen zu sehen.

»Wo ist Page?«, fragte Maeve mit Nachdruck. Noah und Ennie verließen halb bekleidet das andere Zelt, aus dem eine Wolke frisch gerauchten Cannabis drang. Ennie gähnte stoned und tippte mit ihrem Zeigefinger auf seine Brust, als wollte sie prüfen, ob er ein echter Mensch war.

»Ich sehe Page nicht. Wo hast du sie gelassen?«

Connor schluckte und zwang sich, zu lügen. Er fürchtete, die anderen könnten die Spannung in seiner Stimme hören.

»Sie war nicht am vereinbarten Treffpunkt. Ich wollte der Polizeipatrouille nicht in die Hände fallen. Also bin ich losgefahren.« Die anderen vier tauschten besorgte Blicke aus.

»Und wie kommen wir jetzt ins Labor, um Beweise zu sammeln?«, schrie Maeve außer sich.

»Setz dich, Connor. Du siehst ganz blass aus«, sagte Ennie und schenkte ihm heißen Tee ein. »Vielleicht hat es sich dieser Biologe anders überlegt und Page …«

»Was redest du da, Ennie?« Noah, mit einem neuen Joint im Mund, meinte: »Page kommt schon allein zurecht.« Die anderen nickten zustimmend. Rowan zog die Skizze mit dem Grundriss des Labors aus der Tasche, die Page gezeichnet hatte.

»Gehen wir alles noch einmal durch.« Connor atmete erleichtert auf, doch tief in seinem Inneren nagte die Schuld. Die Stimmen der anderen verschwammen, als er sich in seine Gedanken zurückzog. Er wusste, die Wahrheit würde ihn einholen. Die ersten Sonnenstrahlen durchdrangen den Morgennebel, der sich über die Lichtung gelegt hatte. Connors Herz hämmerte noch immer in seiner Brust, während er die warme Tasse umklammerte. Jede Bewegung der anderen fühlte sich wie eine Bedrohung an. Die Bilder der letzten Nacht ließen sich nicht verdrängen. Er sah Page vor sich, wie sie die Arme in die Höhe riss und ihn mit vor Schmerz verzerrtem Gesicht ansah. Maeve musterte ihn skeptisch. Ahnte sie vielleicht etwas?

»Connor, was verschweigst du?«, hakte sie nach. Connor riss sich zusammen und rang sich ein aufgesetztes Lächeln ab.

»Nichts. Es ist wirklich nichts. Ich bin nur müde.« Doch er wusste, dass dieses Lügengeflecht bald zerreißen würde, und damit seine Sicherheit.

Der Vorfall in der Obstplantage blieb in Willows Creek nicht lange verborgen. Wer auf der Landstraße zu den benachbarten Farmen oder zur Angler-Lodge fuhr, musste am Tatort vorbei, wo das gelbe Absperrband im Wind flatterte. Neugierige Blicke ließen einige Einwohner anhalten, um zu sehen, was geschehen war. Aber innerhalb des abgesperrten Bereiches sahen sie nur Gras, sonst nichts. Einer sah Martins Truck vor dem Sheriff Department stehen. Was war passiert und was hatte Martin Westen damit zu tun? Die Einwohner rätselten.

Im Diner, dem inoffiziellen Zentrum für Klatsch und Tratsch, gab es nur ein Gesprächsthema. Die Spekulationen kochten hoch, während der Duft von frischem Kaffee die Luft erfüllte. Gloria Hunter, die Presselady, hatte ihr Hauptquartier im Diner aufgeschlagen. Sowohl ihre Ohren als auch die Gesichter der übrigen Gäste an der Theke waren aufmerksam und gespannt. Aufmerksam verfolgte sie die hitzigen Gespräche, ihre Augen funkelten vor Neugier und Aufregung.

»Hast du gehört, Joe? Ich habe gesehen, wie Martin mit diesem Agent Desmond gesprochen hat«, flüsterte Betty, die neue Bedienung, während sie einen Pott Kaffee am Tisch nachfüllte.

»Martin Westen? Unmöglich!«, rief Joe, der Klempner, empört. »Unser Obstbauer kriegt schon einen Herzinfarkt, wenn er vom Doktor gepiekst wird. Du hast dich bestimmt verguckt, Betty.«

»Aber wenn ich es dir sage, Joe. Ich brauche noch keine Brille, wie du. Du kannst mir glauben.«

»Vielleicht geht es ja um die Sache mit der Fischfarm«, spekulierte Melody und faltete eine Serviette. »Da war doch neulich dieser seltsame Zwischenfall in der Nacht. Der Doc hatte es eilig.«

»Ich sage Ihnen, Mrs Gloria«, flüsterte Harold, der an der Theke saß, »da steckt mehr dahinter, als wir ahnen. Der Sheriff hält sich bedeckt.«

»Ich wette, das hat etwas mit diesen jungen Leuten zu tun, die sich ,Umwelt Watcher' nennen«, ergänzte sein Sitznachbar, der im Nachbarhaus von Mama Nalani seinen kleinen Laden hatte. Die Presselady, immer auf der Suche nach der neuesten Enthüllung, spitzte die Ohren und sah Harold an.

»Was wissen Sie, Harold? Spucken Sie's aus!«

»Nun, es gibt Gerüchte, dass jemand nachts seltsame Geräusche in der alten Fischfarm gehört hat.« Mit jedem neuen Gerücht wuchs die Spannung im Diner. Der Kaffeeduft vermischte sich mit dem brodelnden Verlangen nach Wahrheit, und jeder wusste, dass dies nur der Anfang einer weitaus größeren Geschichte war.

Im Esoterikladen kaufte Tiffanys Mutter bei Mama Nalani immer ihren Kräutertee. Doch an diesem Tag suchte sie Hilfe. Mama Nalani sah sofort, dass ihrer langjährigen Kundin Sorgen plagten.

»Sie müssen meiner Tochter helfen. Sie kann nicht mehr schlafen, seit sie die junge Frau in der Obstplantage gesehen hat. Bitte sprechen Sie mit ihr! Tiffany wirkt abwesend, fast verstört. Ich bin ratlos. Sie will sich mir nicht anvertrauen.«

Mama Nalani legte ihrer Kundin beruhigend eine Hand auf Arm und sah ihr direkt in die Augen.

»Kommen Sie heute Abend mit ihr vorbei, Mrs Steward. Wir werden eine Lösung finden.«

»Danke, Mama Nalani.« Die beiden Frauen bemerkten nicht, wie Henrik vom Holiday Inn den Laden betrat und sich neugierig näherte.

»Hallo, die Damen. Störe ich?«

»Hallo, Mr Ortiz.« Tiffanys Mutter packte den Tee ein und verabschiedete sich eilig, in Gedanken immer noch bei ihrer kranken Tochter.

»Was brauchst du, Henrik?«, fragte Mama Nalani und wandte sich ihm zu.

»Ich wollte ein paar Duftkerzen für den Wintergarten kaufen«, antwortete Henrik und zog eine Einkaufsliste hervor. »Ein Wohlfühlabend mit Lavendel.« Mama Nalani nickte verstehend.

»Gut. Ich bringe dir alles am Nachmittag vorbei.«

»Danke, Mama Nalani.« Henrik Ortiz bezahlte bar und verließ den Laden. Mama Nalani nahm die bestellten Artikel aus dem Regal und legte sie in einen Karton. Dann heftete sie einen Zettel daran.

Das kleine Holiday Inn am Marktplatz erwartete neue Feriengäste, die ihren Urlaub genießen wollten. Wie versprochen, brachte Mama Nalani am Nachmittag Duftkerzen und Lavendelringe vorbei. An der kleinen Rezeption unterhielt sich Henrik Ortiz mit zwei Gästen. Eine Aura von strahlender Eleganz umgab die Presselady. Ihr diensteifriger Begleiter hielt die Kamera griffbereit, nur für den Fall, dass seine Göttin das Kommando ‚Aufnahme' geben sollte. Henrik Ortiz, Besitzer des Holiday Inn lächelte sein Idol an. Zuvorkommend versuchte er, ihr jeden Wunsch von den Augen abzulesen. Die brünette Presselady, die sich selbstbewusst über den Tresen zu Henrik beugte, flüsterte ihm etwas ins Ohr. Henrik nickte eifrig. Dabei stieg ihm plötzlich die Röte ins Gesicht. Die Presselady griff nach seiner Hand, so vertraut.

»Wie Sie wünschen, Madam Gloria. Ich werde alles arrangieren. Entspricht das Appartement mit Blick auf den Marktplatz Ihren Wünschen?«, fragte Henrik mit einem erwartungsvollen Lächeln.

»Ja, sicher«, antwortete Gloria Hunter mit selbstbewusster Stimme und steckte ein Bündel Dollarscheine in Henriks Westentasche.

»Heute Abend findet im Wintergarten ein Lavendelabend statt, Madam Gloria. Möchten Sie daran teilnehmen?«, fragte Henrik und versuchte, einen guten Eindruck zu machen.

»Ich komme gerne, Henrik. Alle anderen Dinge besprechen wir morgen.« Mama Nalani bemerkte, wie Henrik die Frau anschmachtete.

»Haben Sie noch Wünsche, was das Dinner betrifft?«, fragte er mit leicht zitternder Stimme.

»Vielleicht«, antwortete Gloria Hunter und strich mit den Fingern zärtlich über Henriks Wange. Henrik musste sich am Tresen festhalten, als sein Idol zum Ausgang schwebte. Seufzend nahm er die Brille ab und wischte die beschlagenen Gläser klar. Henrik war eindeutig in Gloria Hunter verliebt.

»Eine wahre Göttin«, murmelte er verzückt. *Nicht auszuhalten*, dachte Mama Nalani. Wo die Klatschreporterin auftauchte, war das Chaos nicht weit. Henrik entdeckte Mama Nalani und winkte sie zu sich. »Lass die Bestellung an der Rezeption. Ich muss noch mit dem Küchenchef sprechen.«

»Bis dann, Henrik.« Mama Nalani verließ das Holiday Inn. Sie spürte, dass diese Gloria Hunter

Henrik völlig unter ihre Kontrolle gebracht hatte. Er verhielt sich, als ob er unter Hypnose stehen würde.

Am Abend, als die Sonne hinter den Hügeln verschwand und den Laden von Mama Nalani in ein warmes, beruhigendes Licht tauchte, kam Mrs Steward mit ihrer Tochter Tiffany zurück. Tiffanys Augen waren müde und leer, als sie den Laden betrat.

»Komm, mein Kind«, sagte Mama Nalani sanft und führte Tiffany zu einem bequemen Sessel im Hinterzimmer. »Erzähl mir, was dich quält.« Tiffany zögerte, ihre kalten Hände zitterten leicht.

»Ich ... ich kann nicht aufhören, an die junge Frau zu denken. Ihr Gesicht ... es verfolgt mich.« Mama Nalani nickte verständnisvoll und begann, beruhigende Kräuter in einer Schale zu mischen.

»Wir werden dir helfen, Tiffany. Du bist nicht allein. Rede dir deine Angst von der Seele.« Die Atmosphäre im Laden war ruhig und friedlich, doch die Verzweiflung in Tiffanys Augen verriet die inneren Dämonen, mit denen sie kämpfte. Mama Nalani wusste, dass dies erst der Anfang eines langen Heilungsprozesses sein würde.

Kapitel 19

Ganz Willows Creek schien ein brodelnder Kessel voller Gerüchte zu sein. Die ‚Old Ladies' trafen sich bei Mrs Gelderman zum wöchentlichen Spieleabend. Haushälterin Martha bereitete das Abendbuffet vor. Im Hintergrund lief leise klassische Musik, die das Gemurmel und das gelegentliche Lachen der Runde begleitete. Auf einem Beistelltisch stand eine Karaffe mit samtig rotem Pinot Noir, der sorgfältig in edle Weingläser eingeschenkt wurde. Der Duft des Weines vermischte sich mit den köstlichen Aromen der Canapés. Desmond liebte die mit Camembert belegten Häppchen, die im Mund einen sahnigen, milden Geschmack verbreiteten. Mrs Gelderman dachte natürlich an dünne Scheiben gebratenes Rinderfilet auf knusprigen Baguettescheiben, verfeinert mit einer leichten Trüffelmayonnaise. Mrs Billbrooks liebte die geräucherten Entenbrust-scheiben auf kleinen Blinis, garniert mit einer Orangen-Ingwer-Sauce. Kerzen auf dem Kamin verbreiteten eine festliche Stimmung. Mrs

Gelderman überprüfte, ob der Wein genug geatmet hatte und probierte eines der leckeren Canapés.

Desmond wählte ein gestreiftes Hemd, das Liz ihm gekauft hatte. Sie achtete auf gute Manieren. Den drei ‚Old Ladies' entging nichts. Als Desmond das Wohnzimmer betrat, sah er sich sofort den prüfenden Blicken der drei Frauen ausgesetzt.

»Setz dich, Desmond.«

Martha schenkte den Wein ein, dessen feurige rote Farbe ihn an den Rubin des Opfers erinnerte.

»Was hast du Desmond?«, fragte Mama Nalani.

»Nichts, mir war nur so … Ich …« Martha verabschiedete sich. »Dann bis morgen früh.«

»Danke, Martha. Wir kommen zurecht.«

»Die Sache im Apfelhain hat sich wie ein Lauffeuer verbreitet«, bemerkte Mrs Billbrooks, die leckeren Canapés im Auge behaltend.

»Diese Presselady schnüffelt überall herum. Ich glaube ihre Vorfahren müssen Bluthunde gewesen sein«, antwortete Mrs Gelderman trocken.

»Was hältst du von dem Wein, Desmond? Erinnerst du dich noch an meinen Unterricht?« Desmond nahm einen Schluck Rotwein und ließ zu, dass sich das Aroma auf seinem Gaumen entfalten konnte.

»Ich denke … ein wirklich guter Pinot Noir, vielleicht ein Burgunder, Tante Liz.«

»Wie kommst du darauf, Desmond?«

»Das feine fruchtige Aroma und der samtige Abgang. Ich habe nicht vergessen, dass du

Burgunder liebst, Tante Liz.« Mrs Gelderman nickte zufrieden. Mrs Billbrooks fächelte sich mit ihrer Hand Kühlung zu. Sie konnte den köstlichen Canapés nicht widerstehen und griff zu.

»Mir ist da neulich etwas aufgefallen.«

»Was«, fragte Mama Nalani neugierig. Erzähl schon. Wir sind ganz Ohr.«

»Das war vor dem Bingo-Abend. Ich kam gerade von Bennys Supermarkt und musste auf einer Bank verschnaufen. Evelyn hatte auch in Bennys Supermarkt eingekauft. Sie blieb kurz vor der Boutique stehen, um sich die Auslagen im Schaufenster anzusehen. Da rempelte eine junge Frau Evelyn so heftig an, dass ihr die Einkaufstasche aus der Hand rutschte. Beide standen sich kurz gegenüber. Evelyn schien wütend zu sein. Aber die junge Frau gestikulierte und half ihr die Sachen wieder aufzuheben.«

»Warum fandest du das merkwürdig?«

»Na ja. Ich hatte den Eindruck, dass es kein Zufall war«, antwortete Mrs Billbrooks. Desmond strich nachdenklich über sein Kinn.

»Was hast du, Junge?«, fragte Liz neugierig und schenkte Desmond Wein nach.

»Ach, eigentlich nichts. Mir geht da nur was im Kopf rum. War nicht so wichtig, Tante Liz.«

»Lasst uns Poker spielen, Texas Hold'em Poker«, schlug Liz vor und holte die Karten aus der obersten Schublade der Anrichte. Mama Nalani, eine erfahrene Spielerin mit einem wachen Auge

211

für die Nuancen des Spiels, mischte die Karten. Mrs Billbrooks erfreute sich an einem Avocado-Garnelen-Canapé. Mit ihrer charmanten Art und ihrem ansteckenden Lachen brachte sie Leben in die Runde. Mrs Gelderman nippte an ihrem Wein und genoss einen Happen mit Gorgonzola auf Crostini. Sie galt als zurückhaltende Taktikerin, die immer eine Überraschung in petto hatte, wenn es spannend zuging.

»Ich habe schon länger kein Poker mehr gespielt, Tante Liz.« Mama Nalani nahm Desmonds Hand und nickte ihm zu. Er verstand, was sie ihm sagen wollte, Strategie und Taktik. Die Karten waren ausgeteilt. Aber Desmond konnte sich jedoch nicht konzentrieren. Etwas beschäftigte ihn. Mama Nalani machte den ersten Zug und legte ihre Chips souverän in die Mitte. Desmond folgte, lächelte die Damen an und nahm einen weiteren Schluck Rotwein. Mrs Billbrooks warf noch etwas Charme in die Runde und erhöhte den Einsatz, während Liz in aller Ruhe ihre Strategie überdachte.

Zwischen den Spielzügen ließen sich die Spieler die köstlichen Canapés schmecken und genossen den vollen Geschmack des Pinot Noir. Ihre Gespräche wechselten zwischen amüsanten Anekdoten und spannenden Pokerstrategien. Die Zeit verging an diesem Abend wie im Flug.

Am Ende des Abends waren die Gläser geleert, die Canapés verzehrt, und die Pokerrunde zeugte von einem unterhaltsamen und vergnüglichen

Spielabend voller Lachen, Strategie und guten Gesprächen. Obwohl Desmond kein Pokerspiel gewonnen hatte, war er so glücklich wie lange nicht mehr. Er konnte an diesem Abend seinen ganzen Arbeitsstress vergessen und bekam einen neuen Blick auf die Dinge, die ihn beschäftigten.

Der Spieleabend bei Mrs Gelderman verlief ganz anders, als er es sich vorgestellt hatte. Die drei ‚Old Ladies' erinnerten ihn an diese drei Weisen aus dem Morgenland, die das Christkind zu Weihnachten beschenkten, nur dass sie Desmond ermutigten, sich von seinen mentalen Fesseln zu befreien. Vielleicht trug auch der teure Burgunder dazu bei, dass er seiner Inspiration mehr Aufmerksamkeit schenkte. Desmond kuschelte sich in die Bettwäsche aus Seide, die seinen Körper sanft umschmeichelte. Seine Gedanken kreisten um Anna und wie sehr er sie vermisste. Er erinnerte sich an den Tag, an dem er sie zum ersten Mal traf. Alle Absolventen der FBI-Akademie sollten ihre Teams kennen- lernen. Erwartungsvoll stand Desmond neben einer jungen Frau, deren Haar nach Kastanien duftete. Sie checkte gerade ihre Nachrichten auf dem Smartphone. Irgendwie fühlte sie sich wohl von ihm bedrängt.

»Wollen Sie mitlesen?« Erschrocken trat er einen Schritt zurück. Die Frau besaß die schönsten smaragdgrünen Augen, die er je gesehen hatte.

»Sorry, Mrs …! Der Duft ihrer Haare hat mich an zu Hause erinnert. Ich bin Barracuda.«

»Wow, wie beeindruckend! Ich bin Hecht.« Desmond dachte, sie wollte ihn auf den Arm nehmen. Doch ihr Gesichtsausdruck sagte etwas anderes. »Was für ein Zufall, Kollege. Ich bin Anna Hecht.« Ihre Augen musterten ihn aufmerksam.

»Und ich … Ich bin Desmond Barracuda.« Beide mussten herzhaft lachen.

»Das glaube ich jetzt nicht.« Als Anna den Kopf senkte, fielen ihr die langen Haare ins Gesicht.

»Warte, ich helfe dir.« Desmonds Hand strich ihre Haare sanft zurück. Anna gefiel der sportliche Typ mit dem Dreitagebart, der so unbekümmert daherredete. *Endlich mal keine dumme Anmache*, dachte sie. »Hecht. Das ist ein europäischer Name.«

»Genau, du großer Raubfisch. Hechte lauern ihrer Beute auf, bevor sie zubeißen.«

»Hey, lass uns reingehen, Anna. Ich bin schon gespannt, wo ich eingesetzt werde.« Desmond schob sie durch die Glastür in den kleinen Konferenzraum. In der ersten Reihe waren noch Plätze frei. Den anderen Teilnehmern ging es ähnlich. Alle Absolventen warteten gespannt auf den Special Agent in Charge. Von den vierzig Bewerbern hatten es nur dreizehn geschafft. Der Special Agent in Charge begrüßte alle Absolventen. Zuerst rief er Desmond auf.

»Mr Barracuda! Sie werden als Profiler das Team Verhaltensanalyse bereichern.« Dann richtete er seinen scharfen Blick auf Anna. »Mrs Hecht! Sie werden im Cyber-Crime Team erwartet.« Ein leises Kichern ging durch die Sitzreihen der anderen Absolventen. Einer wollte gerade … Aber Anna stand auf. Dann drehte sie sich zu den anderen Absolventen um.

»Wer von euch Friedfischen will heute mein Mittagessen bereichern?« Wow! Eine schlagfertige Ansage, die selbst Desmond überraschte. Ja, die Sache mit den Nachnamen … Einer aus den hinteren Reihen hieß tatsächlich Notnagel. Anna stieß Desmond leicht in die Seite.

»Gib mir dein Smartphone, los.« Ohne lange zu überlegen, schob Desmond ihr widerstandslos sein Smartphone zu. Desmond hatte eine neue Eroberung gemacht und Anna wusste, was sie wollte. Anna gefiel ihm. Sie war direkt und ihr Gesicht strahlte Selbstvertrauen aus.

Die Einweisung war zu Ende und alle Rookies machten sich auf den Weg zu ihren Abteilungen. Desmond hielt Anna an der Schulter fest.

»Pass auf dich auf.« Er sah ihr nach, als sie in den Aufzug stieg. Anna lächelte vielsagend zurück.

»Wir sehen uns, großer Raubfisch.«

Desmond seufzte. Er wusste, dass ihm die Freundschaft der ‚Old Ladies‘ gut tat, aber dass Anna fehlte, hinterließ eine Lücke, die nur schwer zu füllen war. In Gedanken murmelte er ein leises »Gute Nacht, Anna« und hoffte, dass der neue Tag ihn vielleicht ein Stück weiterbringen würde.

Am nächsten Tag fuhr Desmond mit seinem Elektro-Quad Richtung Süden, ließ den Marktplatz von Willows Creek links liegen und bog in eine kleine Seitenstraße mit zweistöckigen Wohnhäusern ein. Liebevoll gepflegte Vorgärten mit weißen Zäunen hießen die Bewohner willkommen. Evelyn Shawn wohnte im letzten Haus der kleinen Straße. Er parkte sein Elektro-Quad vor dem Hauseingang und betrat den schmalen Gehweg. Im Vorgarten jätete der Hausbesitzer Unkraut und schimpfte über die Nagetiere, die wieder einmal Schaden an den Blumen angerichtet hatten.

Ein mulmiges Gefühl machte sich in seinem Bauch breit, als er zum ersten Stock hinaufblickte. Sie war schon in der High School unberechenbar gewesen. Von einer Sekunde auf die andere konnte sie jemandem Mitgefühl entgegenbringen, nur um sich im nächsten Moment über die Person lustig zu machen. Noch schlimmer waren ihre ausgeklügelten Intrigen, um ihre Mitschüler oder Lehrer bloßzustellen. Das Wetter schien seine Gefühle zu teilen. Dunkle Regenwolken zogen am Horizont auf. Ein Grollen lag in der schwülen Luft und kündigte das nahende Gewitter an.

Desmond drückte auf die Sprechanlage. Eine Frauenstimme sagte nur: »Endlich! Ich mache auf.« Als der Summer ertönte, öffnete er die Haustür. Auf wen wartete sie? Langsam stieg Desmond die Treppe zum ersten Obergeschoss hinauf. Bei jedem Schritt durchzuckte ein stechender Schmerz sein verletztes Bein. Oben angekommen, sah er, dass die Appartementtür auf der linken Seite einen Spalt offen stand. Desmond klopfte vorsichtshalber an die Appartementtür.

»Doktor Evelyn Shawn, hier ist Agent Barracuda vom Sheriff Department«, rief er.

Aus dem Appartement tönte es: »Auch das noch. Was wollen Sie, Agent Barracuda? Ich habe Ihnen nichts zu sagen.«

»Darf ich kurz reinkommen oder wollen Sie, dass Ihre Nachbarn mithören? Ich muss Ihnen noch ein paar Fragen stellen. Doktor Evelyn Shawn, ich kann Sie auch wegen Behinderung polizeilicher Ermittlungen vorladen lassen. Wir haben ein ungemütliches Verhörzimmer im Sheriff Department, falls Sie daran interessiert sind.«

»Ich habe wenig Zeit, Agent Barracuda«, murrte eine gelangweilte Stimme.

Evelyn trug einen offenen Morgenmantel aus Seide, der den Blick auf ihre Spitzendessous freigab, als sie die Tür ganz öffnete. Zwischen den Fingern hielt sie eine Zigarette. Ihr nichtssagender Gesichtsausdruck verriet Gleichgültigkeit und Abneigung. Desmond schob die linke Seite seiner Anzugjacke leicht zur Seite, so dass Evelyn die FBI-Marke sehen konnte.

»Schon gut, du großer Detektiv Barracuda. Komm endlich rein und schließ die Tür hinter dir. Ich habe mich krankgemeldet.« Sie wollte ihn provozieren, indem sie ihn unvermittelt duzte. »Ich finde meine Hausschuhe nicht.« Evelyn versuchte ihr ungekämmtes Haar zurückzustreichen. Ihr Blick wanderte nervös durch den Raum. In Evelyns Appartement gab es ein völliges Durcheinander. Überall lagen Bücher, leere Verpackungen und Kleidungsstücke verstreut. Auf dem Esstisch am Fenster stand eine halb leere Whiskyflasche, die von einem Glas begleitet wurde, in dem noch ein Rest des bernsteinfarbenen Getränks schwappte. Der Raum war voller Zigarettenqualm. Mit prüfendem Blick sah sie Desmond an.

»Setz dich an den Esstisch. Ich habe noch nicht aufgeräumt.« Desmond nahm einen Pulli vom Stuhl und legte ihn auf den Tisch. Evelyn selbst setzte sich auf den Stuhl gegenüber, der auch schon bessere Tage gesehen hatte. Ihre Hände zitterten leicht, als sie den Rest ihrer Zigarette in einem überfüllten Aschenbecher ausdrückte. Ohne zu zögern, griff sie nach einer neuen Zigarette und zündete sie mit fahrigen Bewegungen an. Ihre geröteten Augen und die fahrigen Bewegungen sagten Desmond deutlich, dass etwas passiert sein musste. Was hatte Evelyn aus der Bahn geworfen?

Neben der geöffneten Schnapsflasche lag eine Tageszeitung auf dem Tisch. Evelyn stand wieder auf und öffnete die Tür eines Hängeschranks, der zur Küchenzeile gehörte. Ihre Hand schob eine Tasse beiseite, um an die Teedose dahinter zu gelangen. Desmond bemerkte, dass die Teedose vom ständigen Gebrauch abgenutzt aussah.

»Willst du auch einen Tee?«, fragte sie eintönig.

»Ja bitte, wenn Sie kein Gift reintun, Doktor Shawn«, antwortete Desmond sarkastisch.

Evelyn lachte kurz auf, ein Lachen wie ein Schluckauf. Dann nahm sie zwei Tassen aus dem Hängeschrank und stellte sie auf den Unterschrank neben dem Herd.

»Wie lange kennen wir uns schon? Zehn Jahre, oder? In diesem Leben werden wir sicher keine Freunde mehr. Was willst du, Desmond?«

Desmonds Augen verengten sich, als er die Zeitung zu sich heranzog und die Schlagzeile las. Der Journalist schrieb etwas von einem tragischen Unfall auf einer Yacht. Einer der Wissenschaftler an Bord war von einem Hai getötet worden. Desmond legte sein Smartphone auf den Tisch, auf dem das Bild von der toten jungen Frau in Martins Obstplantage zu sehen war.

»Doktor Shawn, ich habe neulich die kleine Regung in Ihrem Gesicht gesehen. Sie kennen die junge Frau.«

Evelyn nahm noch einen tiefen Zug von ihrer Zigarette. Für einen Moment schien dadurch ihre Nervosität zu verschwinden. Auf dem Herd pfiff der Wasserkessel und signalisierte, dass das Wasser kochte. Evelyn nahm den Teekessel vom Herd und ließ das Wasser in die Tassen plätschern. Eine Tasse schob sie zu Desmond hinüber, und setzte sich wieder auf ihren Stuhl. Ihre rechte Hand zog geräuschvoll den Aschenbecher zu sich heran. Mit dem Rücken nach hinten gelehnt blies sie eine Rauchwolke in Desmonds Richtung, die ihn zum Husten zwang. Desmond konnte eindeutig die Herausforderung in ihrem Gesicht erkennen.

»Was willst du hören?«

»Du kennst sie! Es lässt sich nicht verbergen.«

»Na endlich! Jetzt spricht der große Raubfisch aus dir. Noch einmal zum Mitschreiben. N e i n!«

Evelyn zog hastig an ihrer Zigarette und blies den Rauch in den Raum. Kleine Rauchkringel stiegen zur Zimmerdecke. Mit den Unterarmen über die Tischplatte wischend, beugte Evelyn sich zu Desmond vor.

»Ich habe sie nur einmal mit meinem Kollegen in unsrem Aufenthaltsraum gesehen, als der Professor nicht da war.«

»Mit welchem Kollegen? Mit Doktor Bailey?«

»Nein!« Ein hässliches Lachen sprang Desmond wie ein Tiger an.

»Unser Biologe Travis wollte es geheim halten. Er hat mich unter Druck gesetzt, weil ...«

»Warum? Mit was wollte Travis Sie erpressen?«, fragte Desmond eindringlich.

»Mir war im Labor ein Fehler unterlaufen. Und der Professor toleriert keine Fehler.«

»Wissen Sie, wie die Frau heißt?«

»Nein! Hat mich auch nicht interessiert.«

»Ich muss mit Travis reden. Es ist wichtig.«

Evelyn sah ihn belustigt an, als hätte er einen Witz gemacht.

»Du hast die Schlagzeile doch bereits hinter meinem Rücken gelesen, wie ich dich kenne.«

Desmond beobachtete aufmerksam Evelyns Gesichtsausdruck. Damit hatte er nicht gerechnet. Evelyn genoss den Moment und zog genüsslich an ihrer Zigarette.

»Willst du noch etwas wissen? Ich muss mich anziehen. Ich habe gleich einen Arzttermin.«

Evelyn stand auf und gab Desmond zu verstehen, dass sie nichts mehr zu sagen hatte. Desmond nickte verstehend.

»Wir sehen uns, Doktor Shawn.« Evelyn zuckte mit den Achseln, als wäre ihr das egal.

»Wenn du nicht ohne mich leben kannst.« Dann schob sie ihn zur Tür. Die Puzzleteile begannen sich zu einem düsteren Bild zusammenzufügen. Als Evelyn die Appartementtür hinter ihm ins Schloss fallen ließ, wurde Desmond das Gefühl nicht los, dass sie versuchte, ihn zu manipulieren.

Desmond stand wieder auf dem Gehweg vor dem Haus. Auf der anderen Straßenseite stieg gerade der Sicherheitsmann Ramirez mit einer Tüte von Bennys Supermarkt aus dem SUV der Fischfarm. Desmond ließ sich Zeit, um zu seinem Elektro-Quad zu gehen. Er wollte ihm in die Augen sehen. War Ramirez mehr als nur Sicherheitsmann?

»Mr Ramirez!«, sagte Desmond kurz.

»Hallo, Agent Barracuda«, erwiderte Ramirez mit einem misstrauischen Gesichtsausdruck.

Desmond nickte nur und ging langsam zu seinem Elektro-Quad. Der Himmel verfinsterte sich zunehmend und die ersten dicken Tropfen prasselten auf die Erde. Desmond gab Gas. Bis zum Sheriff Department war es nicht weit. Er wollte dort nicht völlig durchnässt ankommen. Im Rücken spürte er Ramirez' Blick. Kurz griff Desmond unbewusst nach seiner Dienstwaffe, als wollte er sich vergewissern, dass sie noch da war.

Kapitel 20

Der August brachte nicht nur die Touristen nach Willows Creek, sondern auch die besten Angler des Landes zusammen, die um die begehrte Musky-Trophäe kämpfen wollten. Auf den Feldern liefen die Erntemaschinen auf Hochtouren. Farmer Norman prüfte die Ähren auf dem Getreidefeld. Zufrieden registrierte er die reifen Körner. Mama Nalani und Abigail Chase hatten von den Spendengeldern der Bewohner von Willows Creek eine kleine Maine-Coon Katze gekauft. Isis sah Ismene zum Verwechseln ähnlich.

Norman stand auf seiner hölzernen Veranda, als die beiden Frauen ihn besuchten. Was hatten sie in dem Korb? Norman legte sein Werkzeug beiseite, mit dem er die Veranda reparieren wollte. Die Neugier packte ihn. Er sah, wie die beiden Frauen kicherten. Abigail winkte ihm zu.

»Hallo Norman!«, riefen Abigail Chase und Mama Nalani, als sie durch das Gartentor traten.

»Kommt herauf. Ich habe köstlichen Apfelsaft.«

»Wir haben eine kleine Überraschung für dich, Norman.«

»Für mich, eine Überraschung?«

Mama Nalani stellte den Korb auf den Tisch. Unter dem Tuch bewegte sich etwas. Ein leises Piepsen war zu hören. Norman hob das Tuch vorsichtig an. Eine kleine Maine-Coon Katze schaute Norman neugierig an. Er glaubte, Ismene zu sehen, als sie noch klein war. Da liefen ihm die Tränen übers Gesicht. Damit hatte er nicht gerechnet.

»Die Bewohner von Willows Creek haben zusammengelegt. Isis ist vom selben Züchter.« Vorsichtig hob Norman die kleine Maine-Coon Katze aus dem Korb. Abigail und Mama Nalani beobachteten, wie Normans Gesichtszüge eine weiche Zeichnung annahmen. Abigail machte Fotos für die Lokalzeitung.

»Ich muss allen danken. Ich bin überwältigt.«

»Wir helfen dir, Norman. Die Karte hier ist vom Bürgermeister.« Norman war über die große Anteilnahme so gerührt, dass er sich setzen musste.

»Isis ist wunderschön. Ich danke allen.«

Nach den schrecklichen Ereignissen der letzten Wochen würden sich alle über eine gute Nachricht in der Lokalzeitung freuen.

Wie nicht anders zu erwarten war, nistete sich die charismatische Presselady für längere Zeit bei

Henrik Ortiz im Holiday Inn ein. Bei den Einheimischen war sie für ihre sensationelle, oft reißerische Berichterstattung bekannt. Wo sie auftauchte, versammelten sich Skeptiker und Verschwörungstheoretiker wie die Schmeißfliegen um das Aas.

Im Diner gab sich halb Willows Creek die Hand. Die einen sprachen von Außerirdischen, die anderen von alten Geheimnissen, die im Verborgenen schlummerten. So eroberte Gloria Hunter das Diner im Handumdrehen. Die Befragten fanden sich plötzlich in den Nachrichten wieder. Vor allem die Männer lagen ihr zu Füßen. Jeder wollte ihr die Hand schütteln, um sie nie wieder zu waschen. Tiffany fiel fast in Ohnmacht, als Gloria ihr ein Autogramm gab. Gloria Hunter gab weiter Autogramme und sorgte auch unter den Touristen für Aufregung. Ein reicher Geschäftsmann, der in der Angler-Lodge zu Gast war, gab ihr sogar seine Visitenkarte. Er lud sie auf seine Luxusyacht ein.

Sie besuchte auch den kleinen Esoterikladen. Mama Nalani blieb freundlich, aber distanziert. Gloria Hunter suchte angeblich ein Amulett gegen böse Geister.

»Ich habe im Diner von dieser jungen Frau in der Obstplantage gehört, wie schrecklich.«

»Ja, das ist wahr«, antwortete Mama Nalani. Die Türglocke ertönte und Heather betrat den Laden.

Gloria fasste sofort ihr neues Opfer ins Auge, das sie aus der Reserve locken könnte.

»Sie sind die Besitzerin des Anglerladens, Mrs Barracuda, nicht wahr?«

»Ja und ich weiß, wer Sie sind, Mrs Hunter.«

»Zu Ihnen kommen doch täglich viele Kunden, Mrs Barracuda?« Heather sah Mama Nalani an.

»Hast du noch den Ingwertee?«

»Natürlich, Heather. Ich fülle dir gleich eine Tüte davon ab. Die Lieferung ist ganz frisch.«

»Danke!«

Gloria Hunter spürte die Abneigung der beiden Frauen. Sie bezahlte das Amulett und verließ wortlos den Esoterikladen, bevor die Situation unangenehm werden könnte.

In der Gemeindeverwaltung von Willows Creek erfüllte der Zigarrenrauch des Bürgermeisters den Raum, während Sheriff Duncan an seinem Kaffee nippte. Beide Männer schwiegen sich an. Eine bedrückende Stille lag in der Luft. Bürgermeister Plummer erhob sich und ging zum Fenster, und betrachtete den gelben Schein der Straßenlaternen, die den Marktplatz am Abend in ein anheimelndes Licht tauchten.

Bürgermeister Plummer sprach mit dem Rücken zu Sheriff Duncan. »Die Gemeinde braucht den Pharmakonzern. Professor Grayson hat Willows Creek eine beträchtliche Summe gespendet. Diese

Umweltaktivisten bringen nur Unfrieden nach Willows Creek. Eine Handvoll dieser hirnlosen Trottel will die Zukunft aufhalten. Ihr Verhalten entbehrt jeglicher Vernunft.« Dem Bürgermeister entfuhr ein hässliches Lachen. »Auf meinem Schreibtisch liegen mehrere Beschwerden.«

Sheriff Duncan wusste, dass das Gesetz für ihn immer an erster Stelle stand, aber er schwieg und wartete ab. Bürgermeister Plummer kehrte an seinen Schreibtisch zurück, setzte sich mit einem schweren Seufzer und blies eine neue Rauchwolke in den Raum. »Duncan! Sie sind seit neunzehn Jahren Sheriff in Willows Creek. Ich muss Sie nicht daran erinnern, dass Sie sich Ende des Jahres zur Wahl stellen müssen. Ich weiß auch, dass Sie einen neuen Polizei-SUV beantragen wollen.«

Sheriff Duncan spürte, dass er in einer bösen Zwickmühle steckte. Sein gewiefter Gesprächspartner drückte ihm den Finger in die Wunde. Er hatte immer nach dem Gesetz gehandelt und wollte jetzt nicht von diesem Prinzip abweichen, aber er wusste auch, dass Bürgermeister Plummers Verbindungen weit über Willows Creek hinaus reichten. Beide lehnten sich in ihren bequemen Sesseln zurück.

»Vielleicht ein Canapé, Sheriff?«

»Nein, danke.« Niemand wollte zuerst die Karten auf den Tisch legen. Bürgermeister Plummer blies den Zigarrenrauch zur Decke, als könnten ihn die Rauchkringeln erleuchten. Dann holte er eine

Flasche Whisky und zwei Gläser aus der unteren Schublade und stellte alles auf den Schreibtisch.

»Ich denke, Sie werden einen Ausweg finden. James!« Der Bürgermeister wurde persönlich.

Sheriff Duncan nahm das Glas und spürte, wie das warme Brennen des Whiskys seine Niederlage nicht besser machte, ihm aber einen Moment der Erleichterung verschaffte. Er hatte keine Wahl. Er musste einen Weg finden, die Erwartungen des Bürgermeisters zu erfüllen und gleichzeitig seinem Gewissen treu zu bleiben.

»Sheriff, diese Presselady setzt den Gemeinderat unter Druck. Sie schnüffelt überall herum, macht Fotos und interviewt Bürger. Wir müssen eine Presseerklärung abgeben. Diese Hunter oder wie sie heißt, wartet nur darauf, dass wir uns in der Öffentlichkeit zerfleischen. Das wäre verheerend für Willows Creek und würde Investoren und Touristen abschrecken.«

Sheriff Duncan musste dem Bürgermeister zustimmen. Sie mussten Einigkeit demonstrieren, egal ob sie sich mochten oder nicht.

»Die Geschichte in der Obstplantage schlägt Wellen, weit über die Grenzen von Willows Creek hinaus. Wir brauchen eine Lösung. Ein Mordfall käme sehr ungelegen. Und dann die Sache mit dem verstümmelten Angler, von dem bis heute niemand sagen kann, was ihn so verstümmelt hat. Unsere Bürger sind verunsichert. Vor dem Esoterikladen stehen die Leute Schlange. Diese Gloria Hunter reitet auf der Monsterwelle. Geistergeschichten machen im Diner die Runde. Das muss aufhören.« Bürgermeister Plummer trank seinen Whisky in einem Zug aus. Sheriff Duncan räusperte sich.

»Der Fall Jane Doe bereitet uns Sorgen.«

»Was bedeutet das?«, fragte der Bürgermeister beunruhigt.

»Der Gerichtsmediziner ist sich nicht sicher, ob es sich um einen Unfall oder Mord handelt.«

»Das hört sich verrückt an, Sheriff Duncan.«

»Sie sagen es. Wir verfolgen eine Spur, um die junge Frau zu identifizieren.«

»Was für eine Spur?«

»Ein illegales Camp von jungen Leuten.« Für beide Seiten stand zu viel auf dem Spiel. »Ich mache einen Vorschlag, Bürgermeister.« Dieser blickte überrascht auf. »Wir haben noch keinen abschließenden Obduktionsbericht. Es könnte somit auch ein Unfall gewesen sein.«

»Es ist spät geworden, Sheriff. Lassen Sie uns Geschlossenheit demonstrieren. Wir sehen uns bei der Pressekonferenz.«

Sheriff Duncan nickte und verließ spät am Abend die Gemeindeverwaltung.

Es kam der Tag, an dem das Gebäude der Gemeindeverwaltung von Willows Creek zu einem begehrten Versammlungsort wurde. Der große Versammlungssaal im Erdgeschoss füllte sich an diesem Vormittag bis auf den letzten Platz. Es herrschte eine spannungsgeladene Atmosphäre. Gemurmel und Räuspern machten sich breit. Nur ein Funke, und die Situation könnte außer Kontrolle geraten, noch bevor Bürgermeister Plummer und Sheriff Duncan das Podium betreten würden. Sheriff Duncan runzelte die Stirn, aber er wusste, dass der Bürgermeister die Gabe besaß, die öffentliche Meinung zu lenken.

Die Kameras blitzten auf, und die Journalisten drängten sich nach vorne, bereit, ihre Fragen zu stellen. In der ersten Reihe nahmen die Geier von der Presse und des Fernsehen Platz. Gloria Hunter thronte in der Mitte unter ihnen. Ihre Kollegen wussten, dass sie eine scharfe Zunge führte, und überließen der Königin freiwillig den besten Platz.

Bürgermeister Sedge Plummer präsentierte seine Körperfülle, während er seine Brille zurechtrückte. Sheriff Duncan legte seinen Cowboyhut auf den Tisch und beobachtete aufmerksam die Menschen im Saal. Der ernste Gesichtsausdruck der beiden Männer und die bohrenden Blicke der Journalisten ließen erahnen, dass es um wichtige Dinge ging, die nicht nur die Einwohner von Willows Creek betrafen.

Der Bürgermeister räusperte sich und es wurde still im Saal. Dann richtete er mit seiner tiefen Stimme das Wort an die Anwesenden.

»Liebe Mitbürger und Vertreter der Presse«, begann er mit fester Stimme. »Wir sind hier, um deutlich zu machen, dass wir Sicherheit und Ordnung in unserer kleinen Stadt sehr ernst nehmen. In den letzten Wochen erhielten wir mehrere Anzeigen von Einwohnern. Wilde Gerüchte verbreiteten sich.« Für einen Moment hielt er inne und ließ dabei seinen Blick über die Menge schweifen. Zustimmende Worte und leises Getuschel ging durch die Reihen. »Wir sind hier, um über die tragischen Ereignisse in unserer Gemeinde zu sprechen«, sagte er mit kraftvoller Stimme, um seinen Worten Nachdruck zu verleihen.

»Eine junge Frau wurde tot in unserer Obstplantage aufgefunden. Die Umstände ihres Todes sind noch unklar, und die Kriminaltechnik arbeitet daran, so schnell wie möglich Antworten zu finden. Im Moment gehen wir von einem tragischen Unfall aus.«

Die Journalisten ließen nicht locker. Presselady Gloria Hunter hatte den Eindruck, dass der Bürgermeister mauerte.

»Bürgermeister Plummer!« rief Gloria Hunter dazwischen. »Was verschweigen Sie uns?«

»Was ist mit dem toten Angler, der am Weiher von Willows Creek gefunden wurde?«, rief ein anderer Reporter. »War das auch ein Unfall?«

»Welches Tier kann einem Menschen den Fuß abbeißen?«, fragte eine Reporterin auf der rechten Seite. Gloria Hunter von der Boulevardpresse ergriff das Wort. Sie warf Bürgermeister Plummer einen herausfordernden Blick zu, bevor sie sprach.

»Was sagen Sie zu der Tatsache, dass es in den letzten Wochen in Willows Creek und Umgebung einen dramatischen Anstieg seltsamer Vorfälle gegeben hat? Im Diner kursieren Geschichten, die man kaum glauben kann. Die Touristen sind verunsichert und es wird getuschelt.«

Der Bürgermeister, der bisher defensiv agiert hatte, entschied sich, in die Offensive zu gehen.

»Liebe Mitbürger! Ich versichere Ihnen, dass wir allen Anzeigen mit größter Sorgfalt nachgehen. Ich kann Ihnen heute nur sagen, dass Sheriff Duncan und ich eng zusammenarbeiten.«

Bürgermeister Plummer wandte sich an Sheriff Duncan, der kurz zögerte und sich mit der Hand durch den ergrauten Bart fuhr, bevor er die Worte des Bürgermeisters ergänzte.

»Zunächst möchte ich Ihnen versichern, dass wir die Besorgnis der Öffentlichkeit verstehen. Danke für die vielen Hinweise, die wir erhalten haben.« Sheriff Duncan schaute in die Runde, bevor er mit ruhiger Stimme weitersprach. »Derzeit gehen wir Hinweisen nach, die zu einer Gruppe von radikalen Umweltaktivisten führen. Die Mitglieder dieser Gruppe sind in letzter Zeit mehrfach durch kriminelle Aktivitäten aufgefallen. Sie haben Touristen beschimpft. In einigen Fällen kam es zu Handgreiflichkeiten mit Verletzten. Im Netz verbreiten diese Aktivisten Angst. Nach unseren

Ermittlungen ist diese Gruppe auch für mehrere Einbrüche in die alte Fischfarm verantwortlich.«

Ein Raunen ging durch den bis auf den letzten Platz gefüllten Versammlungssaal. Sheriff Duncan hob die Hand und Stille kehrte wieder ein.

»Was die unbekannte junge Frau in unserer Obstplantage betrifft, prüfen wir, ob es eine Verbindung zu dieser Gruppe von Umwelt-aktivisten gibt. Leider können wir zu diesem Zeitpunkt nicht mehr sagen, da es die laufenden Ermittlungen gefährden würde. Wir stehen kurz vor einem Durchbruch.«

Die Journalisten machten sich eifrig Notizen und warfen weitere Fragen in den Raum.

»Wann werden Sie die Verdächtigen fassen?«, fragte einer der Journalisten herausfordernd.

»Das Büro des Sheriffs arbeitet mit Hochdruck daran, die Verdächtigen in Gewahrsam zu nehmen«, antwortete der Sheriff mit Nachdruck. »Wir werden keine Form von Gewalt oder Selbstjustiz tolerieren, und wir werden sicher-stellen, dass die Verantwortlichen sich vor einem Gericht verantworten müssen.«

Bürgermeister Plummer erhob sich in seiner ganzen Fülle und dankte dem Sheriff für seine Worte. Dann wendete er sich an die Einwohner.

»Sie alle kennen mich. Es macht mich stolz, ihr Bürgermeister zu sein. Willows Creek ist ein Ort, wo fast jeder jeden kennt. Wir lassen niemanden allein, wenn er Hilfe braucht. Stehen wir fest zusammen, wie wir es immer getan haben, wenn es Probleme gibt. Lassen wir uns nicht von Gerüchten und wilden Spekulationen verunsichern. Lassen sie ihren gesunden Menschenverstand sprechen. Gemeinsam können wir dafür sorgen, dass Willows Creek ein sicherer Ort bleibt.«

Die Pressekonferenz endete, aber die Journalisten verließen den Raum mit offenen Fragen. Noch vertrauten die meisten Bürger in Willows Creek ihrem Bürgermeister und dem Sheriff.

Kapitel 21

Eine anstrengende Woche neigte sich dem Ende zu. Es war bereits Freitagnachmittag, als der entscheidende Anruf im Büro des Sheriffs einging. Sheriff Duncans Gesicht hellte sich auf.

»Deputy Watson, die Verdächtigen wurden aufgespürt.« Watsons Herz schlug schneller. Für den rothaarigen Schotten gab es endlich etwas nach seinem Geschmack zu tun.

»Wie viele, Sheriff?«, fragte er enthusiastisch.

»Ein Vögelchen hat mir geflüstert, höchstens sechs Leute.« Deputy Watson eilte zur Waffenkammer, während Desmond nervös auf seinem Platz hin und her rutschte.

»Desmond, überprüfen Sie Ihre Dienstwaffe und vergessen Sie Ihre spezielle Gehhilfe nicht. Sie fahren mit mir.« *Endlich, ein Einsatz, der ihn hautnah fordert*, dachte Desmond.

Mit ernsten Mienen und voll bepackt brachen sie am späten Nachmittag auf. Ihr Ziel: das illegale Zeltlager der Umweltaktivisten, zwölf Kilometer nördlich der Angler-Lodge. Die Sonne stand tief. Sie mussten sich beeilen, denn bald würde die Dämmerung über die Wiesen hereinbrechen. Die Umweltaktivisten konnten jeden Moment weiterziehen. Sheriff Duncan trat das Gaspedal durch. Die Federung seines Polizei-SUVs ächzte unter der Last. Steine klatschten gegen die Karosserie und wirbelten Staub auf.

Deputy Watson folgte dicht auf in seinem Polizei-Truck. Die Blaulichter tauchten die umliegende Wildnis in ein unheimliches Blau. Mit heulenden Sirenen rasten sie auf das illegale Zeltlager zu und kesselten es in einem Blitzmanöver ein. Plötzlich standen die Umweltaktivisten im grellen Lichtkegel der Scheinwerfer, gefangen wie Rehe im Scheinwerferlicht.

Sheriff Duncan holte seine Schrotflinte aus dem Polizei-SUV, falls die Situation außer Kontrolle geraten würde. Die Umweltaktivisten blickten überrascht auf, als sie den schwer bewaffneten Sheriff und seinen Deputy erkannten. Agent Desmond entblößte seine FBI-Marke am Gürtel. Mit seiner Fliegerbrille wirkte er wie ein Mann mit Autorität, ein unberechenbarer Jäger. Conner, der erst vor kurzem zu den Umweltaktivisten gestoßen war, musste grinsen, als Desmond seine Gehhilfe aus dem Polizei-SUV holte.

»Ein alter Mann mit einem Stock, wie furchterregend«, meinte Conner sarkastisch.

Die anderen trauten ihren Augen nicht. Maeve mit den langen Rastalocken bemerkte Desmonds Dienstwaffe unter der offenen Anzugjacke und stieß Conner an. Ihre Augen weiteten sich vor Aufregung.

Sheriff Duncan mit der Schrotflinte im Anschlag wirkte einschüchternd, aber die Urgewalt des großen Deputy ließ die fünf Umweltaktivisten erschaudern. Rowan, der größte und kräftigste der Gruppe, tastete vorsichtig nach seiner Pistole im Rücken, die von einem Holzfällerhemd verdeckt wurde. Die Umweltaktivisten zögerten, doch die Präsenz der bewaffneten Gesetzeshüter und die Kälte in Sheriff Duncans Augen überzeugten sie schließlich. Einer nach dem anderen gab widerwillig auf. Rowan war der letzte, der nachgab, seine Hand zitternd von der Pistole zurückziehend.

»Sie campen hier ohne Erlaubnis auf dem Land der Familie Jackson. Zeigen Sie mir Ihre Ausweise«, rief Sheriff Duncan mit eindringlicher Stimme. Die schussbereite Schrotflinte machte den jungen Leuten Druck, der Aufforderung nachzukommen. Misstrauisch kamen die fünf Umweltaktivisten langsam näher.

»Das wussten wir nicht, Sheriff«, antwortete Rowan mit angespannter Stimme.

Deputy Watson sicherte die Umgebung und achtete auf verdächtige Bewegungen. Ihm fiel sofort das Quad auf. Mit geübtem Blick überprüfte er den Herstellercode und entdeckte an der Seite das Logo der Durand Angler-Lodge. Sofort wusste er, dass sie hier etwas gefunden hatten. Desmond, der die Spannung spürte, holte sein Smartphone heraus und zeigte den Aktivisten das Bild von der unbekannten jungen Frau aus der Obstplantage.

»Kennt jemand von Ihnen diese junge Frau?« fragte er mit fester Stimme. In den Gesichtern der Aktivisten bemerkte er eine Mischung aus Neugier und Besorgnis.

Rowan, der große Mann mit dem Dutt und dem langen Vollbart, der an einen Survival-Fanatiker erinnerte, blickte den glattrasierten, blonden Schönling in ihrer Gruppe unverhohlen an. Conner, der am Rande der Gruppe stand, wurde unruhig, als das Bild herumgereicht wurde. Sein halblanges Haar verbarg seine Gesichtszüge, aber Desmond bemerkte den unregelmäßigen Atem und das nervöse Schlucken.

Sheriff Duncan trat einen Schritt vor, die Schrotflinte fest im Griff.

Noch einmal: »Kennt jemand von Ihnen diese Frau?«

Die Aktivisten standen dicht beieinander, unsicher, was sie als Nächstes tun sollten. Maeve strich nervös über ihren bunten Strickrock, während Rowan innerlich abwägte, ob er seine Pistole ziehen sollte. Die Spannung war förmlich greifbar, und jeder wusste, dass die nächsten Sekunden entscheidend sein würden.

Maeve hielt sich geschockt die Hand vor den Mund. Ennie fuhr sich fahrig mit den Fingern durch die Pagenfrisur.

»Das ist Page! Wir vermissen sie seit Tagen. Was ist mit ihr passiert?«, fragte Ennie ängstlich.

»Sie sieht so blass aus«, platzte es aus Maeve heraus. Maeve warf Connor einen wütenden Blick zu. Ihre Hände ballten sich zu Fäusten, um auf ihn einzuschlagen. Rowan musste sie am Arm festhalten. »Sag mir, dass sie nicht tot ist!« Conner wurde immer nervöser. »Du Lügner!«, beschimpfte Maeve ihn weiter.

»Nein! Es ist nicht meine Schuld.«

»Dann sieh genau hin, du Idiot«, schrie Ennie unter Tränen und schmiegte sich entsetzt an Noah. Desmond spürte, dass der blonde Conner nicht zu den beiden anderen Männern passte. Seine Angst umgab ihn wie eine strahlende Aura. Auf sein gesundes Bein gestützt wartete Desmond auf den Moment, in dem Conner zurückweichen würde. Blitzschnell schwang Desmond seine Gehhilfe, und der Sunnyboy kniete vor ihm auf der Wiese.

»Aua!« Mit einer routinierten Bewegung zog Desmond seine Dienstwaffe aus dem Holster und richtete sie auf Connor.

»Keine Bewegung, Freundchen! Nehmen Sie langsam die Hände hinter den Kopf.«

Erstaunt starrten die anderen Desmond an. Damit hatte keiner von ihnen gerechnet. *Man sollte nie einen Gegner unterschätzen,* dachte Rowan.

»Mach keinen Mist, Connor«, rief Noah, den immer noch eine Wolke von Cannabis umgab.

Sheriff Duncan richtete seine Aufmerksamkeit auf Connor Hudson. »Mr Hudson, Sie sind verhaftet. Sie werden des Mordes an Page Garcia verdächtigt. Alles, was Sie sagen, kann gegen Sie und vor Gericht verwendet werden. Wenn Sie sich keinen Anwalt leisten können, wird Ihnen einer vom Gericht gestellt.« Im nächsten Augenblick klickten die Handschellen.

Die anderen reagierten entsetzt und riefen durcheinander: »Das glauben wir nicht!« Connor schaute seine neuen Freunde hilfesuchend an.

»Ich bin unschuldig! Glaubt mir doch!« Die Verzweiflung in Connors Gesicht erschreckte die Frauen, als er in Handschellen zum Polizei-SUV geführt wurde.

»Steigen Sie in den Polizei-SUV«, befahl Sheriff Duncan.

Er informierte die Polizeikollegen in der Stadt darüber, dass die Täter, welche in die alte Fischfarm eingebrochen waren, gefasst wurden. Allerdings verfügte das Sheriff Department in Willows Creek nicht über genügend Arrestzellen. Chief Barns war persönlich am Telefon.

»Hallo, Sheriff Duncan! Unsere taktische Spezialeinheit ist mit dem Hubschrauber zu Ihnen unterwegs. Zehn Minuten bis Ankunft.« Sheriff Duncan atmete erleichtert auf.

»Ich schicke Ihnen die Personaldaten und Fingerabdrücke der Täter. Wir haben Waffen und Drogen sichergestellt.«

Die anderen vier Umweltaktivisten standen murrend da. Die erregte Stimmung unter ihnen drohte zu entgleisen. Maeve schwenkte wütend ihre Rastalocken, trat vor und schrie: »Die verändern nicht nur unsere Fische. Die bedrohen unser ganzes Ökosystem! Wir müssen das verhindern.«

Der Sheriff ließ sich davon nicht beeindrucken.

»Das müssen sie vor Gericht klären. Wir haben Beweise, dass sie in der Fischfarm beträchtlichen Schaden angerichtet haben«, sagte Sheriff Duncan ruhig. Die Worte wirkten wie kaltes Wasser auf die erhitzten Gemüter. Ennie zerrte an Noahs Arm.

»Du musst deinen Vater anrufen. Der ist doch Anwalt. Hörst du mir zu, Noah?«

»Was sagst du da, Ennie?«, fragte Rowan kurz.

»Na, dass wir einen Anwalt brauchen.« Rowan rastete plötzlich aus und wollte augenblicklich auf Noah einschlagen.

»Noah, du Verräter! Ich mache dich kalt!« Rowan zog seine Waffe unter dem Hemd hervor, doch Deputy Watson war schneller.

Die Spannung in der Luft stieg an, und jeder wusste, dass der kleinste Fehler die Situation eskalieren lassen konnte. Desmond, der die Situation aufmerksam beobachtete, hatte vorsorglich Kabelbinder aus dem Polizei-SUV mitgebracht. Routiniert fesselte er die Hände der vier Aktivisten auf dem Rücken. Aus Rowans Hemdtasche ragte ein Zettel. Desmond streifte sich einen Handschuh über. Ein Grundriss des Forschungslabors kam zum Vorschein. Sofort steckte er das Beweisstück in eine Beweismitteltüte. »Interessant« murmelte er zu sich selbst. Wer von der Fischfarm hatte Verrat begangen?

Maeve und Ennie flüsterten aufgeregt miteinander, während Noah stumm blieb und ängstlich wirkte. Die Spannung stieg von Minute zu Minute. Jeder spürte, dass die Spezialeinheit bald eintreffen würde. Maeve schrie weiter, aber ihre Stimme wurde von der aufsteigenden Nervosität erstickt.

Das tiefe, donnernde »Wup-Wup-Wup« der Rotorblätter des herannahenden Helikopters übertönte alle anderen Geräusche. Der Wind, den die mächtigen Rotoren erzeugten, wirbelte Gras und Erde auf, während der Helikopter langsam herunterschwebte. Das konstante Brummen des Motors vermischte sich mit dem Pfeifen des Windes. Als die Kufen des Helikopters den Boden berührten, war ein dumpfes, aber festes Aufsetzen zu hören.

Mit einem metallischen Klacken öffneten sich die Türen des Helikopters. In die Geräuschkulisse mischten sich kurze, präzise Funksprüche und Anweisungen der Besatzungsmitglieder und

Einsatzkräfte. Man hörte die Ausrüstung rasseln und das schnelle, koordinierte Aussteigen der schwer bewaffneten Spezialeinheit. Das langsam leiser werdende Surren der Rotorblätter vermischte sich mit den Rufen und Befehlen der schnell herannahenden Einsatzkräfte. Plötzlich versuchten die verhafteten Umweltaktivisten aufeinander loszugehen. Es war höchste Eile geboten, um die Situation unter Kontrolle zu behalten. Sheriff Duncan beobachtete, wie diese Profis erstaunlich effizient arbeiteten.

»Alles klar, wir übernehmen«, sagte der Anführer der Spezialeinheit zu Sheriff Duncan.

»Hallo, Captain Morse!«

Die Verdächtigen wurden einzeln abgeführt und in den Helikopter verfrachtet. Noah war der Letzte, doch seine flehenden Blicke fanden keine Gnade. Captain Morse winkte zwei Einsatzkräfte herbei, die mit Hilfe von Deputy Watsons in wenigen Minuten die Zelte abgebaut und alle Beweismittel in den Helikopter geladen hatten.

»Ah, Sheriff Duncan. Sie haben auch gleich das FBI dabei, wie praktisch. Was ist mit dem Festgenommenen in Ihrem Polizei-SUV?«

»Der steht unter dem Verdacht des Mordes an unserer Jane Doe. Er wird sich vor dem Richter verantworten müssen.« Captain Morse ging auf Desmond zu.

»Hey, du alter Raubfisch! Immer auf der Jagd, wie ich sehe. Wir nahmen an, du genießt die Zeit mit Berta Steelhammer. Haha. Haha.« Captain Morse klopfte Desmond auf die Schulter. »Wir müssen los. Bis dann.«

Desmond schmunzelte und rieb sich das Kinn. *Mrs Steelhammer hat immer noch ein Auge auf mich, aber die Jagd ruft eben*, dachte er und lächelte.

Captain Morse gab den Startbefehl. Als die Kufen des Helikopters den Boden verließen, gab es ein leichtes Ruckeln und ein dumpfes Geräusch, das den Start signalisierte. Der Helikopter begann zu vibrieren, als er an Höhe gewann, und man hörte ein tiefes Brummen und ein leises Klirren von Ausrüstung und Metallteilen. Das Geräusch der Rotorblätter veränderte sich leicht, als der Helikopter an Höhe gewann und sich stabilisierte. Das laute Dröhnen und Surren der Maschine blieb jedoch konstant, als der Helikopter in den Himmel stieg und die Straftäter sicher an Bord waren. Im Cockpit konnte man die gedämpfte Beleuchtung erkennen, die die Silhouetten der Piloten und die Instrumententafeln erhellte.

Das tiefe, donnernde »Wup-Wup-Wup« der Rotorblätter des Helikopters wurde allmählich leiser, als er sich in die Nacht entfernte. Das konstante Brummen des Motors begleitete den Helikopter weiterhin, aber auch dieses Geräusch verblasste mit zunehmender Entfernung. Das Pfeifen des aufgewirbelten Windes wurde zu einem fernen Rauschen, das bald von der abendlichen

244

Stille überlagert wurde. Die Grillen begannen wieder zu zirpen, und gelegentliche Tierlaute mischten sich in die Geräuschkulisse der anbrechenden Nacht.

Die roten und grünen Navigationslichter an den Seiten des Helikopters blitzten immer wieder auf und warfen sanfte Lichtreflexe in den dunklen Himmel. Ein starker Scheinwerfer an der Unterseite des Helikopters leuchtete kurz auf, beleuchtete den Boden und ließ die Schatten der Bäume tanzen, bevor er wieder erlosch. Das weiße Hecklicht des Helikopters blinkte im Rhythmus der Navigationslichter und sorgte für zusätzliche Sichtbarkeit in der Dunkelheit.

Sheriff Duncan, Deputy Watson und Agent Desmond blieben mit ihrem Festgenommenen zurück, während der Helikopter langsam, aber sicher in der Nacht verschwand. Schließlich verstummten seine Geräusche in der Ferne.

»Gute Arbeit, Männer«, sagte Sheriff Duncan zum Schluss. »Jetzt können wir endlich durchatmen und die Berichte fertigstellen.«

Endlich waren die verrückten Umweltaktivisten gefasst, und niemand war zu Schaden gekommen. Deputy Watson kam näher.

»Sheriff, das Quad ist verladen und gesichert. Ich habe hier eine Beweismitteltüte. Unter dem Sitz hat sich ein kaum wahrnehmbarer weißer Stofffetzen verfangen. Könnte vom Kleid der Toten sein.«

»Gut gemacht, Deputy Watson.« Der Sheriff wirkte gut gelaunt, als sich Desmond in den Polizei-SUV setzte. Sheriff Duncan lächelte unmerklich. Endlich hatte er etwas gegen den Bürgermeister in der Hand, Noah Adams war der Neffe von Bürgermeister Sedge Plummer.

Stille breitete sich über der Lichtung aus, eine unheimliche Stille. Vom Waldrand drangen unheimliche Geräusche zu ihnen herüber, die nicht menschlicher Natur waren. Eulenschreie und das Rascheln von Blättern im Wind verliehen der Szene eine gespenstische Note. Im nahen Wald hatten Jäger vor einiger Zeit einen großen Schwarzbären gesichtet. Sheriff Duncan startete den Motor des Polizei-SUVs.

»Lasst uns von hier verschwinden, bevor es noch unheimlicher wird«, sagte er mit einem Anflug von Humor, um die Anspannung zu lösen.

»Ja, Sheriff«, antwortete Desmond, und warf einen letzten Blick auf die verlassene Lichtung.

Kapitel 22

Am Wochenende hatte Deputy Watson frei. Sheriff Duncan saß an seinem Schreibtisch, um den Bericht von der Festnahme der Umweltaktivisten fertig zu stellen. Das größere Problem wartete in der Arrestzelle auf sie. Wer war dieser Connor? Seinen Blick auf Desmond gerichtet, fragte er:

»Was denken Sie, Desmond? Die Beweise sind dürftig.« Desmond stand von seinem Platz auf und ging zum Sheriff hinüber.

»Wollen Sie unseren Sunnyboy persönlich verhören?« Sheriff Duncan runzelte die Stirn und verzog die Mundwinkel.

»Ich werde zur Abwechslung mal eine gute Nachricht überbringen. Die Durands werden sich freuen, dass wir ihr teures Sportquad sichergestellt haben. Ich überlasse Ihnen den Spaß. Versprechen Sie mir nur, dass Sie den kleinen Scheißer am Leben lassen. Ich bin gegen Mittag zurück.«

»Aber sicher, Sheriff.«

Desmond grinste. Seit dem Vorfall vor Monaten hatte er keine Gelegenheit mehr gehabt, seine

Fähigkeiten als Profiler zu testen. Es war wie ein Hauptgewinn in der Lotterie. Desmond nahm die Akte Connor Hudson in die Hand und ging zum Verhörraum.

Connor Hudson, zum ersten Mal in seinem Leben seiner Freiheit beraubt, wartete im fensterlosen Verhörraum auf seinen Foltermeister. Der Raum mit seiner kargen Einrichtung, die nur aus einem Tisch und zwei Stühlen bestand, machte ihm Angst. Ihm gegenüber gab es einen großen Spiegel an der Wand, in dem ihn ein ungepflegtes Spiegelbild anstarrte. Seit Stunden hatte kein Kamm mehr sein langes blondes Haar berührt. Der Sheriff hatte den Kamm als gefährliche Waffe konfisziert. Eine beklemmende Atmosphäre erfüllte den Verhörraum. Jeder Atemzug fühlte sich schwer und erdrückend an. Das flackernde Neonlicht an der Decke war das einzige Geräusch, das die Stille durchbrach. Seine Gedanken kreisten immer wieder um jene schicksalhafte Nacht.

Er überlegte, ob er nach einem Anwalt fragen sollte. Verdammt! Sein Vater würde ihm den Geldhahn zudrehen, ihn enterben, wenn ... Er, der angebliche Umweltaktivist, saß mit Handschellen gefesselt auf einem harten Stuhl. Seine Augen starrten auf die Tischplatte, auf der eine fette Fliege krabbelte. Noch hielt er alles für einen Albtraum. Doch seine schmerzenden Kniekehlen zeigten ihm, dass er in der Realität angekommen war.

Plötzlich öffnete sich quietschend die Metalltür. Der behinderte Karatemeister stand mit einer dünnen Aktenmappe in der Hand vor dem Tisch.

Agent Desmond setzte sich langsam und legte die Mappe vor sich auf den Tisch. Sein kalter Blick durchbohrte Connor wie ein Messer. Connor schaute nervös auf die Tischplatte, vermied den Augenkontakt. Desmond schaltete das kleine Aufnahmegerät ein.

»Connor Hudson«, begann Desmond mit leiser, fast drohender Stimme. »Ich hoffe, Sie erkennen den Ernst der Lage. Ihre angeblichen Freunde befinden sich Untersuchungshaft. Und Sie werden verdächtigt, Page Garcia getötet zu haben.«

Connor schluckte schwer, seine Kehle war trocken. Er blickte auf und sah in Desmonds einschüchternde Augen.

»Ich ... ich habe nichts zu sagen«, stammelte er, obwohl er wusste, dass es eine Lüge war. Desmond lehnte sich zurück. Er gab Conner Raum, sich zu öffnen.

»Lassen Sie uns über die Nacht sprechen, in der Sie Page mitgenommen haben. Wir haben Beweise, die Sie mit dem Opfer in Verbindung bringen. Die beiden Frauen, Maeve und Ennie, haben Sie schwer belastet.«

Ein kalter Schauer lief Connor über den Rücken. Seine Hände zitterten und er fühlte sich wie ein in die Enge getriebenes Tier. Connor zögerte, atmete tief ein, seine Stimme wurde panischer.

»Ich ... ich war dort, aber ...« Connor hielt inne, unfähig weiterzusprechen. Desmond beugte sich vor, seine Stimme wurde noch leiser, aber umso durchdringender.

»Wenn Sie mir die Wahrheit sagen, kann ich vielleicht etwas für Sie tun. Aber Sie müssen jetzt reden, bevor es zu spät ist. Sie könnten wegen Mordes zu einer lebenslangen Freiheitsstrafe verurteilt werden.« Conner mauerte. Er fühlte sich unschuldig. Desmond nahm einen Zettel aus der Aktenmappe und sah Connor musternd an. »Ich habe hier die Nummer ihres Vaters. Ich könnte ihn anrufen.« Desmond nahm ruhig sein Smartphone aus der Hosentasche und begann eine Telefonnummer einzugeben.

»Das können Sie nicht tun!«, krächzte Conner panisch. Er sah, wie Desmond den Daumen auf den Rufbutton schob. »Nein, bitte nicht!«

Connor spürte, dass dies der Zeitpunkt zum Reden war. Agent Barracuda würde ihm keine zweite Chance geben. Die Enge des Raumes und der unerbittliche Blick des FBI-Agenten ließen keinen Raum für Flucht oder Ausreden. Für Conner Hudson fühlte sich jedes Wort wie ein Scherbenhaufen an.

»Ich sollte Page mit dem Quad abholen.«

Agent Desmond nahm das Foto der toten Page Garcia aus der Aktenmappe. Connor konnte nicht hinsehen. Er schluchzte und sein Gesicht verzog sich zu einer Fratze. Tränen füllten seine Augen.

»Vielleicht haben Sie die junge Frau absichtlich vom Quad gestoßen. Wir haben auf dem Rücksitz ein Stück des Kleides der Toten gefunden.«

Connor stand das Entsetzen ins Gesicht geschrieben. Hektisch zerrte er an seinen Fesseln.

»Nein! Page wollte sich mit jemandem treffen, Agent Barracuda.«

»Wo? Connor, antworten Sie!«

»In der alten Fischfarm. Ich musste warten.«

»Mit wem wollte sich das Opfer treffen?«

»Das weiß ich nicht. Ich sollte in der Nähe des Eingangstors warten. Sie kam allein zurück.«

»Wie lange haben Sie auf Page gewartet?«

»Nicht sehr lange, vielleicht Minuten. Sie kam mit einer kleine Geschenkbox in der Hand zurück. Wir fuhren los. Dann sagte sie, dass der Weg quer durch die Obstplantage kürzer wäre. Ich sollte kurz anhalten. Plötzlich schrie sie laut auf. Dann fiel sie rückwärts vom Quad. Ich war erschrocken und stieg vom Quad ab. Als ich mich im Gras über sie beugte, lag sie mit offenen Augen da.«

»Warum haben Sie ihr nicht geholfen?«

»Ich bekam Angst. Sie atmete nicht mehr.«

Desmond sah Connor nachdenklich an. Dann klappte er die Aktenmappe zu und nahm das Aufnahmegerät vom Tisch.

»Hey, was passiert jetzt, Agent Barracuda?«

Desmond warf Connor einen letzten Blick zu, bevor er wortlos den Verhörraum verließ. Die Tür schloss sich mit einem leisen Klacken, und Connor blieb allein zurück, zitternd vor Angst und Ungewissheit, was mit ihm geschehen würde.

Es war Mittag und Sheriff Duncan betrat gut gelaunt das Sheriffbüro.

»Haben Sie dieses Würstchen weich geklopft, Desmond?«, fragte er mit einer gewissen Neugier. Desmond, der über seine Notizen gebeugt saß, stand auf und folgte dem Sheriff in dessen Büro.

»Unser Mordverdächtiger ist ein verängstigter Student, der mehr Angst davor hat, dass ihm Papa sein sorgenfreies Leben nicht mehr finanziert. Er hat gestanden, die junge Frau auf dem Quad mitgenommen zu haben. Aber ...« Der Sheriff blickte Desmond aufmerksam an und setzte sich.

»Aber was? Wo ist der Haken?« Desmond setzte sich dem Sheriff gegenüber und strich sich nachdenklich übers Kinn.

»Ich glaube, er wurde benutzt. Wir können ihm derzeit nur unterlassene Hilfeleistung nachweisen.« Mit einem lauten Stöhnen schlug Sheriff Duncan seine Faust heftig auf den Arbeitstisch.

»Desmond! Sagen Sie, dass Sie nur einen Witz gemacht haben.«

»Es tut mir leid, Sheriff. Ich habe eine Theorie, aber ich muss etwas überprüfen.« Die gute Laune im Gesicht des Sheriffs verflog augenblicklich.

»Verdammt, Desmond. Wir brauchen mehr als nur eine Theorie. Die Leute in der Stadt werden Antworten verlangen.« Desmond nickte ernst.

»Ich weiß, Sheriff. Aber ich habe das Gefühl, dass hier mehr im Spiel ist. Connor ist nur ein Puzzlestück in einem größeren Bild.« Sheriff Duncan seufzte und ließ sich in seinen Amtssessel zurückfallen.

»Gut, dann machen Sie sich an die Arbeit. Wir müssen Beweise finden.« Desmond stand auf und griff nach seiner Jacke. Er wusste, dass die Zeit drängte.

»Ich werde unseren Verdächtigen in seine Zelle zurückbringen, Sheriff. Er schmort dort lange genug.«

»Machen Sie das«, stöhnte der Sheriff. Dann telefonierte er mit dem Staatsanwalt.

Der Staatsanwalt entschied aufgrund der Beweislage, dennoch Anklage zu erheben. Am Mittwoch früh kamen Beamte des City Police Departments, kurz CPD, um Connor Hudson abzuholen. Als Conner in Handschellen abgeführt wurde, warf er Desmond einen wütenden Blick zu.

»Sie sind ein Lügner, Special Agent Desmond Barracuda.« Nachdenklich setzte sich Desmond an seinen Computer. Deputy Watson spürte, dass Desmond etwas beschäftigte und schaute ihm über die Schulter.

»Was willst du mit dem Bericht des Gerichtsmediziners?« Desmond ließ sich in seinen Stuhl zurücksinken und strich sich mit den Fingern nachdenklich übers Kinn. Es war zu leicht.

»Ich glaube nicht, dass dieser Connor die junge Umweltaktivistin getötet hat. Ich vermute, es war ein Racheakt. Dieser Student ist ein Idiot.«

»Wie kommst du darauf?«, fragte Watson.

»Es macht alles keinen Sinn. Hey, Watson! Ich muss dringend etwas recherchieren.«

»Okay, Desmond. Bleib nicht so lange. Du bist gerade nicht der Mitarbeiter des Monats.«

Kapitel 23

Desmond holte das Elektro-Quad aus der Feuerwache und fuhr zu Evelyns Appartement. Seine Gedanken kreisten um eine verrückte Theorie. Er musste Antworten finden. Er klopfte kräftig an die Appartementtür und hoffte auf eine Begegnung, die ihm weiterhelfen könnte. Zu seiner Überraschung öffnete eine unbekannte junge Frau vorsichtig die Tür.

»Guten Tag, Mrs ...«

»Hubert«, antwortete die junge Frau ängstlich.

»Ich bin Agent Desmond Barracuda.« Er zeigte ihr seine FBI-Marke. »Ich wollte Mrs Evelyn Shawn sprechen.«

Die junge Frau zuckte mit den Schultern und sah ihn entschuldigend an.

»Ich bin gerade erst eingezogen. Vielleicht sprechen Sie mit dem Eigentümer im Erdgeschoss, Mr Kussek. Eine Mrs Shawn kenne ich nicht.« Desmond nickte enttäuscht. *Dieses Biest*, dachte er. Evelyn war immer für eine Überraschung gut.

»Danke, Mrs Hubert. Einen schönen Tag noch.«

Während er die Treppe hinunterging, murmelte er leise vor sich hin. »Verdammt! Vielleicht war Evelyns Wohnung verwanzt. Oder hatte Ramirez den Auftrag, sie zu überwachen?« Es war zu spät, um darüber nachzudenken. Auch der ältere Hausbesitzer zuckte mit den Schultern, als Desmond ihn nach Evelyn Shawn fragte. Mr Kussek konnte ihm natürlich nicht helfen. Desmond bemerkte, dass er sich zu gleichgültig verhielt, obwohl seine Körpersprache etwas anderes ausdrückte. Entweder wurde Mr Kussek bestochen oder bedroht.

»Tut mir leid, Sir. Mrs Shawn ist kurzfristig ausgezogen. Angeblich etwas mit Familie oder so.«

»Danke, Mr Kussek.«

Desmond verließ das Gebäude und wusste, dass er einen anderen Ansatz brauchte. Evelyn war aus ihrem Appartement verschwunden, und mit ihr ein wichtiges Puzzlestück. Er setzte sich auf sein Elektro-Quad und starrte für einen Moment lang gedankenverloren in die Ferne. Er wollte dem Studenten helfen, auch wenn dieser naive Sunnyboy es nicht verdient hatte.

Noch bevor Sheriff Duncan sein Büro betrat, saß Desmond wieder an seinem Arbeitsplatz. Es fiel ihm nicht leicht, um Hilfe zu bitten. Aber er hatte keine andere Wahl. Wie konnte er seine verrückte Theorie beweisen? Nur seine Freundin konnte ihm helfen. Er wählte Annas direkte Nummer bei der Cyber-Crime Abteilung des FBI.

»Hallo Anna! Du musst mir helfen«, sagte er ohne Umschweife. Anna spürte sofort die Dringlichkeit in seiner Stimme.

»Was ist los, Desmond?«, fragte sie. »Beruhige dich erst mal.«

»Es ist kompliziert. Ich habe hier ein Protokoll der kalifornischen Polizei. Ein Wissenschaftler wurde von einem Weißen Hai totgebissen und schrecklich zugerichtet. Es stand in allen Tageszeitungen, ein tragischer Unfall.«

»Ja, wir haben davon gelesen. Ein Biologe namens Travis, richtig?«

»Genau. Er kannte wahrscheinlich unser Opfer in der Obstplantage. Wenige Sekunden vor dem tragischen Unfall hatte er ein kurzes Gespräch über ein Satellitentelefon geführt. Wir müssen wissen, mit wem und ob es Aufzeichnungen dazu gibt.«

»Ich verstehe. Du bist auf der Jagd, oder?«, fragte Anna intuitiv.

»Ein junger Student sitzt im Gefängnis. Nichts ergibt einen Sinn, Anna. Ich habe so ein Gefühl, aber keine Beweise. Hilf mir!«

Anna seufzte, denn sie hatte selbst viel zu tun. Aber Desmond klang so verzweifelt am Telefon. Es musste sich um etwas Wichtiges handeln.

»Ich werde mein Bestes tun. Wir haben so einen Experten. Aber Desmond … versprich es mir.«

»Ja, Anna! Ich verspreche es. Sei unbesorgt.«

»Mach keine Dummheiten. Warte einfach auf mich. Ich habe am Samstag frei.«

»Ich liebe dich, Anna. Wir sehen uns Samstag.«

»Ich liebe dich auch, Desmond.« Sein Herzschlag beruhigte sich ein wenig, als er den Hörer auflegte. Die Wahrheit war vielleicht näher, als er dachte, aber ... Was hatten all die ganzen Vorfälle der letzten Wochen gemeinsam? Was?

Der August belohnte die Einwohner von Willows Creek mit herrlichem Spätsommerwetter und die Touristen strömten zu den heiß begehrten Angelplätzen am Musky River. Desmond hatte sorgfältig sein Elektro-Quad poliert und wartete aufgeregt vor dem Sheriff Department auf Anna. Er checkte bereits zum zehnten Mal den Wetterbericht, als ein dunkler SUV auf den Parkplatz fuhr. Anna, mit Shorts und T-Shirt bekleidet, stieg aus. Mit einem kleinen Rucksack über der Schulter lief sie auf ihn zu.

»Wie geht es meinem großen Raubfisch heute?« Desmond nahm sie in seine Arme und spürte eine Welle unbändiger Freude.

»Du fehlst mir mit jedem Tag mehr. Der Sheriff erwartet Wunder, und ich befinde mich in einem Labyrinth, gespickt mit Hindernissen.«

»Lass uns die Gegend erkunden und ein bisschen abschalten, Desmond. Du brauchst dringend eine neue Sichtweise. Schau dir das schöne Wetter an.

Bald wird der Indian Summer das ganze Land mit seinen Farben überstrahlen. Lass uns diese paar Stunden genießen. Wir sollten die Arbeit mal ruhen lassen.« Desmond reichte Anna einen Sturzhelm und setzte seinen eigenen auf.

»Lass uns zur Angler-Lodge hinauffahren. Von dort haben wir einen herrlichen Blick über die Hügel und auf den wilden Musky River. Mr Durand erwartet uns. Seine Grillgerichte sind hier sehr geschätzt.« Desmond wollte nicht gleich mit der Tür ins Haus fallen und beschloss, seine Fragen aufzuschieben. Mit ihrem kleinen Rucksack auf dem Rücken schwang sich Anna hinter Desmond auf das Elektro-Quad.

»Bist du bereit, Desmond? Ich bin hungrig.« Desmond spürte, wie sich ein Lächeln auf sein Gesicht stahl, als Anna ihre Arme um ihn legte.

»Ja, lass uns losfahren.«

Anna schmiegte sich an ihn. Das Elektro-Quad surrte unter ihnen. Die Reifen verursachten auf den unbefestigten Landwegen eine Mischung aus Knirschen und Quietschen. Desmond gab Gas, und das Reifengeräusch glich mehr einem Rauschen, einem unregelmäßigen Klangteppich, der die unbändige Energie und Rauheit des kurvenreichen Geländes widerspiegelte. Die frische Luft und die Aussicht auf ein entspanntes Mittagessen verschafften Desmond einen Moment der Ruhe inmitten des Chaos, das seine Ermittlungen umgab. In der Ferne kam die Angler-

Lodge in Sicht. Einige Gäste grillten gerade auf der großen Terrasse. Die Durands verstanden es, den Gästen schöne Ferienerlebnisse zu bereiten.

Die Stunden, die Anna und Desmond auf der Angler-Lodge zusammen verbrachten, vergingen schneller, als sie es sich vorgestellt hatten. Nun standen sie vor dem Sheriff Department, beide mit einem Hauch von Traurigkeit in den Augen. Desmond wollte Anna nicht loslassen, ihre Anwesenheit hatte ihm einen dringend benötigten Moment des Friedens geschenkt.

»Hey, du Superagent!« Sie lächelte und wedelte mit einem Blatt Papier vor seiner Nase herum. »Vielleicht ist es das, wonach du suchst?«

»Danke, Anna.« Desmond nahm den Zettel und küsste seine Freundin zum Abschied. Er musste sich zwingen sie loszulassen.

»Ich muss jetzt aber fahren, Desmond. Wir telefonieren morgen.« Sie umarmte ihn fest und versuchte, ihre feuchten Augen zu verbergen. »Pass auf dich auf, du großer Raubfisch.« Desmond nickte und schluckte den Kloß in seinem Hals hinunter. »Du auch, Anna. Bis morgen.«

Anna stieg in ihren SUV und fuhr davon, während Desmond ihr nachsah. Er wusste, dass die nächsten Schritte schwierig werden würden, aber Annas Unterstützung gab ihm die nötige Kraft, weiterzumachen.

Die Abendsonne tauchte Willows Creek in ein warmes Licht. Desmond setzte sich an seinen

Arbeitsplatz im Sheriffbüro und atmete tief durch. Es dauerte einen Moment, bis er das Blatt Papier vorsichtig auseinanderfaltete. Seine Augen weiteten sich, als er die Informationen las.

»Wow!« Damit hatte er nicht gerechnet. Eine Telefonnummer, die er kannte. Was er dann las, ließ seinen Puls schneller schlagen. Nur drei Worte. Sie ist tot! Das musste den Biologen so erschreckt haben, dass er … Ein perfider Plan. Nur konnte er den Biologen nicht mehr dazu befragen.

Er wusste, dass er jetzt noch entschlossener sein musste, um die Wahrheit herauszufinden. Der Tod der jungen Umweltaktivistin könnte der Schlüssel sein, um die Verstrickungen zu entwirren. Aber er musste vorsichtig vorgehen und die Puzzleteile genau analysieren. Desmond stand auf und blickte aus dem Fenster auf die Hauptstraße, auf der an diesem Tag viele Menschen unterwegs waren. Die Dämmerung brach herein, und die Scheinwerfer der vorbeifahrenden Autos hinterließen tanzende Lichter im Raum.

Auf seinem Computer erschien eine Nachricht des Pathologen Ethan Miles. Im Anhang befand sich der abschließende Obduktionsbericht. Der Pathologe beschrieb die genauen Verletzungen und den Zustand der Leiche. Die Kopfverletzung war offensichtlich, aber die geschwollene Hand ließ vermuten, dass die wahre Todesursache eine andere gewesen sein könnte. Er hatte mehrere

Blutproben vom Opfer entnommen und sie zur toxikologischen Untersuchung geschickt. Die Ergebnisse bestätigten das Vorhandensein des schnell wirkenden Nervengifts Conotoxin.

Unter dem Mikroskop hatte Ethan Miles Gewebeproben untersucht. Er fand eindeutig Anzeichen von Gewebeschäden durch das Gift. Die Zeit drängte. Der zeitliche Ablauf der Ereignisse musste rekonstruiert werden. Wenn das Gift schnell gewirkt hatte, könnte es die Ursache für den plötzlichen Sturz gewesen sein. Er verglich die Symptome mit ähnlichen Fällen von Vergiftungen mit Conotoxin. Dabei stellte er fest, dass die beobachteten Symptome übereinstimmten. In seinem Bericht schloss er andere Todesursachen aus und kam zu dem Ergebnis, dass das Gift der Kegelschnecke die wahrscheinlichste Ursache war.

Das Opfer war bereits tot, als es mit dem Hinterkopf auf dem Boden aufschlug. Das Conotoxin drang durch die Haut in den Körper ein und verursachte Lähmungserscheinungen und Atemstillstand. Desmond lehnte sich zurück.

Der Bericht des Pathologen gab dem Fall eine interessante Wendung. Verdammt! Leider hatte er nicht zugehört, als Tante Heather mit Mama Nalani über den schrägen Geschmack des Professors gesprochen hatte, was Haustiere anging. Orson hatte nur geheimnisvoll gegrinst und verschwand im Lager, als er ihn fragte. Alle Spuren führten zur Fischfarm und dem Forschungslabor. Wer hatte ein Motiv, die Gelegenheit und das Fachwissen? Wollte die Umweltaktivistin den Biologen Travis erpressen? Oder wollte Evelyn sich an Travis rächen? Beide standen ganz oben auf seiner Liste. Nur zu dumm, dass der Biologe tot war. Desmond druckte den Abschlussbericht des Pathologen aus und legte ihn auf Sheriff Duncans Schreibtisch.

Die neue Woche im Sheriff Department begann mit Routinearbeiten. Angler Al schaute vorbei, um Desmond vor der Presselady zu warnen, die immer noch ihr Basislager in Henriks Holiday Inn aufgeschlagen hatte. Neugierig schaute Al über den Tresen im Sheriff Büro.

»Desmond, was macht diese uralte Akte auf deinem Platz?«

»Das ist nicht so wichtig, Al. Ich muss das Archiv aufräumen.«

»Oh, wie interessant.« Bevor Desmond sich versah, griff Al über den Tresen nach der Akte.

»Hey, das ist die Akte deiner Eltern. Desmond! Das ist lange her. Man soll Tote nicht aufwecken.«

»Das stimmt, aber ich wollte es selbst lesen. Verstehst du?«

»Ja, sicher. Aber mir gefällt dein Gesichtsausdruck nicht. Ich erinnere mich an den Text auf deinem T-Shirt, als du hier ankamst. Zu alt zum Kämpfen, zu langsam zum Laufen. Aber schießen kann ich noch, und zwar verdammt gut.«

»Ich dachte, du hattest ein blaues Auge und warst betrunken.« Al beugte sich zu Desmond vor. Er flüsterte, nachdem er sich vergewissert hatte, dass sie allein im Raum waren.

»Junge, mache keine Dummheiten. Das macht deine Eltern nicht wieder lebendig.«

»Du hast völlig Recht, Al. Aber ich muss mir jede Akte sorgfältig ansehen.« Al spürte, dass Desmond ihn belog.

»Du warst doch bei der Pressekonferenz.«

»Ja, warum fragst du, Al?«

»Seit wann ignorierst du deine Instinkte? Hast du vergessen, wie man Baseball spielt? Bevor du wirfst, sieh dir deinen Gegner genau an.« Desmonds Finger strichen nachdenklich über seinen Dreitagebart. Dann sah er Al an, der früher sein Coach in der Baseball-Mannschaft gewesen war. Deputy Watson kam herein und warf Al einen missbilligenden Blick zu.

»Hallo, Al! Ich habe vor dem Diner einen ungeduldig wartenden Mason in Angelausrüstung gesehen.« Al zuckte augenblicklich zusammen.

»Oh, verdammt. Danke schön. Ich bin schon weg. Danke, Deputy Watson.«

»Was wollte Al hier?«, fragte Deputy Watson.

»Er hat diese Presselady vor dem Holiday Inn gesehen.« Deputy Watsons Gesicht nahm einen unbestimmten Ausdruck an.

»Dieses Weib ist der Teufel persönlich. Sie schnüffelt überall herum, wo sie nichts zu suchen hat. Die Einwohner von Willows Creek fühlen sich langsam belästigt.« Desmond nickte und stand auf.

»Ich mache Mittag und fahre zum Anglerladen.«

»Sag deiner Tante Heather, dass ich morgen mein neues Jagdgewehr abholen komme. Ich brauche noch .223er Munition dafür.«

»Mach ich. Okay.« Desmond hielt einen Moment inne, als hätte er etwas vergessen.

»Ich habe den Obduktionsbericht von Ethan Miles auf den Schreibtisch des Sheriffs gelegt.«

Deputy Watson sah es Desmond an, dass Sheriff Duncan über das Ergebnis nicht erfreut sein würde und ging in die Küche, um Kaffee zu holen. Als er zurückkam, saß der Sheriff fluchend an seinem Schreibtisch.

»Watson! Wo ist Desmond?«

Der abschließende Bericht des Pathologen bestätigte, dass die Todesursache der Umweltaktivistin ein Nervengift war. Es war Mord! Sheriff Duncan klammerte sich an einen Strohhalm. Er hoffte, dass Agent Desmond mit seiner verrückten Theorie falsch lag.

Kapitel 24

Tante Heather bediente gerade Kundschaft und Desmond musste warten, bis sie Zeit für ihn hatte.

»Es ist schön, dass du dich auch einmal blicken lässt, Desmond.«

»Ich wollte dich etwas fragen, Tante Heather.«

»Los, mein Junge.« Desmond zögerte. Dann schaute er ihr direkt in die Augen.

»Ich … ich habe die Akte vom Unfall meiner Eltern im Archiv gefunden.« Tante Heather wurde einsilbig und wischte die Ladentheke ab, obwohl keine Fingerabdrücke auf der Glasplatte zu sehen waren. Dann sah sie auf und ihre Augen wurden feucht. Es weckte schlimme Erinnerungen in ihr. Sie rang nach Luft wie ein Fisch auf dem Trockenen, der gleich ersticken würde.

»Ich werde nie die Nacht vergessen, als Sheriff Duncan an unsere Haustür klopfte und der Himmel alle Schleusen geöffnet hatte. Was bedrückt dich, Desmond? Du verschweigst mir doch etwas. Ich sehe es in deinen Augen.«

»Ich kann es nicht beschreiben, aber … Ich …«

»Aber was, Desmond? Sprich es offen aus.«

»Was haben meine Eltern an diesem Abend in der Stadt gemacht?« Tante Heather setzte sich auf einen Hocker und seufzte.

»Ich weiß nur, dass es um die Fischfarm ging. Dein Vater wollte jemanden treffen.«

»Weißt du noch, wen?«

»Nein. Warum willst du das wissen?«

»Das kann ich im Moment noch nicht sagen. Ich muss alle alten Akten durchsehen und neu ordnen. Wo ist Orson?«

»Der ist mit Vivian in die Stadt gefahren. Du solltest öfter vorbeikommen. Versprich es. Einige haben dich am Wochenende mit einer jungen Frau gesehen. Ich würde sie gern mal kennenlernen.«

»Ja, Tante Heather.« Desmond umarmte seine Tante und wollte schon den Laden verlassen. »Ach! Ich soll dir von Deputy Watson ausrichten, dass er sein neues Jagdgewehr morgen abholt. Er braucht noch .223er Munition.«

»Ist gut, Desmond.«

Nachdenklich schloss Desmond die Ladentür hinter sich und betrat den Gehweg.

Er war gerade auf sein Elektro-Quad gestiegen, als jemand hinter ihm seinen Namen rief.

»Hey, warte.« Er sah zur Seite und erkannte Martin Westen mit einer Einkaufstüte im Arm.

»Warte einen Moment«, keuchte Martin. »Gut, dass ich dich treffe. Du musst mir helfen.«

»Was gibt es, Martin? Ich habe es eilig.«

»Ich suche Isabelle.« *Das war nichts Neues*, dachte Desmond und verdrehte die Augen.

»Ich war gerade im Diner. Josh hatte seine Drohne dabei. Dominic und Tiffany nippten an ihren Milchshakes. Als sie mich bemerkten, starrten sie auf die Tischplatte. Zuerst wollte Josh nichts sagen. Aber als ich nach Isabelle fragte, brach es aus Tiffany heraus. Ich setzte mich zu ihnen. Unsere Freaks waren am Fluss und trieben sich dort herum. Du weißt aus eigener Erfahrung, wie gefährlich es am Ufer ist. Der Fluss ist tückisch und die Strudel … Dominik sah mich ängstlich an und flüsterte. Isabelle wollte unbedingt wissen, was sich in dem umzäunten Becken der alten Fischfarm befindet. Sie konnten Isabelle nicht aufhalten. Plötzlich war sie verschwunden. Hilf mir bitte, Desmond. Wenn ihr etwas zugestoßen ist … Ich weiß nicht, was ich dann tun werde.« Desmond versuchte, seinen Freund Martin zu beruhigen.

»Ich sage Deputy Watson Bescheid. Ich wollte der Fischfarm ohnehin einen Besuch abstatten.«

»Danke, Desmond«, antwortete Martin voller Hoffnung.

Plötzlich sah sich Agent Desmond mit zwei Problemen gleichzeitig konfrontiert. Die Zeit drängte. Vielleicht würde er Evelyn im Forschungslabor der alten Fischfarm antreffen. Sein Gehirn weigerte sich daran zu denken, dass Isabelle etwas passiert sein könnte. Voller Emotionen steuerte er sein Elektro-Quad entschlossen auf den Kiesweg zu, der ihn zur alten Fischfarm führte. Auf der linken Seite zogen die alten Laubbäume an ihm vorbei, und auf der rechten Seite fiel sein Blick auf die weiten Felder, auf denen große Erntemaschinen das Getreide ernteten. Wenige Minuten später erreichte er das Eingangstor der alten Fischfarm. Desmonds Finger drückte entschlossen auf den Anmeldeknopf der Video-Gegensprechanlage.

»Hier ist FBI-Agent Barracuda. Ich muss mit Professor Grayson sprechen.« Wenige Sekunden später meldete sich Sicherheitsmann Ramirez.

»Der Professor ist nicht da. Aber Sie können mit Doktor Evelyn Shawn sprechen.«

»Okay!«, antwortete Desmond erleichtert.

»Parken Sie Ihr Elektro-Quad auf unserem Gästestellplatz.« Das Eingangstor glitt mit einem metallischen Schleifen zur Seite. Desmond wusste, dass es gefährlich war, allein zur alten Fischfarm zu fahren. In der Aufregung hatte er vergessen, Deputy Watson Bescheid zu sagen, wohin er fahren wollte. Verdammt! Er verhielt sich wie ein Rookie. Als er sein Funkgerät benutzen wollte, bekam er keinen Empfang. Sie hatten einen Störsender auf dem Gelände. Damit hätte er rechnen müssen.

Evelyn, die in einen weißen Laborkittel gekleidet war, öffnete die Tür zum Forschungslabor. Sofort fielen Desmond ihre teuren High Heels auf. Die hohen Absätze hinterließen bei jedem Schritt ein nervtötendes Klack-Klack auf dem Steinboden. Das künstliche Licht, das den Flur erhellte, erinnerte Desmond an den tristen Stationsflur im Krankenhaus, was ihm einen Schauer über den Rücken jagte. Am Ende des fensterlosen Flurs blieb Evelyn stehen und öffnete rechts die Tür zu einem komfortablen Arbeitsraum, der eher an ein gemütliches Wohnzimmer erinnerte.

»Bitte, Desmond. Du musst heute mit mir vorliebnehmen. Das hier ist Professor Graysons Arbeitszimmer.« An der rechten Wand stand ein großes Bücherregal. Gegenüber bestimmte eine bequeme Ledersitzgruppe mit Kissen den Raum. Desmond stockte beinahe der Atem. Auf der Couch saß Isabelle mit einer Cola in der Hand. Mit der anderen Hand blätterte sie in einer Zeitschrift. Sie wirkte abwesend und sah ihn nicht einmal an. Desmond machte ein paar Schritte zum Fenster, wo ein großes Aquarium den Raum dominierte, nur dass keine Fische darin schwammen.

»Warum bist du hier, Desmond?«, fragte Evelyn neugierig. »Kann ich dir etwas zu trinken anbieten, vielleicht eine Cola oder einen Tee?«

»Sie sind umgezogen, ohne mir Bescheid zu sagen, Doktor Shawn. Warum?«

»Ich bin dir keine Rechenschaft schuldig. Der Professor meinte, nach dem Überfall neulich wäre ich in der Stadt besser aufgehoben. Möchtest du vielleicht die köstlichen Kekse hier probieren?«

»Nein, danke.« Desmond drehte sich zu Isabelle um. »Isabelle, dein Vater macht sich Sorgen. Er sucht nach dir.« Isabelle zuckte unmerklich mit den Achseln, als ginge sie das nichts an. Sie wirkte auf Desmond wie ein willenloser Zombie. Desmond forderte Isabelle auf, mit ihm zu kommen. Aber sie machte keine Anstalten aufzustehen. Sie sah über die Werbezeitschriften des Pharmakonzern hinweg und ihr Blick ging durch Desmond hindurch, als wäre er nicht da. Evelyn strich sich nervös über ihre perfekt gestylte Frisur.

»Sie will bei uns ein Praktikum machen.«

»Aha, ich wusste gar nicht, dass sie auch Praktika für Schüler anbieten«, bemerkte Desmond.

»Warte hier einen Moment, Desmond. Ich hole Isabelle noch eine neue Infomappe aus meinem Arbeitszimmer.« Desmond erkannte sofort, dass Isabelle unter Drogen stand. Er durfte sich aber nichts anmerken lassen. Keine Minute später hörte er, wie sich die Schritte von Evelyn näherten. In der Tat hatte sie eine Informationsmappe des Pharma-konzerns in der Hand - und keine Waffe.

»Doktor Shawn!«

»Ja, Desmond?«

»Wozu braucht der Professor das Aquarium? Da schwimmen keine Fische drin. Mir gefällt der gefleckte Stein auf dem Boden. Was ist das?« Evelyn lachte so schallend, dass sogar Isabelle kurz den Kopf hob. Desmond stand immer noch leicht vorgebeugt da und suchte nach einem Fisch oder was auch immer zwischen den Wasserpflanzen. Als er sich aufrichtete, spürte er einen Stich im Hals. Ein unbeschreiblicher Schmerz lähmte ihn augenblicklich. Dann verschwamm alles um ihn herum und er sank zu Boden, ohne zu begreifen, was mit ihm geschehen war.

Ramirez hatte vom Wachraum aus beobachtet, wie Evelyn aus ihrem Arbeitszimmer mit einer Infomappe in der Hand herauskam. Seltsam, der FBI-Agent war noch immer da. Er stand auf, um nachzusehen, ob alles in Ordnung war.

»Mrs Evelyn, kann ich Ihnen helfen?«, hatte er noch gerufen.

»Nein, danke, Ramirez«, hatte sie darauf schnell geantwortet und war wieder im Arbeitszimmer des Professors verschwunden.

Ramirez spürte, dass etwas nicht stimmte. Einige Minuten später beschloss er, nach dem Rechten zu sehen. Er klopfte an die Tür von Professor Graysons Arbeitszimmer. Als niemand antwortete, öffnete er die Tür. Er sah, wie Evelyn mit der Infomappe in der Hand auf den bewusstlos am Boden liegenden Agent Barracuda starrte. Vorsichtig ging er auf Evelyn zu.

»Was ist passiert?«, fragte er entsetzt. Schnell beugte er sich zu Agent Barracuda hinunter, um dessen Puls zu fühlen.

Evelyn stand immer noch regungslos da. Was hatte sie übersehen? Der Labortest war erfolgreich.

»Ma'am! Der FBI-Agent ist tot. Ich fühle keinen Puls mehr.« Evelyn blickte Ramirez verwirrt an.

»Er stand vor dem Aquarium. Als ich mit der Infomappe hereinkam, wollte er etwas sagen. Aber plötzlich fiel er um. Ich habe keine Erklärung.«

Ramirez sah zu Isabelle, die auf der Ledercouch eingeschlafen war.

»Hat sie etwas mitbekommen?«, fragte Ramirez.

»Nein«, antwortete Evelyn knapp. Ramirez griff nach Desmonds Dienstwaffe.

»Wir legen die Waffe besser in den Schrank.«

Es wurde Abend und die Dunkelheit senkte sich über das Land. Ramirez hatte Desmonds Elektro-Quad zum Hintereingang des Forschungslabors gefahren.

»Mrs Evelyn! Was machen wir jetzt? Wir können ihn nicht einfach verbuddeln oder in eine Gefriertruhe packen. Morgen früh kommt der Professor zurück.«

»Ramirez! Wir könnten den Sheriff rufen. Dann verlieren wir alle unseren Job. Wir werden nie wieder Arbeit bekommen und landen im Knast.«

Ramirez schwitzte. Doch dann kam ihm eine rettende Idee, wie er einem Standgericht des Professors entkommen könnte.

»Blake kommt erst um Mitternacht zum Dienst. Ich habe im Diner gehört, dass das Getreidefeld neben der Obstplantage abgeerntet werden soll. Wenn ich den Weg um den Weiher nehme, sieht mich niemand. Vielleicht hat der FBI-Agent im

Feld etwas gesucht. Diese Erntemaschinen sind sehr gefährlich. Sein Elektro-Quad verstecke ich in der alten Scheune. Da sucht niemand gleich danach.«

Evelyn sah Ramirez dankbar an. Sie brauchte den Professor nicht anzulügen, und Sicherheitsmann Blake würde nichts mitbekommen.

»Ramirez!«

»Ja, Mrs Evelyn!«

»Das ist eine brillante Idee. Ich werde mich um Isabelle kümmern. Sie sollte etwas essen.«

Ramirez nickte erleichtert und band Desmond auf dem Elektro-Quad fest. Dann fuhr er mit dem Opfer davon. Evelyn weckte Isabelle zum Abendessen, als wäre nichts gewesen.

Die Morgendämmerung brach über die Felder herein, als eine große Erntemaschine ihre letzte Reihe beenden wollte. Ein tiefes gleichmäßiges Brummen, begleitet vom rhythmischen Klappern der Schneidwerkzeuge und dem Zischen der Stroh- und Spreuablage, durchdrang das Feld. Das reife Getreide selbst machte ein raschelndes und knisterndes Geräusch, wenn es von den Messern erfasst und zerteilt wurde.

Ein beklemmendes Gefühl erfasste Desmonds Unterbewusstsein. Er glaubte, in einem Albtraum gefangen zu sein, bis es ihm gelang, die Augen zu öffnen. Desmonds Herz raste, während er versuchte, seine Gedanken zu ordnen. In das immer lauter werdende Dröhnen der Höllenmaschine mischte sich das metallische Surren scharfer Messer, die sich präzise mit hoher Geschwindigkeit drehten und einen leichten Sog erzeugten. Desmond fürchtete sich vor dem Augenblick, in dem die scharfen Messer ihn bei lebendigem Leib zerstückeln würden. Plötzlich spürte er hautnah, wie die Messereinheit nach seinem Körper griff. Die rotierenden Klingen schnitten in seinen rechten Arm. Das unheimliche Dröhnen klang jetzt eher wie das Aufheulen eines stählernen Ungeheuers.

Seine Gedanken überschlugen sich. Er durfte nicht in Panik verfallen. Adrenalin pumpte in jeder Zelle seines Körpers. Er schwitzte vor Angst. Ein unerträglicher Schmerz pulsierte in seinem Nacken. Seine Gliedmaßen wollten den Befehlen seines Gehirns nicht gehorchen. Ungläubig beobachtete er noch, wie etwas Warmes seinen Arm hinunterlief. Blut! Verschwommen nahm er ein rotierendes rotes Licht über sich wahr. Alles schien sich um ihn zu drehen. Verdammt! Entsetzt stellte er fest, dass seine Dienstwaffe nicht mehr im Schulterholster steckte. Seine Sinne verrieten ihm, dass er in einem reifen Getreidefeld lag.

Wer hatte ihm das angetan und warum? Sein Gedächtnis spielte ihm einen Streich. Welcher

Psychopath hasste ihn so sehr, dass er ihn auf diese Weise ins Jenseits befördern wollte? Der Wille, zu überleben, gewann die Oberhand. Keuchend versuchte er sich aufzurichten, als das laute Dröhnen abrupt verstummte. Das hungrige Stahlungeheuer war stehen geblieben. Nur zwei rotglühende Augen starrten ihn an, als wollten sie das Opfer beurteilen.

Die Stille war fast noch unheimlicher als das Dröhnen des Ungeheuers. Er spürte den Schmerz in seinem Arm und den kalten Schweiß auf seiner Stirn. Panik ergriff ihn, als er realisierte, dass er tatsächlich in Lebensgefahr schwebte. Mit aller Kraft versuchte er, Abstand zu gewinnen, doch seine Glieder gehorchten ihm nur mit äußerster Anstrengung. Die glühenden Augen starrten ihn weiterhin an, als würden sie seine Bewegungen überwachen. Desmond wusste, dass er handeln musste, bevor es zu spät wäre.

Kapitel 25

Deputy Watson saß an seinem Schreibtisch und kaute gedankenverloren auf einem mit Schokolade überzogenen Doughnut. Desmond ließ auf sich warten. Was stimmte nicht an diesem Morgen? Sheriff Duncan stürmte missmutig ins Büro und knallte die Tür hinter sich zu.

»Watson, wo steckt unser Mechaniker?«

»Mechaniker Tooli kommt heute später.«

»Ausgerechnet heute, wo der Motor meines SUVs merkwürdige Geräusche macht!« Der Sheriff hatte schlechte Laune. »Und unser FBI-Genie, dieser begabte Profiler, wo treibt der sich herum? Sollte er nicht die alten Akten sortieren?« Sheriff Duncan griff nach einer verstaubten Akte, die auf Desmonds Arbeitsplatz lag. »Verflucht!«, murmelte er, als er auf dem Aktendeckel die Notiz ‚Prüfen!‘ entdeckte. *Der Fall lag mehr als zehn Jahre zurück*, dachte Sheriff Duncan. Es gab keinen Hinweis auf … Nein! Er wollte seinen Vermutungen keinen Spielraum geben.

»Ich weiß es nicht«, antwortete Deputy Watson.

»Weiß denn heute Morgen überhaupt jemand etwas?«, polterte Sheriff Duncan. Das Telefon klingelte und er überlegte, ob er den Anruf überhaupt annehmen sollte. Es war 6:30 Uhr. »Was macht die Kaffeemaschine?« Er brauchte dringend einen Schluck Kaffee, bevor seine grauen Zellen auf Betriebstemperatur schalteten. Missmutig griff er zum Hörer.

»Sheriff Department in Willows Creek. Sie sprechen mit Sheriff Duncan. Was kann ich für Sie tun?«, meldete sich der Sheriff missmutig.

Norman Busters Stimme überschlug sich vor Aufregung. Er konnte ihn kaum verstehen.

»Ich bin auf dem Feld gegenüber der Obstplantage. Wir brauchen dringend Hilfe, Sheriff!«

»Bleiben Sie ruhig, Norman. Was ist passiert?«

»Die Erntemaschine ist stehen geblieben.« Das Wort ‚Obstplantage‘ hinterließ bei Sheriff Duncan einen bitteren Nachgeschmack. Ein flaues Gefühl in der Magengegend machte sich breit.

»Norman, das ist ein Fall für Chester Tooli, unseren Mechaniker.«

»Ich weiß, aber … Sie verstehen mich nicht, Sheriff. Sie müssen sofort herkommen. Mit meiner Sarah stimmt etwas nicht. Hier klebt Blut.«

»Wer ist Sarah?«, fragte der Sheriff nach.

»Bringen Sie besser Doc Howard mit. Hier ist Blut, viel Blut!«, wiederholte Norman aufgeregt.

»Okay, Norman. Wir sind unterwegs.«

»Beeilen sie sich, Sheriff.« Der scharfe Tonfall des Sheriffs riss Deputy Watson fast von seinem Arbeitsstuhl.

»Wir nehmen deinen Polizei-Truck Watson. Mein Polizei-SUV ist krank. Los! Kommen Sie in die Gänge.«

»Wo fahren wir hin, Sheriff? Zum Getreidefeld gegenüber von Martins Obstplantage.« Deputy Watson blieb der letzte Bissen fast im Hals stecken. Sheriff Duncan griff nach seiner Schrotflinte, seine Augen funkelten entschlossen. »Wollen Sie jagen, Boss?«, fragte Deputy Watson mit einem Hauch von Ungewissheit in der Stimme.

»Vielleicht« murmelte der Sheriff. »Wer weiß, was der alte Norman diesmal gesehen hat.«

Eine dichte Staubwolke hinter sich herziehend, rasten sie mit Sirene und Blaulicht über die unbefestigten Landstraßen zum Tatort. Der Sheriff saß verbissen hinter dem Lenkrad des großen Polizei-Trucks. Seine Gedanken kreisten um das, was auf sie zukommen würde. Er wollte die Sache so schnell wie möglich hinter sich bringen, doch der nagende Koffeinmangel und ein pulsierender Schmerz in der Schläfe ließen seine Miene noch finsterer erscheinen. Die Spannung im Polizei-Truck war greifbar, als sie sich dem Tatort näherten. Jeder Atemzug schien schwerer zu fallen, die Luft erfüllt von einer unheilvollen Vorahnung.

Was auch immer sie dort vorfinden würden, es würde kein ruhiger Tag werden. Verdammt!

Norman stand etwa fünfzig Meter von der Landstraße entfernt und winkte aufgeregt mit seinem roten Halstuch. Die große Erntemaschine stand wie angewachsen da, ihre Präsenz wirkte einschüchternd und bedrohlich. Mit finsterer Miene stieg Sheriff Duncan aus dem Polizei-Truck und griff nach seiner Schrotflinte, die in der hinteren Halterung steckte. Deputy Watson folgte ihm mit dem Equipmentkoffer, den Blick auf die blinkende rote Warnleuchte im Führerhaus der Erntemaschine gerichtet.

Norman und ein Erntehelfer eilten dem Sheriff entgegen, während sich das kleine Auto des Doktors geräuschvoll näherte. Doc Howard bremste scharf, sprang aus dem Wagen und lief mit dem Arztkoffer in der Hand auf den Sheriff zu.

»Was ist passiert?«, fragte er atemlos. Norman ruderte aufgeregt mit den Armen.

»Sarah hat etwas überfahren.«

»Wer ist Sarah?« fragte der Sheriff genervt.

»Meine neue Erntemaschine natürlich. Schauen Sie!« Norman deutete auf die vier Meter lange Messerwalze. Vor dem Schneidwerk war das Korn niedergedrückt, als hätte Sarah etwas verletzt oder noch Schlimmeres.

»Vielleicht ein wildes Tier?« mutmaßte Deputy Watson, während er die Unfallstelle nach Spuren absuchte. »Hier ist Blut an der Messerwalze, Sheriff. Und eine Blutlache auf dem Erdboden.« Sheriff Duncan machte Fotos und nahm den vermeintlichen Tatort persönlich auf.

»Wo sind die sterblichen Überreste des Opfers, Norman?«

»Ich weiß nicht. Sarah wurde im Frühjahr mit einer Infraroteinheit ausgerüstet.«

»Wer hat das Ding gefahren?«, fragte der Sheriff.

»Niemand«, antwortete Norman.

»Was wollen Sie damit sagen, Norman?«

»Das Ding wird automatisch über GPS gesteuert. Es fährt und erntet autonom, computergesteuert.«

Deputy Watson durchsuchte mit Hilfe des Farmhelfers die leere Führerkabine der großen Ernteeinheit. Sie konnten dort nirgends Blut finden. Leider fand Doc Howard in der Zwischenzeit mehr Blutspuren, als er erwartet hatte. An den getrockneten Blutspuren klebten vereinzelt Stofffasern. Rechts zwischen den Getreidehalmen blitzte etwas auf. Als er einige dieser Halme beiseiteschob, fiel ihm eine FBI-Marke ins Auge.

»Sheriff! Ich habe etwas gefunden.« Sheriff Duncan machte sofort ein Beweisfoto. Dann steckte er die FBI-Marke in eine Beweismitteltüte. Die beiden tauschten vielsagende Blicke aus. Der Sheriff nahm Doc Howard beiseite, während sie die Beweismittelbox in den Polizei-Truck packten.

»Hey Doc, wir sollten so schnell wie möglich herausfinden, ob das Blut von einem Menschen stammt«, flüsterte er. »Sie besitzen doch so ein tragbares DNA-Gerät.« Doc Howard nickte verstehend.

»Die Analyse dauert ein bis zwei Tage.«

»Howard, wir sollten Norman nicht unnötig verängstigen«, bemerkte der Sheriff und griff nach seinem Funkgerät.

»Tooli?« Sheriff Duncan hörte, wie Mechaniker Tooli gerade genüsslich schmatzte.

»Was gibt es, Sheriff?«

»Du musst die Ernteeinheit von Norman checken, bevor sie wieder in Betrieb gehen kann.« Am anderen Ende hörte der Sheriff ein Rülpsen.

»Wo ist Sarah liegen geblieben?« Sheriff Duncan überlegte. War er der Einzige, der nicht wusste, wer Sarah war?

»Wir befinden uns hier gegenüber von Martins Obstplantage«, antwortete er knapp.

»Okay, Sheriff«, ich mache mich auf den Weg. Doc Howard bemerkte, dass der Sheriff sich zusammenriss und kramte in seiner Arzttasche.

»Nur eine pro Tag, Sheriff.«

»Danke, Doc. Ich brauche dringend einen Kaffee. Meine Kopfschmerzen bringen mich um.«

Deputy Watson kehrte inzwischen mit dem Erntehelfer zurück.

»Sheriff, wir konnten die Blutspur bis zur Wiese verfolgen. Dort verliert sich die Spur. Tut mir leid.«

»Verflucht! Was wird mir diesen Tag noch versüßen«, murmelte der Sheriff. Er ahnte, dass die Sache dem Bürgermeister nicht lange verborgen bleiben würde. Leider konnte er dieser Presselady nicht verbieten, mit den Einwohnern zu reden.

»Wie lange muss Sarah hier stehen bleiben?«, fragte Norman ungeduldig.

»Mechaniker Tooli weiß Bescheid. Wenn die Ernteeinheit nicht beschädigt wurde, kann sie ihre Arbeit beenden.« Norman und sein Erntehelfer sahen sich erleichtert an.

»Okay, Sheriff. Tooli soll sich beeilen.«

»Danke für Ihren Anruf, Norman. Machen Sie sich keine Sorgen. Es war sicher nur ein wildes Tier.« Sheriff Duncan gab Deputy Watson ein Zeichen. Beide stiegen in den Polizei-Truck. Doc Howard war bereits mit den sichergestellten Blutproben auf dem Weg nach Willows Creek.

Auf der Rückfahrt zum Sheriff Department herrschte Schweigen im Polizei-Truck. Deputy Watson spürte, dass den Sheriff etwas beschäftigte. Im Büro ließ sich Sheriff Duncan in seinen Amtssessel gleiten. Das hatte ihm noch gefehlt. Auf seinem Schreibtisch lag eine Beweismitteltüte mit Desmonds FBI-Marke. Was wollte er nachts im Kornfeld? Sheriff Duncan konnte sich keinen Reim darauf machen. Der Tod eines FBI-Agenten ... Sheriff Duncan wagte nicht daran zu denken. Deputy Watson kam mit einer großen Kanne starken Kaffees herein. Das belebende Aroma des Kaffees erfüllte die Luft im Sheriff Büro.

»Watson, was denken Sie?«

»Ich weiß nicht, Boss. Desmond war da an was dran. Er wollte aber nicht darüber reden, solange ihm die Beweise fehlten.« Hatte Desmond etwa in ein Wespennest gestochen?

»Wenn er zu Fuß unterwegs ist, kann er noch nicht weit gekommen sein. Sieht aus, als wäre er verletzt worden«, mutmaßte der Sheriff.

»Ich fahre Streife. Vielleicht finde ich dabei unser Elektro-Quad.« Sheriff Duncan blickte auf den Ausdruck auf seinem Schreibtisch.

»Haben Sie das hingelegt, Watson?«

»Nein, Sheriff. Was ist das?«

»Der Abschlussbericht des Pathologen.« Sheriff Duncan stöhnte. Dieser Sunnyboy Connor hatte mehr Glück als Verstand. »Conotoxin«, murmelte er leise.

Professor Grayson fuhr an diesem Morgen gut gelaunt von der Stadt über die Musky River Brücke zum Forschungslabor. Im Auto hörte er Musik von seinem Lieblingskomponisten Richard Wagner. Die Götterdämmerung war sein Lieblingsstück. Es inspirierte ihn immer wieder aufs Neue. Gemeinsam mit dem Neurotechnologen Vincent Bailey überzeugte er am Abend zuvor seinen Investor, weitere Mittel für das Elvis-Experiment zur Verfügung zu stellen. Vincent Bailey, ebenfalls ein brillanter Programmierer, präsentierte dem Investor die neuen Fähigkeiten von Elvis. Als er von der Hauptstraße nach links in den Waldweg zur alten Fischfarm abbog, hörte er in der Ferne die Sirene eines Polizeifahrzeuges, das sich schnell in Richtung Osten zu den Feldern entfernte. Es war August und während der Erntezeit kam es hin und wieder zu Unfällen. Er wollte nicht weiter darüber nachdenken. Es gab Wichtigeres.

Zwei Minuten später hielt sein Elektro-SUV vor dem Eingangstor der alten Fischfarm. Ramirez öffnete sofort das Rolltor und er fuhr gutgelaunt auf seinen Parkplatz. Der Sicherheitsmann kam dienstbeflissen herbei, um seinem Boss zu helfen.

»Guten Morgen, Ramirez, ich habe heute nur meine Aktentasche dabei.«

Misstrauisch beobachtete er die Geste seines Mitarbeiters, der ihm etwas zuflüstern wollte, was niemand sonst hören sollte. Natürlich ging es um Evelyn. Verdammt! Was hatte sie sich diesmal ausgedacht? Damit hatte er nicht gerechnet. Er stand kurz davor, seine Fassung zu verlieren. Zielstrebig betrat er das Laborgebäude und steuerte mit Ramirez im Schlepptau auf seinen Arbeitsraum am Ende des Flures zu. Ihre Schritte hallten so laut auf dem harten Steinboden wider, dass es ihm in den Ohren dröhnte und die Beleuchtung zu flackern schien. Professor Grayson öffnete die Tür zu seinem geliebten Arbeitszimmer. Geschockt fiel sein erster Blick auf Isabelle, die auf seinem Ledersofa zu schlafen schien.

»Was macht das Mädchen hier?«, flüsterte er zu Ramirez. »Wer ist das?« Das überschritt seine Toleranzgrenze. Hinter ihm kam Evelyn herein und drückte ihm einen dicken Schmatzer auf die Wange, als wäre alles in Ordnung. Ramirez meldete sich zu Wort.

»Wir haben sie beim Spionieren vor Elvis' Gehege erwischt. Sie ist Martin Westens Tochter.«

»Warum schläft sie, Evelyn?«

»Es war notwendig, Victor.« Professor Grayson setzte sich fassungslos in einen der bequemen Ledersessel.

»Wir können sie nicht ewig hier festhalten. Dieser Obstbauer und ihre Freunde werden nach ihr suchen.« Vielleicht hätte er an diesem Morgen eine andere Musik auswählen sollen. Die Götterdämmerung verwandelte sich in eine Apokalypse. Ramirez räusperte sich.

»Sir! Da ist noch etwas.«

»Was gibt es sonst noch?«, fragte der Professor mürrisch. Evelyn stand neben seinem Aquarium, in dem Pandora ihre letzte Mahlzeit verdaute. In Professor Grayson manifestierte sich der Gedanke, Evelyn das nächste Mal an Pandora zu verfüttern. »Evelyn! Raus mit der Sprache! Unser Auftraggeber mag keine Skandale. Was hast du getan?«

»Was willst du hören, Victor? Ich habe hier alles unter Kontrolle. Die Kleine wird sich an nichts erinnern. Sie ist mit Drogen vollgepumpt. Einer Drogensüchtigen wird niemand glauben.«

»Das sagst du, Evelyn.« Sie druckste herum.

»Ramirez, du bist mein Zeuge. Gestern Nachmittag kam dieser FBI-Agent Barracuda hierher. Er ließ sich nicht abwimmeln. Wir konnten nicht zulassen, dass er Isabelle mitnimmt.«

»Oh mein Gott, Evelyn!«

»Hier ist seine Dienstwaffe, Victor.«

»Evelyn, wir sind Wissenschaftler, keine Killer.« Professor Grayson musste unwillkürlich an Elvis denken. Ein Damoklesschwert schwebte über ihm.

»Victor! Was denkst du von mir? Du suchst doch ein menschliches Versuchskaninchen. Ich habe die Gelegenheit genutzt, dein neues Präparat zu testen. Ich glaube an dein Genie, Victor. Leider ist er plötzlich umgefallen«, erwiderte Evelyn gefühllos.

»Was heißt umgefallen?« Der Professor fuhr sich mit der Hand über das Gesicht.

»Er hat sich nicht mehr gerührt.« Der Professor konnte es nicht fassen. Die Apokalypse war nahe.

Ramirez wollte den Professor beschwichtigen. Ich habe ihn in einem Getreidefeld abgeladen. Unfälle passieren, wenn jemand nicht aufpasst. Professor Grayson erhob sich langsam und nahm Evelyn fassungslos die Dienstwaffe aus der Hand, bevor sie noch etwas Dummes anstellen konnte. Dann ging er an den Schrank und holte die teure

Flasche Whisky aus dem Regal heraus. Geistig abwesend betrachtete er den goldgelben Inhalt. Mit einem glucksenden Geräusch füllte der Alkohol sein Glas. Für einen Moment breitete sich ein rauchiger, würziger Geschmack in seinem Mund aus. Als der Alkohol die Kehle hinunter rann, hinterließ er ein leichtes Brennen im Hals. Es entstand eine kurze Pause, in der sich niemand zu Wort melden wollte, bis der Professor seine Mitarbeiter mit ernstem Gesicht ansah.

»Evelyn, meine Liebe. Du musst geduldiger werden. Wissenschaft ist kein Sprint, sondern ein Ausdauerlauf. Ach, übrigens! Unser Investor möchte dich gern kennen lernen. Ich habe einen Tisch in diesem Nobelrestaurant, Golden Sky reserviert. Um 19 Uhr, und bitte sei pünktlich. Hier ist meine Kreditkarte. Kauf dir ein paar neue Sachen.« Damit hatte Evelyn nicht gerechnet. Was ging im Kopf des Professors vor?

»Was machen wir mit Isabelle, Victor?«

»Mach dir keine Sorgen. Alles wird gut, Schatz.« Erleichtert stieg Evelyn in ihr Auto und fuhr in die Stadt, um die Boutiquen zu rocken. »Ramirez?«

»Ja, Boss?«, fragte Ramirez, das Unheil ahnend.

»Sorgen Sie dafür, dass Evelyn wohlbehalten zurückkommt.« Ramirez nickte verstehend.

»Oh, eine Sache noch, Ramirez.«

»Ja, Sir! Was kann ich für Sie tun?«

»Unser Investor erhöht das Personalbudget. Aus Sicherheitsgründen bekommen wir einen dritten

Sicherheitsmann zugeteilt. Sie werden damit zum Teamleiter befördert. Enttäuschen Sie mich nicht.«

»Danke, Professor Grayson! Sie können auf mich zählen.«

»Das hoffe ich, Ramirez. Lassen Sie uns mal nach Elvis sehen, ob alles in Ordnung ist. Er ist mir ans Herz gewachsen. Ich will nur ganz sicher gehen.«

Kapitel 26

Nur ein paar Stunden zuvor. Das Ungeheuer bewegte sich nicht mehr. Desmond hatte sich an den Feldrand geschleppt. Das hohe Gras der angrenzenden Wiese kratzte an seinem geschundenen Körper, während er sich Schritt für Schritt vorwärts bewegte, jeder Zentimeter eine Qual. Sein Atem ging stoßweise. Seine Lungen schmerzten. Aus dem nahen Wald drangen unheimliche Geräusche an sein Ohr. Kurz ließ er sich auf den Boden sinken, denn ein Geräusch schreckte ihn auf. Etwas bewegte sich durch das Gras. Wurde er verfolgt, vielleicht von dem, der ihm das angetan hatte? Ein streunender Coyote schlich an ihm vorbei, um einer Fährte zu folgen. Im Wald empfing ihn eine Symphonie der Dunkelheit: das Rascheln der Blätter, das gelegentliche Knacken von Zweigen unter den Pfoten eines nachtaktiven Tieres, der entfernte Ruf eines Vogels. Der Wald wirkte bedrohlich und lebendig zugleich, als wollten die Schatten der Bäume ihn verschlingen. Trotz der unheimlichen

Geräusche kämpfte sich Desmond weiter vorwärts, angetrieben von dem puren Willen zu überleben. Mit verschwommenem Blick erreichte er schließlich den Weiher, der sich in eine mystische Zwischenwelt hüllte. Der Nebel lag schwer und dicht über der stillen Wasseroberfläche, die wie ein dunkler Spiegel wirkte. Die Konturen des Schilfes und der umliegenden Vegetation waren nur schemenhaft zu erkennen, während vereinzelte Wassertropfen von den Blättern leise ins Wasser fielen, wo sie kleine Kreise erzeugten. Die Stille wurde von gelegentlichem Froschquaken oder leisem Rascheln eines Tieres im Unterholz unterbrochen. Die kühle Luft, erfüllt vom erdigen Duft des feuchten Waldbodens und dem feinen Aroma der Blumen am Ufer, erzeugte eine geheimnisvolle Stimmung. Es war ein Moment des Übergangs zwischen Nacht und Tag, in dem die Natur für einen Augenblick in vollkommener Ruhe verharrt. Endlich konnte Desmond den Holzsteg mit der Anglerhütte erkennen, die sich dunkel von der Oberfläche des Wassers abhob.

Jeder Schritt schien ein Marathon zu sein, die Schnitte von der Messerwalze brannten und pulsierten, jede Bewegung ein neuer Schwall aus Schmerz. Das Blut sickerte langsam, aber stetig, aus seinen Wunden, jeder Tropfen ein Verlust der verbliebenen Lebenskraft.

Schließlich gelangte er über den schmalen Holzsteg zum Eingang der Anglerhütte. Mit letzter

Kraft öffnete er die knarrende Holztür. Das kurze Gefühl der Erleichterung wich schnell einem Zustand völliger Erschöpfung. Desmond sank zu Boden, die Wange gegen den kalten Holzboden gepresst. Das Adrenalin hatte für einen Moment alle Schmerzen verdrängt, bevor sie mit doppelter Wucht zurückkehrten und alle anderen Sinne ausblendeten. Sein Körper weigerte sich aufzustehen. So blieb der Erste-Hilfe Kasten unerreichbar. Er lag benommen auf dem Boden der Hütte und seine Gedanken verschwammen, bevor alles in einer erlösenden Schwärze verschwand. Die Zeit schien für ihn still zu stehen. Er wusste nicht, wie lange er schon so dalag. Sonnenstrahlen fielen durch das kleine Fenster und erhellten spärlich den kleinen Raum. Knarrende Geräusche kamen näher.

Plötzlich riss jemand mit einem lauten Krachen die Holztür auf und er blickte in die bedrohliche Mündung eines Jagdgewehrs. Der Lichtkegel der Lampe auf dem Lauf blendete ihn.

»Desmond?«, fragte jemand ungläubig. Als wäre er einem Gespenst begegnet, wich Martin Westen erschrocken einen Schritt zurück. Alles schien surreal. Schmerz und Erschöpfung machten es Desmond schwer, klar zu sehen. »Hey!«, rief die Stimme, die ihm bekannt vorkam. Der Mann kam näher, und Desmond erkannte die vertraute Gestalt seines Freundes Martin. »Du? Was ist mit dir passiert, Desmond?«, fragte Martin, seine Stimme voller Sorge und Unglauben. »Ich dachte du wolltest ...« Desmond konnte nur leise krächzen, seine Stimme war kaum mehr als ein Flüstern.

»Ja schon. Aber dann kam mir eine dumme Eingebung und ich ...« Desmond rang nach Luft.

»Ah, das sehe ich«, bestätigte Martin.

»Aber ich habe deine Tochter gefunden.«

Eine Mischung aus Erleichterung und Angst überkam Martin. Die Tatsache, dass Desmond in diesem Zustand war, ließ ihn erahnen, dass etwas Schreckliches passiert sein musste. Martin gab Desmond seine Wasserflasche. Der Durst brannte in Desmonds Kehle, als hätte er seit Tagen nichts getrunken. »Danke, Martin.« Als Desmond seine zerrissene Kleidung durchsuchte, stellte er fest, dass seine Dienstwaffe und die FBI-Marke fehlten. Ein Gefühl der Hilflosigkeit überkam ihn, als er erkannte, dass er nicht nur physisch, sondern auch symbolisch entwaffnet worden war. Martin kniete neben seinem Freund nieder und begann mit dem Verbinden der blutenden Wunden. Er erkannte sofort, dass die Schnittwunden nicht von einem Zweikampf stammen konnten. Desmond lachte plötzlich, ein verrücktes, fast hysterisches Lachen. »So ein Infrarotdetektor hat mich gerettet. Unglaublich, aber wahr!« Wie lange hatte er in der Anglerhütte gelegen? »Martin! Welcher Tag ist heute? Sag es mir.«

Martin ahnte, dass der Polizeieinsatz auf Normans Feld am Vortag etwas mit Desmond zu tun haben könnte und druckste herum. Er setzte sich auf den einzigen wackeligen Hocker, und fuhr sich mit den Fingern durch die letzten Haare, die einen Haarkranz um seine wachsende Glatze bildeten.

»Wer tut nur so etwas?« Martin empfand eine Mischung aus Dankbarkeit und Schuldgefühlen, weil Desmond so viel riskiert hatte, um seine Tochter zu finden. Desmond hingegen verspürte trotz seines Schmerzes eine gewisse Wut über seine Naivität, allein zur alten Fischfarm gefahren zu sein. Die Luft war schwer von unausgesprochenen Worten und Emotionen, als die beiden Männer in der Anglerhütte verharrten und jeder mit seinen eigenen Gedanken und Gefühlen kämpfte. Martin suchte in einem Versteck unter alten Angel-utensilien nach einer angebrochenen Flasche Schnaps und öffnet sie.

»Willst du einen Schluck?« Desmond verneinte. »Aber ich brauche jetzt einen Schluck auf den Schreck. Mit deinen roten Augen könntest du glatt selbst als Monster durchgehen. Dein Anzug ist völlig hinüber.«

»Erinnere mich daran, das Forschungslabor zu verklagen.« Desmonds Gesicht verzog sich vor Schmerz und Entschlossenheit. »Ich muss zurück. Niemand tut mir so etwas ungestraft an.«

»Isabelle. Lebt sie noch? Sag mir die Wahrheit«, fragte Martin völlig aufgelöst. Desmond nickte schwach. In Martin keimte wieder Hoffnung auf.

294

»Ja, aber nicht mehr lange, wenn wir nichts unternehmen. Wir haben es mit mindestens vier Leuten zu tun, die bewaffnet sind.«

»Verdammt!« Martin blickte seinen Freund an.

»Genug ist genug, Martin.« Mit seinem blassen Gesicht, den blutunterlaufenen roten Augen und den Verbänden erinnerte Desmond an einen Zombie. Dazu die heisere Stimme, gepaart mit Aggression und Wut im Bauch ... »Die wollten mich umbringen, weil ich hinter ihr Geheimnis gekommen bin. Ich werde sie zur Rede stellen. Ruf die Kavallerie.« Martin schüttelte den Kopf.

»Das ist keine gute Idee.« Martin durchsuchte unruhig seine Anglerweste und sah Desmond entsetzt an. »Ich habe kein Smartphone dabei!« Desmonds rote Augen blitzten trotz seiner Erschöpfung auf.

»Martin, nur ich kann deine Tochter retten. Ich habe eine Idee. Fahr mich bis zur alten Fischfarm und setze mich kurz vorher ab. Dann fährst du zum Sheriff Department.« Martin zögerte, aber ihm war klar, dass Desmond Recht hatte.

»Okay, aber bleib am Leben.«

Martin hielt ein paar Meter vor der alten Fischfarm an und drosselte das Tempo.

»Willst du das wirklich durchziehen?«, fragte Martin voller Zweifel, ob er seinen Freund lebend wiedersehen würde. Desmonds verwundeter Arm brannte wie Feuer. Durch den Verband sickerten Blutflecken. Sein verletztes Bein gehorchte nur unter größter Anstrengung. Mit seinem zerrissenen Hemd und der aufgeschlitzten Hose glich er eher einer Halloween-Gruselgestalt als einem FBI-Agenten. »Ohne deine Dienstmarke …« Martin zögerte. »Hinter dem Forschungslabor stehen mächtige Investoren mit ihren teuren Anwälten.« Die roten Augen von Desmond funkelten entschlossen, die Täter zu bestrafen.

»Mein Name ist Barracuda, und dieser Raubfisch gibt nicht auf, solange Leben in ihm pulsiert.«

Martins Augen weiteten sich für einen Moment, dann nickte er verstehend.

»Okay, mein Freund. Viel Glück. Ich fahre zum Sheriff Department. Wir holen euch da raus.«

Was hatten diese Kidnapper vor und warum war sie hier gefangen? Evelyn kam langsam zu sich. Sie hatte eine Art Sack über dem Kopf, der ihr das Atmen erschwerte. Das Klebeband über ihrem Mund verhinderte, dass sie um Hilfe schreien konnte. Sie hyperventilierte und glaubte zu ersticken. Ihr Verstand spielte verrückt. Wie konnte das passieren? Sie war nicht irgendjemand. Welches kranke Hirn hatte ihr das angetan? Ihre Nasenflügel bebten. Schweiß rann von ihrer Stirn und brannte in den Augen.

Konzentrier dich, du Naive, forderte ein Überlebenswille, während ihr Körper vor Wut zu explodieren drohte. Sie musste dringend auf die Toilette. Doch sie saß gefesselt auf einem Stuhl. Der Sack ließ nicht erkennen, wo sie sich befand und ob es Tag oder Nacht war. Die Stille verstärkte die Befürchtung, dass sie nicht mehr lange am Leben sein würde. Was wollten die Kidnapper von ihr, sie foltern, oder schlimmer noch, ihr am Ende einen qualvollen Tod bescheren? Die schlimmsten Szenarien schwirrten ihr durch den Kopf. Wie lange saß sie schon hier? Hatte man sie vergessen, wollte jemand, dass sie langsam den Verstand verlor? Wo blieb die Kavallerie? Warum rettete sie niemand? Eine vage Erinnerung keimte auf.

Sie wartete in einer exklusiven Bar auf ihren Mann, der sich verspätet hatte. Ramirez! Ja, er brachte ihr einen Drink. Langsam musste sie wirklich dringend auf die Toilette. Das bedeutete, dass sie hier schon seit Stunden gefangen gehalten wurde. Der Druck, sich zu erleichtern, wurde allmählich unerträglich.

Ihr fehlte jede Erinnerung daran, wie sie in diese Lage geraten war. Vielleicht der Drink? Ramirez sollte sie beschützen. Dicke Kabelbinder schnürten ihre zarten Gelenke ein. Die gefesselten Beine waren eingeschlafen und alles kribbelte oder schmerzte. Der ganze Körper schien sich aufzulehnen. Evelyn wünschte sich ihre Peiniger herbei, damit alles ein Ende haben würde.

Halluzinationen verwirrten langsam ihren Verstand. Sie hatte sich beim Versuch, das Klebeband zu lösen, auf die Zunge gebissen, was weh tat. Plötzlich stieg Übelkeit die Speiseröhre hinauf und ihr Kopf fiel nach vorne, bevor Blut aus dem unteren Saum des Sackes quoll. Ihr Herz schlug mit jeder Minute heftiger.

Als sich eine Tür hinter ihr öffnete, betrat jemand den Raum und fühlte ihren Puls. Eine Stimme flüsterte lakonisch.

»Sie lebt noch. Wir müssen sie loswerden.« Dann spürte sie einen Stich in der Armbeuge, und ihr Bewusstsein driftete in einen Dämmerzustand.

Kapitel 27

Sicherheitsmann Ramirez patrouillierte am Eingangstor der Fischfarm. Er wollte sich gerade eine Zigarette anzünden, als er fast einen Herzinfarkt erlitt. Ramirez, der fest an den Voodoo-Kult seiner Heimat glaubte, starrte fassungslos auf den vermeintlichen Zombie, der zielstrebig auf das Tor zusteuerte. Mit zitternder Hand bekreuzigte sich Ramirez. Seine Finger umklammerten kurz den Talisman, den er bei Mama Nalani gekauft hatte.

»Stehen bleiben! Oder ich schieße«, rief er und richtete seine automatische Waffe auf den vermeintlichen Zombie. »Sie waren tot, mausetot, als ich Sie …« Die Situation drohte zu entgleisen. Desmond blieb direkt vor ihm stehen, seine Augen glühten vor unbändiger Entschlusskraft.

»Ich bin Barracuda! Lassen Sie mich rein. Ich will den Professor sprechen«, flüsterte er mit einem knurrenden Unterton. Ramirez zuckte zusammen. Sein Herz hämmerte ihm gegen die Brust, als er das Funkgerät aus der Tasche zog.

»Professor Grayson, vor dem Eingang steht dieser Desmond Barracuda.« Desmonds Hände krallten sich um die Gitterstäbe des Rolltores, seine Muskeln bebten vor Anstrengung.

»Okay, Sir!«, krächzte Ramirez und öffnete das Tor so weit, dass ein Mensch hindurchpasste. Desmond humpelte an ihm vorbei, seine Augen bohrten sich in die von Ramirez.

»Machen Sie Platz, bevor ich Sie zuerst in die Hölle schicke.«

Keine zehn Meter entfernt öffnete sich die Eingangstür des Forschungslabors. Professor Grayson, der Leiter des Forschungslabors, trat heraus. Sein nichtssagendes Lächeln wich einem Erstaunen, das sofort von unbändiger Neugier überlagert wurde.

»Agent Barracuda, Sie sehen furchtbar aus. Was ist mit Ihnen passiert?«

»Das wissen Sie doch«, keuchte Desmond.

»Nein! Das können Sie nicht beweisen.« Eine kurze Regung im Gesicht seines vermeintlichen Feindes ließ Desmond kurz innehalten. Irgend-etwas stimmte nicht, aber was?

»Ich will Isabelle abholen«, verlangte Desmond mit finsterer Miene.

»Sie werden Isabelle in diesem Zustand erschrecken«, erwiderte der Professor gefühllos.

»Das muss sie selbst entscheiden.« Professor Grayson machte ein selbstgefälliges Gesicht. Dann nickte er Ramirez zu, der sofort wortlos im Forschungslabor verschwand.

»Agent Barracuda, oder vielleicht sollte ich besser Desmond sagen? Sie sind genauso dumm wie Ihr Vater.« Desmonds Augen verengten sich.

»Was haben Sie gerade gesagt?«

»Ich habe Ihren Vater gekannt. Leider hat er sich geweigert, in die Zukunft zu investieren. Wie bedauerlich.« Desmonds Beine drohten unter ihm nachzugeben.

»Ich will Isabelle jetzt sehen! Sofort!«, forderte er mit drohender Stimme.

»Dann kommen Sie mit. Sie befindet sich am nördlichen Fischbecken, das eingezäunt ist«, sagte der Professor mit einem kalten Lächeln. Desmond ahnte Schlimmes und folgte ihm, seine Schritte schwer und schmerzhaft. Welche Falle würde ihn erwarten? Doch zu seiner Überraschung stand Isabelle auf der anderen Seite des Fischbeckens und starrte ins Wasser. Der Professor schloss die Gittertür auf, und Desmond spürte, wie seine Kräfte schwanden. Plötzlich tauchte Ramirez auf und schleifte eine gefesselte Frau zum Fischbecken. Mit einem Ruck riss er ihr den Sack vom Kopf. Desmond erstarrte.

»Evelyn«, murmelte er, seine Stimme kaum mehr als ein Flüstern. Ihr Mund war zugeklebt. Mit weit geöffneten Augen kämpfte sie verzweifelt gegen ihre Fesseln an, doch vergebens. Ramirez richtete seine Waffe auf die beiden Frauen, sein Blick kalt und berechnend. Desmonds Chancen standen mehr als schlecht, die Frauen zu retten, obwohl das Fischbecken kaum vier Meter breit war.

»Wo ist Ihre Gehhilfe, Desmond? Ach ja, die habe ich«, sagte der Professor mit einem verächtlichen Lächeln. »Nehmen Sie, ein wirklich schönes Stück und so praktisch.« Mit einem brutalen Schlag in die Kniekehlen brachte er Desmond zu Fall. »So gefällt es mir besser.« Desmond biss die Zähne zusammen und kämpfte sich unter mörderischen Schmerzen wieder auf die Beine.

»Sie haben meine Eltern auf dem Gewissen«, stöhnte er und dachte an das alte Foto von Grayson und seinem Vater, das im Anglerladen seiner Tante an der Wand hing.

»Ihr Vater war ein Sturkopf und wollte nicht mitspielen. Er weigerte sich, Genfische zu züchten. Es war eine Drohne, ein schönes Spielzeug. Orson hatte sie in der Fischfarm vergessen. Dein Cousin ist ein großer, naiver Junge, leicht zu manipulieren. Und das ist er heute noch. Seine Verlobte wird ihn häuten und er wird es sogar genießen. Haha. Und Sie, dickköpfig wie Ihr Vater, der edle Ritter, den das Schicksal einholt. Kommen Sie näher! Ich will Ihnen etwas zeigen.« Desmond humpelte auf Professor Grayson zu, seine Schmerzen waren kaum zu ertragen. Sein Blut durchtränkte die Verbände und nässte das Gras. Sicherheitsmann Blake schob ihn grob an den Beckenrand und lachte, als Desmond stolperte.

»Komm schon, du Zombie!«, höhnte Blake.

Im Fischbecken zog ein großer Barracuda mit geschmeidigen Bewegungen bedrohlich seine Bahnen. Professor Grayson holte aus der Tasche seines Laborkittels eine Fernbedienung hervor. Plötzlich änderte der Raubfisch sein Verhalten und verharrte im Wasser, als warte er auf etwas.

»Fantastisch, nicht wahr? Elvis hört auf Kommando«, schwärmte der Professor stolz. Dann zog er Desmonds Dienstwaffe aus der anderen Kitteltasche.

»Entscheiden Sie sich, Desmond. Welche der beiden Geiseln soll ich erschießen? Erinnern Sie sich noch an den alten Kinderreim? Ene, Mene, Muh und ...«

»Sie sind tot«, murmelte Desmond leise. »Nein! Sie sind völlig verrückt geworden«, krächzte Desmond. Sicherheitsmann Blake stand nur einen halben Meter von ihm entfernt und lachte verächtlich. Er wartete auf den nächsten Befehl.

»Wen wollen Sie retten, selbstloser Ritter?«

»Das können Sie nicht tun!« Desmonds Stimme bebte vor Wut und Verzweiflung.

»Vielleicht sollte ich Sie erschießen, Desmond? Ich zähle bis drei.« Der Professor richtete die Pistole auf Desmond.

»Schießen Sie endlich! Worauf warten Sie noch?«
Plötzlich zielte der Professor mit der Waffe in der
Hand auf Blake und schoss ihm in die Brust. Der
Sicherheitsmann fiel ungläubig mit weit auf-
gerissenen Augen zu Boden.

»Ups! Sie haben gerade meinen Sicherheitsmann
getötet. Aber leider brauche ich Sie noch.«
Desmond war fassungslos, seine Gedanken rasten.
Was ging im Kopf des Professors vor?

Professor Grayson wollte seine Handschuhe
ausziehen. Dabei rutschte ihm die Fernbedienung
aus der Hand und fiel auf den Beckenrand. Der
Professor und Desmond sahen sich kurz an.
Desmond machte eine unbeholfene Bewegung.
Professor Grayson wollte ihm in aller Eile
zuvorkommen, doch in der Aufregung stieß er die
Fernbedienung in das Fischbecken. Das alarmierte
sofort Elvis.

»Sie sind ein durchgeknallter Psychopath,
Professor«, keuchte Desmond.

Der große Barracuda wurde plötzlich unruhig,
sprang auf den Beckenrand und zog den Professor
in das Fischbecken. Ein Schrei und eine große
Wasserfontäne spritzte alles nass. Dann färbte sich
das Wasser rot vom Blut des Professors.

Ramirez erkannte die Gefahr und sprintete um
das Becken herum, um den Professor zu retten.
Doch es war zu spät. Der Barracuda drehte sich

blitzschnell zu Ramirez um und biss ihm die Hand mit der Waffe ab. Ramirez schrie vor Schmerz auf. Verstört blickte er auf seinen Armstumpf. Das Blut floss über den Beckenrand, während der Barracuda in seinem Blutrausch begann, Ramirez zu zerfleischen. Desmond nutzte die Gelegenheit und schnappte sich die im Gras liegende Gehhilfe, um zu den beiden Frauen auf der anderen Seite des Fischbeckens zu gelangen. Als Desmond über seine Schulter zurückblickte, sah er, wie Elvis sein Opfer unter Wasser zog.

Hastig befreite er die beiden Geiseln von ihren Fesseln und drängte sie zur Ausgangstür. Kurz bevor alle drei die Gittertür erreichen konnten, bemerkten sie, dass der große Barracuda aus dem Fischbecken gesprungen war und über den Rasen kroch. Desmond wusste auch, dass der Barracuda seine Gehhilfe wie ein Streichholz zerbrechen konnte. Isabelle kreischte. Seit wann konnte dieser Barracuda an Land atmen? Das Monster kam beharrlich auf sie zu, Flosse um Flosse. Evelyn rüttelte am Metallzaun, aber er gab nicht nach. Gefangen! Keiner von ihnen würde es rechtzeitig über den hohen Metallzaun schaffen. Den Tod vor Augen, blickten beide Frauen hilfesuchend zu Desmond.

»Ohne Fernbedienung lässt sich Elvis nicht steuern«, schrie Evelyn verzweifelt. »Desmond, du bist ein Idiot! Wo ist dein Plan B?« Das hysterische

Lachen auf Evelyns Gesicht erschreckte Desmond zutiefst, und Isabelle, die immer noch unter Drogen stand, kreischte panisch.

Der Barrakuda, der sich in einem Blutrausch befand, blockierte den Ausgang. Die drei hatten keine Chance, den Fisch von der Tür wegzulocken. Das unheimliche Zischen des Barracuda verhieß nichts Gutes. Er bewegte sich wie ein Kaiman über das Gras, langsam, aber bedrohlich auf sie zu. Beide Frauen schmiegten sich ängstlich aneinander. Nur Evelyn wusste, womit sie es zu tun hatten. Isabelle schrie, als ihr Gehirn langsam das Unvermeidliche erkannte. Ihre großen Augen starrten auf den fast zwei Meter langen Raubfisch. Evelyn flüsterte Desmond zu, der sich auf seine Gehhilfe stützte:

»Wir können dieses Kraftpaket nicht besiegen.« Desmond rang nach Luft. Das Adrenalin pumpte durch jede Zelle seines Körpers.

»Evelyn, ich kann nicht mehr lange durchhalten. Ich lenke das Monster ab. Dann könnt ihr die Tür erreichen und entkommen.«

»Das ist Selbstmord, Desmond.«

»Nimm es als Wiedergutmachung.« Er aktivierte das Messer am Fußende seiner Gehhilfe und kniete sich ins Gras, um seinen Mörder in die Augen zu sehen. Der Barrakuda näherte sich langsam, als ob er seine nächste Beute abschätzen wollte. Aus seinem zähnefletschenden Maul tropfte noch das Blut des letzten Opfers. Das Zischen klang jetzt mehr wie ein einschüchterndes Fauchen. Nur noch einen halben Meter von Desmond entfernt. Es schien, als ob sich die beiden Kontrahenten gegenseitig taxierten. Plötzlich griff der große Raubfisch an. Desmond packte den Griff seiner Gehhilfe und rammte das messerbesetzte Ende in das große Maul des Fisches. Der Barracuda bäumte sich vor Schmerz auf und fiel auf Desmonds gemarterten Körper.

Desmond lag ohne Regung im Gras, der große Barracuda auf ihm. Isabelle wollte Evelyn nicht mehr loslassen.

»Ist der Monsterfisch tot? Desmond rührt sich nicht mehr, Evelyn. So viel Blut habe ich noch nie gesehen.«

Leichter Nieselregen setzte ein und unterstrich die traurige Szene. Die beiden Frauen standen vor dem Gehege. Evelyn drückte ihr Gesicht gegen das Metallgitter, konnte aber keine Lebenszeichen erkennen. Isabelle zerrte an ihrem Arm.

»Sag, ist der große Fisch endlich tot? Wir müssen etwas tun!«

»Sei still, ich muss nachdenken, du Göhr.« Evelyns Stimme zitterte, während sie versuchte, einen klaren Gedanken zu fassen. Isabelle rüttelte ungeduldiger an Evelyns Arm.

»Evelyn, was ist los mit dir? Sag doch etwas!«

Am Himmel zogen dunkle Regenwolken auf. Im Hintergrund heulten die Sirenen der Einsatz-

Fahrzeuge. Irgendjemand musste den Notruf gewählt haben, aber wer? Die beiden Frauen drehten sich kurz in Richtung der Sirenen, die schnell näher kamen. Sheriff Duncan stürmte schwer bewaffnet auf die Frauen zu. Hinter ihm folgte Deputy Watson mit Martin Westen an seiner Seite. Martin erblickte Isabelle. Er rannte auf seine Tochter zu und drückte sie fest an sich. Seine Augen wurden feucht.

»Isabelle! Ich hatte solche Angst um dich.«

Deputy Watson kümmerte sich um Evelyn, die abwesend dastand, als ginge sie das alles nichts an, bis ... ihr Blick auf Desmond fiel, dessen Hand plötzlich zuckte, ein schwaches Lebenszeichen. Evelyns Herz setzte für einen Schlag aus.

»Ich glaube, er lebt noch!« rief sie. Ihre Stimme überschlug sich vor Erleichterung und Panik zugleich.

Sheriff Duncan beschleunigte seine Schritte zum Gehege, schob vorsichtig die Gittertür auf, sein Gewehr fest auf den riesigen Barracuda gerichtet. Die Gehhilfe steckte tief im Maul des Fisches, aus dem das Blut rann. Der schwere Barracuda hielt Desmond zu Boden gedrückt. Mit entsichertem Gewehr näherte sich der Sheriff den beiden Kämpfern, als ihn ein leises Stöhnen stoppte. Sheriff Duncan ließ das Gewehr ins Gras fallen und beugte sich zu Desmond hinunter.

»Hierher«, rief Sheriff Duncan laut. »Desmond lebt noch.« Plötzlich tauchte neben ihm Chief

Barns auf. Gemeinsam wuchteten sie den großen Raubfisch von Desmonds Körper.

Eine unheimliche Spannung lag in der Luft, als endlich weitere Einsatzfahrzeuge am Tatort eintrafen und die Szenerie in ein flimmerndes Blau tauchten. Die Regenwolken verdichteten sich weiter, als wollte der Himmel das furchtbare Geschehen wegwaschen.

»Hierher! Hierher!«, rief Sheriff Duncan den Rettungssanitätern zu, die sich in großer Eile näherten. »Er lebt noch!«

Die Sirenen der Einsatzfahrzeuge heulten, während die Sanitäter sich beeilten, den Opfern erste Hilfe zu leisten. Desmond wurde auf einer Trage zum Rettungswagen gebracht, der neben dem Forschungslabor stand. Der Arzt legte Desmond sofort eine Infusion an. Desmond kämpfte um sein Leben, seine Augen flackerten, während der Schmerz durch seinen Körper tobte.

»Hey, Agent Desmond, Sie sind in Sicherheit«, sagte der Arzt beruhigend. Desmond versuchte zu nicken, während die Medikamente ihn in einen Dämmerzustand versetzten.

»Halte durch, Desmond.« Sheriff Duncan konnte immer noch nicht glauben, dass jemand so etwas überlebt hatte. »Wo bringen Sie ihn hin, Doktor?«, fragte er besorgt.

»Ins Medical Center«, antwortete der Arzt kurz und stieg zu Desmond in den Rettungswagen.

Sheriff Duncan murmelte ein »Okay«. Ein Sanitäter schloss die Tür des Rettungswagens, der mit Blaulicht und Sirene davonraste. *Desmond hatte alles riskiert, um die Geiseln zu retten*, dachte der Sheriff. Martin stellte sich neben ihn.

»Hey, Sheriff, danke!«, sagte er.

»Danken Sie lieber Agent Desmond für seine Hartnäckigkeit.« Deputy Watson kam hinzu.

»So einen Monsterfisch habe ich noch nie gesehen. Das ist ein Barracuda, nicht wahr?«

»Martin, Sie können sich keinen besseren Freund wünschen«, sagte der Sheriff und klopfte Martin auf die Schulter.

Auf dem Gelände der alten Fischfarm herrschte hektisches Treiben. Ein Polizeiteam aus der Stadt hatte die Zufahrtsstraße abgesperrt, während neben dem Forschungslabor ein Spezialfahrzeug parkte. Schwer bewaffnete Sicherheitskräfte bewachten den Eingang zum Forschungslabor und versperrten den Zugang. Einer der schwarz gekleideten Sicherheitskräfte trat auf Evelyn zu, die vor dem Haupteingang wartete.

»Mrs Grayson, Ihr Auftraggeber möchte Sie sprechen«, sagte er mit ernster Miene. Evelyn nickte und folgte ihm zu dem Spezialfahrzeug. Die Unterhaltung verlief kurz und prägnant. Evelyn kehrte mit zwei schwer bewaffneten Männern zurück und betrat das Forschungslabor. Die angespannte Atmosphäre war förmlich sichtbar, doch Evelyn blieb professionell und fokussiert. Sie hatte nun das Kommando im Forschungslabor übernommen, dass ihr niemand nehmen konnte.

Sheriff Duncan wies das Forensikteam ein, während Doc Howard und der Gerichtsmediziner Ethan Miles vor dem Fischgehege von Elvis standen. Ethan Miles konnte seinen Blick von dem großen Barracuda mit der Gehhilfe im blutigen Maul nicht abwenden.

»So etwas habe ich noch nicht gesehen, Howard. Es sieht so aus, als hätten wir den Täter des getöteten Anglers am Weiher gefunden«, sagte Ethan Miles mit bedrückter Stimme.

»Sieht so aus. Kein schöner Anblick, Miles. Zwei der Opfer müssten sich noch im Fischbecken befinden«, antwortete Doc Howard düster. Tooli von der Freiwilligen Feuerwehr in Willows Creek schloss die Pumpe an, um das Wasser aus dem Fischbecken zu pumpen. Je mehr Wasser abgelassen wurde, desto deutlicher kam die grausige Wahrheit zum Vorschein. Auf dem Grund des Fischbeckens lagen tatsächlich die verstümmelten Überreste zweier Männer. Fast verborgen im Schlamm steckte eine Pistole.

Einer der jungen Forensiker musste sich bei dem blutigen Szenario am Zaun übergeben.

»Es sind drei Opfer, oder vielmehr das, was von ihnen übrig ist«, rief sein Kollege. Nachdem die Forensiker die Spuren um das Fischbecken gesichert hatten, gaben sie den Tatort für den

Gerichtsmediziner frei. Selbst Ethan Miles schluckte bei dem schrecklichen Anblick, als er sich näherte. Sheriff Duncan trat zu ihm.

»Einer von den Opfern muss Professor Grayson sein«, bestätigte er. »Die anderen beiden sind Sicherheitskräfte des Forschungslabors.« Elvis hatte ganze Arbeit geleistet. Der leitende Forensiker stellte eine Dienstwaffe sicher, die von FBI-Agent Desmond.

»Das kompliziert die Sache«, murmelte Sheriff Duncan, während die düstere Atmosphäre des Tatorts auf ihn wirkte. Einer der Sicherheitsmänner war aus kurzer Distanz erschossen worden. Das Blaulicht der Einsatzfahrzeuge flimmerte weiter, als die Ermittler versuchten, den grausamen Tatort weiträumig zu sichern. Vom Eingangstor näherte sich ein schwarzer Armeetruck, aus dem zwei Männer in Schutzkleidung ausstiegen. Der tote Barracuda Elvis wurde unter großen Sicherheitsvorkehrungen in einen Gefahrgutbehälter verpackt und abtransportiert.

Kapitel 28

Im Medical Center der Stadt verging für Desmond kein Tag ohne lästige Untersuchungen. Der Chefarzt erlaubte keine Besuche, und Desmond konnte sich des Eindrucks nicht erwehren, dass die Ärzte ihn zum Versuchskaninchen des Monats erkoren hatten. Er spürte, dass es etwas mit dem Elvis-Experiment zu tun hatte. Jeden Tag zapfte ihm die Krankenschwester Blut ab, dann ging es ins Labor, wo er einen Test nach dem anderen über sich ergehen lassen musste. Die Ärzte schoben ihn in die Röhre, um eine Kernspintomografie zu machen. Sie testeten seine Gehirnaktivitäten. Was sollte das alles? Jeder behandelte ihn wie ein rohes Ei. Desmond war mit seiner Geduld am Ende. Er überredete eine der Schwestern, ihm kurz ihr Smartphone zu überlassen. Mit zitternden Händen wählte er Annas Nummer. Als sie abhob, konnte sie immer noch nicht glauben, dass er überlebt hatte. Ihre Stimme bebte vor Erleichterung und Hoffnung zugleich, als sie seine Worte hörte.

»Desmond, bist du es wirklich? Was haben sie mit dir angestellt?«

»Es geht mir gut. Das Telefon gehört einer Schwester auf meiner Station. Ich muss jetzt leider auflegen. Ich liebe dich, Anna.«

Bei der Visite an diesem Morgen flüsterte der Stationsarzt mit dem Chefarzt des Medical Centers. Desmond sah beide misstrauisch an. Die beiden Ärzte beugten sich über Desmonds Krankenakte und tauschten vielsagende Blicke aus. Der Chefarzt untersuchte noch einmal Desmonds Wunden, die fast verheilt waren. Er tastete seinen Arm ab, der von der scharfen Messerwalze der Ernteeinheit erfasst worden war.

»Tut das weh?«, fragte er neugierig.

»Nein, Doktor.« Der Chefarzt nickte seinem Kollegen zu, der etwas auf einem Tablet notierte.

»Gehen Sie im Zimmer mal auf und ab.«

Desmond kam der Aufforderung widerwillig nach. Der stechende Schmerz im Bein war verschwunden, nur ein leichtes Ziehen spürte er noch. Der Chefarzt betrachtete die Schusswunde am Bein. Sie war kaum noch zu erkennen. Desmonds Sinne schienen geschärfter als je zuvor. Selbst der Chefarzt fand keine Erklärung. Während der Untersuchung konnte er den Herzschlag des Arztes hören. Das war faszinierend. Er spürte jede Bewegung, jedes Zucken der Muskeln unter der Haut des Arztes. Es war, als befänden sich seine

Sinne auf einer völlig neuen Ebene. Er konnte nicht anders, als sich zu fragen, ob er jemals wieder ein normales Leben führen würde. Die behandelnden Ärzte schwiegen. Desmond wusste, dass nur er selbst die Antwort auf seine Fragen finden konnte. Nach dem Gespräch teilte ihm der Chefarzt des Medical Centers mit, dass er entlassen werden könne.

»Wenn es Komplikationen gibt, rufen Sie mich unter dieser Nummer an, Agent Barracuda«, sagte der Chefarzt mit einem ernsten Gesichtsausdruck. Desmond nahm die Karte und starrte auf die Nummer. Etwas Beängstigendes schlich sich in seine Gedanken. »Agent Barracuda.« Die Worte hallten in seinem Kopf nach. Er spürte eine seltsame Mischung aus Erleichterung und Unbehagen. Was bedeutete das?

Es wurde Nachmittag. Desmond sah aus dem Fenster seines Krankenzimmers und wartete auf die Entlassungspapiere. Er beobachtete die Leute vor dem Krankenhaus, als die Oberschwester das Zimmer betrat.

»Mr Barracuda, Sie haben Besuch.« Chief Barns betrat sein Krankenzimmer in Begleitung eines älteren Mannes im dunklen Anzug.

»Hallo, Agent Barracuda«, begrüßte ihn Chief Barns.

»Hallo, Chief Barns und …?«, antwortete Desmond und sah den Unbekannten fragend an.

Er nahm den Geruch von Akten und Büchern wahr, der von dem älteren Mann ausging. Ein Bürohengst oder das Ende seiner Karriere, fragte er sich. Der Unbekannte kam auf Desmond zu, musterte ihn mit durchdringendem Blick und nickte Chief Barns zu.

»Agent Barracuda, das ist Mr Smith, Nationale Sicherheit.« Der kräftige Händedruck von Mr Smith vermittelte Distanz und gleichzeitig ein unangenehmes Gefühl. Desmond spürte, wie sich Kälte in ihm ausbreitete, obwohl Mr Smith lächelte.

»Desmond, ich freue mich, Sie kennen zu lernen. Ich hoffe, Sie sind bereit, uns ein paar Fragen zu beantworten.«

»Was wollen Sie von mir wissen, Sir?« Desmond betonte das ,Sir' sehr förmlich.

»Desmond, wissen Sie, was Sie getan haben, bevor Sie im Medical Center wieder aufgewacht sind?« Mr Smith sprach ihn mit seinem Vornamen an. Er konnte sich nicht daran erinnern, dass er mit Mr Smith bekannt war.

»Ja, Sir. Ich habe den Mörder von Professor Grayson getötet. Kann ich jetzt meine Gehhilfe zurückhaben?« Der ältere Mann sah Desmond direkt in die Augen.

»Desmond, übertreiben Sie es nicht.« Mr Smith setzte sich auf einen der beiden Stühle im Raum. Seine Augen durchbohrten Desmonds Seele. Desmond setzte sich auf das Bett, während Chief Barns wie zufällig aus dem Fenster starrte.

»Das Elvis-Experiment. Was wissen Sie darüber, Desmond?«, fragte Mr Smith emotionslos.

»Sollte ich denn etwas darüber wissen, Sir?«, antwortete Desmond mit einem unschuldigen Gesichtsausdruck. »Es tut mir leid, wenn der Fisch wertvoll war. Aber als FBI-Agent war es meine Pflicht, die beiden Geiseln zu retten.«

Mr Smith zündete sich eine Zigarette an, obwohl das im Krankenhaus verboten war. Chief Barns hielt es für besser, wegzusehen. Mr Smith blies genüsslich den Rauch in den Raum. Desmonds Herz schlug schneller. Mr Smith sah auf sein Smartphone und drückte die Zigarette in der Teetasse aus, die noch auf dem kleinen Tisch stand. Dann stand er auf und ging auf Desmond zu. Der schielte zu Chief Barns hinüber, der keine Miene verzog. Mr Smith hüstelte.

»Doktor Evelyn Grayson und Isabelle Westen haben bestätigt, dass Sie den Sicherheitsmann Blake nicht erschossen haben. Chief Barns wird alles Weitere mit Ihnen besprechen. Wir sehen uns.«

Ohne ein weiteres Wort an ihn zu richten, verließ Mr Smith den Raum. Chief Barns räusperte sich. Dann zog er Desmonds Dienstwaffe und die FBI-Marke aus seiner Anzugtasche.

»Sie haben mehr Glück als Verstand, Special Agent Barracuda. Sie sind wieder im Dienst. Sheriff Duncan hat Ihren Urlaubsantrag genehmigt. Nach dem Urlaub erhalten Sie einen neuen Einsatzbefehl. Und, Special Agent Barracuda, werden Sie nicht übermütig.«

»Danke, Chief Barns«, antwortete Desmond. Er konnte die Erleichterung kaum verbergen, die wie eine Welle über ihn hereinbrach. Doch er wusste, dass dies erst der Anfang war. Seine Rückkehr in den aktiven Dienst bedeutete, dass er wieder in das Netz aus Geheimnissen und Intrigen eintauchen würde, dass sich um ihn und das Elvis-Experiment spannte. Chief Barns klopfte ihm auf die Schulter.

»Genießen Sie Ihren Urlaub, Desmond. Sie haben es sich verdient.«

Desmond nickte und nahm seine Waffe und FBI-Marke entgegen. Chief Barns hatte schon den Türgriff in der Hand, als er sich kurz zu ihm umdrehte.

»Machen Sie keine dummen Sachen im Urlaub. Versprechen Sie mir das.«

Mit diesen Worten verließ der Chief den Raum und ließ Desmond allein zurück, dessen Gedanken plötzlich um Evelyn kreisten. *Worin war sie verstrickt?* Die Oberschwester brachte seine Entlassungs-papiere.

»Unterschreiben Sie hier, Mr Barracuda.« Desmond setzte seine Unterschrift unter die Papiere und spürte, wie eine schwere Last von seinen Schultern fiel. Er war wieder frei, zumindest für den Moment. Doch tief in seinem Inneren wusste er, dass die Geheimnisse des Elvis-Experiments ihn noch lange verfolgen würden.

318

Die Sonne blendete ihn, als er mit festen Schritten das Medical Center verließ. Die frische Luft fühlte sich wie ein Befreiungsschlag an. Mit seinen geschärften Sinnen fühlte sich jedes Geräusch, jede Bewegung fast körperlich an. Obwohl die Außenwelt den Anschein von Normalität erweckte, war für Desmond nichts mehr so wie zuvor. Er war fest entschlossen, Antworten zu finden. Was hatte es mit dem Elvis-Experiment auf sich? Warum hatte Evelyn verschwiegen, dass sie mit dem Professor verheiratet war?

Desmond stand vor dem Haupteingang des Medical Centers auf dem Gehweg, als ein dunkler SUV mit getönten Scheiben neben ihm hielt. Ein Mann in schwarzem Anzug und Sonnenbrille öffnete die vordere Tür und stieg aus.

»Mr Barracuda?«, fragte er kurz angebunden. Desmond wollte erst leugnen, aber unter dem Jackett des Mannes zeichnete sich eine Waffe ab.

»Sir? Kann ich Ihnen helfen?«

Der Mann machte eine Geste, hinten einzusteigen. Desmond stutzte kurz. Aus dem SUV hörte er die Stimme von Mrs Geldermann.

»Steig endlich ein, mein Junge. Wir fahren nach Hause.« Das hatte er nicht erwartet.

Epilog

Der Herbst verbreitete eine Mischung aus Melancholie und Vorfreude in Willows Creek. Auf der einen Seite endeten die warmen Tage mit ihren langen, hellen Abenden. Auf der anderen Seite erstrahlten die ersten Ahornbäume in leuchtenden Rot- und Orangetönen und kündigten den Beginn des Indian Summer an. Die kühle Luft trug den Duft von frisch gefallenem Laub, als Desmond sich ein letztes Mal mit Martin traf, bevor er Willows Creek verließ. Sie standen schweigend nebeneinander am Ufer des Weihers, an dem vor einigen Wochen der Angler aus dem Wasser gezogen wurde.

»Was wirst du jetzt machen, Desmond?«

»Ich weiß noch nicht, wo ich eingesetzt werde. Aber jetzt genieße ich erst einmal den Urlaub mit Anna.« Plötzlich sprang Desmond auf und blickte über das Wasser hinweg in Richtung des Schilfs.

»Was hast du, Desmond?«

»Dort, wo das Schilf das Licht reflektiert! Wirf deine Angel aus. Ich kann förmlich spüren, wie der

Hecht da drüben im Schilf lauert. Komm, ich weiß, dass er da ist.«

Martin sah skeptisch zu Desmond. Dann warf er die Angel aus. Nach kurzer Zeit zuckte die Angelschnur. Martin sah den unbändigen Jagdinstinkt in den Augen seines Freundes.

»Fang ihn! Los, Martin. Das wird ein gutes Abschiedsessen.«

»Mann! Orson wäre neidisch, wenn er wüsste, dass wir so ein Prachtexemplar gefangen haben. Haha.«

Ein milder Herbsttag neigte sich dem Ende zu, als sie den großen Hecht grillten. Eine frische Brise wehte durch das Schilf am Ufer und ließ die Blätter der Bäume rascheln. Martin wurde still. Der Duft von gegrilltem Fisch lag in der Luft und vermischte sich mit dem erdigen Aroma des herbstlichen Waldes. Desmond blickte nachdenklich auf das Wasser, dessen Oberfläche von den letzten Sonnenstrahlen in goldenes Licht getaucht wurde.

»Desmond, ich kann dir nicht genug dafür danken, dass du meine Tochter gerettet hast. Ich verstehe jedoch nicht, weshalb der Professor seine eigene Frau töten wollte.« Desmond seufzte und wiegte seinen Kopf.

»Ja, das wird wohl für immer ein Rätsel bleiben.«

Desmond spürte eine innere Ruhe, die er seit langer Zeit nicht mehr empfunden hatte. Er erinnerte sich auch wieder daran, was damals im Lagerhaus passiert war. Die Schuldgefühle fielen von ihm ab und verblassten zu flüchtigen Schatten. Er wusste jetzt, dass die verdeckte Ermittlerin bereits tot gewesen war, als Miller mit ihm das Lagerhaus stürmte.

Am nächsten Morgen stand ein schwarzer SUV vor dem Sheriff Department in Willows Creek. Als Desmond aus der Eingangstür trat, konnte er seinen Blick nicht von Anna abwenden, die mit dem Rücken an den SUV gelehnt auf ihn wartete. Erstaunt sah sie ihn an.

»Wo hast du deine Gehhilfe gelassen?«

»Ja, die habe ich einem großen Raubfisch geschenkt. Der braucht sie dringender als ich.« Anna lachte herzhaft und umarmte ihren Freund.

»Ich sehe, du bist wieder der alte Barracuda.«

»Überraschung!« Desmond grinste, warf seinen Rucksack in den SUV und setzte sich auf den Beifahrersitz.

»Wow«, sagte Anna mit einem Lächeln im Gesicht. Dann startete sie den Motor und beide fuhren los, bereit für ein neues Abenteuer.